AACHEN KRIMI
2

W0462525

Carsten Berg (Jahrgang 1959) wurde im Ruhrgebiet geboren, wuchs in Düsseldorf auf und studierte in Aachen Germanistik und Philosophie. Nach einigen Abstechern via Bergbau, Journalismus, Werbung & Lehramt lebt er wieder als freier Schriftsteller in Aachen.
Die Printen-Connection ist sein erster Kriminalroman.

Dieses Buch ist ein Roman. Handlungen und Personen sind frei erfunden. Ähnlichkeiten mit lebenden oder toten Personen sind rein zufällig.

Carsten Berg

Die Printen-Connection

Emons Verlag Köln

© Hermann-Josef Emons Verlag
Alle Rechte vorbehalten
Umschlaggestaltung: Atelier Schaller, Köln
Umschlagzeichnung: Heribert Stragholz
Umschlaglithografie: HDL Repro-Service GmbH, Köln
Satzbelichtung: Stadt Revue Verlag GmbH, Köln
Druck und Bindung: Clausen & Bosse GmbH, Leck
Printed in Germany 1998

ISBN 3-89705-119-2

1001 thanx & Glückauf to
S.A.H.I.B.
Josch
Anhah
Rabov
Gutho
Gajur
Hejos
with a passionate blink to
Jule
dedicated to
Aakea Natalja Muschel

»Não sou nada.
Nunca serei nada.
Não posso querer ser nada.
À parte isso, tenho em mim todos os sonhos do mundo.«

(»Ich bin nichts.
Ich werde nie etwas sein.
Ich kann auch nichts sein wollen.
Abgesehen davon trage ich in mir alle Träume der Welt.«)

Fernando Pessoa, 1928

Lokal-Nachrichten Mittwoch 10. Juni

Neue Printen-Kreation

Eine süße und unsterbliche Liebe

Aachen (jule). Die Geburtsstunde der brandneuen Kreation der Aachener Printenzunft steht kurz bevor.

Aus welchen Zutaten die begehrte Aachener Spezialität gebacken wird, bleibt natürlich wie immer streng geheim. Das Rezept für das Printengewürz ruht nach alter Tradition sicher und behütet im Tresor.

Geheimnisvoll bleibt auch das genaue Datum der Präsentation. Heinrich Mann, Presse-Sprecher der Aachener Süßwaren-Hersteller, ließ sich lediglich den Namen für das neueste Knabbergebäck entlocken: »Fastrada« wird die Printe der Zukunft aus dem Backofen der traditionsreichen Firma Alpmerz heißen.

Hintergrund sei eine unsterbliche, zudem historisch belegte Liebe. Und erstmalig arbeite man eng mit einem anderen, ebenfalls weltweit bekannten Süßwaren-Produzenten zusammen, dessen Namen man zu diesem Zeitpunkt noch nicht lüften wolle. Mann verspricht aber allen neugierigen Printen-Fans: »Es wird in jedem Fall eine süße Überraschung werden!«

Wasser

50°47' nördlicher Breite, 6°05' östlicher Länge

Montag, 15. Juni, 23:48 Uhr
RRRROOOOONNNNNAAAAAALLLLDDDOOOOOOOOOOO!!!

Marcel Reiff und sein Mikrofon näherten sich dem Höhepunkt: TOOORRR!!! Die Jungs in Gelb-Blau tanzen Hand in Hand Samba. Das Stadion bebt. Brasilien ist wieder Weltmeister! Und jetzt tragen sie ihren Trainer auf Händen, den Mann, den sie alle nur ehrfurchtsvoll »professor« nennen, der erste und einzige Journalist, der je auf einem Trainersessel gesessen hat: der legendäre *Stoppão* ... Er hat die ewigen Sepp-Herberger-Regeln neu geschrieben: Der Ball ist rund, aber nur Brasilien kann gewinnen, ein Endspiel ist wie ein Marathon-Lauf, nur der lange Atem zählt... Immer wieder werfen sie ihn in die Höhe. Und er lächelt und lächelt, immer breiter, und immer höher werfen sie ihn... er verschwindet in den Wolken...

Sein Kopf knallte gegen das Abteilfenster, und Stoppek riß die Augen auf.

»Meine Damen und Herren, in wenigen Minuten erreichen wir Aachen Hauptbahnhof. Dieser Zug endet hier. Alle Reisenden bitte aussteigen! Wir hoffen, Sie hatten eine angenehme Fahrt und würden uns freuen, Sie bald wieder begrüßen zu dürfen...«

Nach fünfeinhalb Stunden an Bord des IC 830 Deichgraf war sich Stoppek da nicht so sicher. Er fühlte sich ausgespuckt, hundemüde, die Knochen taten ihm weh – verdammt, bei dem Preis konnte man wirklich etwas mehr Sitzkomfort erwarten, selbst in der zweiten Klasse.

Die wenigen Reisenden, die mit ihm den Zug verließen, trotteten wie in Trance auf die Treppen zu. Stoppek blieb auf dem Bahnsteig stehen und gönnte seinen Augen einen Ausflug, aber sie fanden keinen

Grund, länger hier zu verweilen. Schöner war der Bahnhof nicht geworden, nur älter.

Mit steifen Beinen stakste er Richtung Zugende bis zum Fahrradabteil, stieg ein, und auf den ersten Blick sah er, daß der weiße Vorderreifen seines in Türkis schimmernden Rennrades ungewöhnlich lässig über der glänzenden Felge hing. Er ermahnte sich, ruhig zu bleiben, während er im Geiste den Reifenstecher exekutierte. Er nahm das Fahrrad auf die rechte Schulter und hatte so immerhin einen Ausgleich zu dem Seesack auf der linken. Strebte nicht alles nach Harmonie? War Symmetros der Erschaffer der Welt? Das Chaos lachte ihm ins Gesicht.

In der Bahnhofshalle drehte nur noch die Polizei ihre Runden, und auch auf dem Vorplatz fand Stoppek kein Empfangskommitee vor. Dafür plätscherte ein Brunnen unverdrossen vor sich hin. Die sprudelnde Vielfalt. Was die Pferde wohl da zu suchen hatten? Stoppek erinnerte sich, daß das Aachener Reitturnier weltberühmt war. Fast noch berühmter aber war der Regen, der den CHIO stets begleitete. Wenn auf sonst nichts Verlaß war, darauf konnte man wetten. Irgend jemand da oben reinigte gerade den himmlischen Swimmingpool. Und die Normalsterblichen hier unten packten hilflos einen Euphemismus aus und nannten das Ganze einfach Sommergewitter.

»Badestadt!« schimpfte Stoppek.

Bevor sich zu seiner Müdigkeit auch noch Schwimmhäute gesellten, schlug er den Kragen seines wachsbeschichteten Mantels hoch. Im Zug hatten ihn einige Leute sicher für verrückt erklärt, weil er im Sommer einen Mantel trug. Aber an der Küste war es üblich, immer eine tragbare Plane dabeizuhaben. Stoppeks Mantel schimmerte grünlich-grell und sah aus, als habe sie bereits den Untergang der Titanic überlebt, mit trockenen Nähten. Er zog die Schultern hoch und stapfte los. Nach links, wo er seinen Zielhafen vermutete. Zu dumm auch, daß er den bereits in seiner Studentenzeit zerfledderten Stadtplan von »Bad Aachen« an der Ostsee liegengelassen hatte. Lange her, daß er hier gewesen war. Wie lange? Sieben ... acht Jahre? Damals war er mit einem Kleinlaster via Norden abgefahren und hatte den Motor erst an der Ostsee wieder abgeschaltet ... Jetzt hatte er nur noch vage Bilder. Er erinnerte sich an gerötete Augen und zusammengepreßte Lippen, ein lähmendes Schweigen, eingerahmt von dunklen Locken…

Das half ihm keinen Millimeter weiter. Wie konnte er nur den Stadtplan vergessen? Stoppek erkannte nicht viel wieder, früher war er immer am Westbahnhof ausgestiegen. Immerhin sah er jetzt etwas, das wie ein altes Stadttor aussah. Von weitem hatte es Ähnlichkeit mit dem Holstentor. Vielleicht ging er deshalb auch in diese Richtung. Als er nur noch wenige Schritte davon entfernt war, steigerte sich die himmlische Wasserration noch einmal dramatisch. Zum Glück stand ein Taxi in der Parkbucht. Stoppek klopfte an die Scheibe, die der Fahrer mißmutig eine Handbreit runterkurbelte.

»Entschuldigung… Geht es da in die Stadt?« Stoppek deutete vage in Richtung Tor.

»Kommt drauf an…« Der Fahrer hatte die Ruhe weg. Ihm lief ja auch nicht das Wasser in den Kragen. »Wo mußte denn hin, Jung?«

»Bismarckstraße… aber eigentlich wollte ich zu Fuß gehen…«

»Dann geh mal schön da weiter! Da gehste genau in die falsche Richtung.« Und damit begann der erste Aachener, mit dem Stoppek wieder das Vergnügen hatte, eine Konversation führen zu dürfen, in Seelenruhe die Scheibe hochzukurbeln.

Stoppeks Nacken war mittlerweile naß genug, und allmählich begann er zu frieren. Die Spesen würde ihm natürlich wieder kein Mensch ersetzen.

»Würden Sie mich denn freundlicherweise in Ihrer Droschke zur Bismarckstraße chauffieren?«

»Na also! Öt jeht doch, Jung!« tönte es jetzt aus dem Wagen, und ein völlig verwandelter Fahrer sprang aus dem Taxi und öffnete ihm mit weit ausholenden Armbewegungen die hintere Tür, so daß er seinen Seesack auf die Rückbank werfen konnte, und dann den Kofferraum, um das vom Vorderrad befreite Gerippe darin verschwinden zu lassen.

»Das ist übrigens das Marschiertor«, erläuterte der Fahrer, während die Scheibenwischer den Blick durch die Frontscheibe freischaufelten. »Und die Bismarckstraße ist genau da…«, wobei er mit dem Daumen hinter sich deutete.

Stoppek war das mittlerweile vollkommen egal. Holstentor, Marschiertor, Fußballtor. Er wollte nur in die Bismarckstraße, wo hoffentlich ein warmes Bett auf ihn wartete.

Minuten später und knapp zehn Mark ärmer stand er dann mit Seesack, Vorderrad und dem Rest am Ziel. Vor einem riesigen Portal, bestehend aus zwei Flügeln, die in drei Metern himmlischer Höhe elegant in einem Halbrund endeten. Stoppek senkte den Blick wieder in irdische Niederungen und verrenkte sich fast die Augen, um das Klingelschild im Dunkeln zu entziffern. Derweil wühlten seine Finger in den unergründlichen Tiefen der Manteltaschen, aber sein Feuerzeug war wie immer nicht zu finden. Er fürchtete schon, er müsse die Nacht im Bahnhof rumhängen. Als er sich resignierend gegen die Pforte fallen ließ, schwang diese plötzlich auf … und er landete rücklings auf dem Boden. Und da fiel's ihm wieder ein: Gerade in dem Moment, wo du am Leben verzweifelst – da lächelt es dich an!

Er sah sich um. Über ihm türmte sich eine Eingangshalle, aber er befand sich beileibe noch nicht im Haus, sondern erst in der Einfahrt, die wohl zum Hinterhof führte. Rechterhand lockte erneut eine Tür. Er stieg die drei ausgetretenen Steinstufen hoch, um dann vorsichtig gegen die wahre Haustür zu drücken. Auch sie schwang nach innen auf, ohne in den Scharnieren zu ächzen. Ein kleines Licht an der dunklen Wand führte seine Finger, er setzte die schummrige Treppenhausbeleuchtung in Gang und tappte von Tür zu Tür. Ganz unten blankgewienerte Messingschilder … *Hahnenstein* … *Noppeney* … Im dritten Stock endlich wurden die Türen menschlicher. Von Hand auf ein fleckiges Pappschild gepinselt stand da *Päffgen – Van der Meer – Sistenich*.

Stoppek hockte beinahe auf dem Boden, um etwas erkennen zu können. Da klebte ein Umschlag am Briefschlitz … Plötzlich wehte es ihm eiskalt ins Genick, und eine Stimme, rauh und kehlig, sprang ihm an den Kopf:

»Erkennen Sie jetzt schon nicht mal mehr Ihre eigene Haustür, Herr Sistenisch?« Die Endsilbe zischte bedrohlich durch den Flur.

Stoppek wirbelte herum und prallte auf den strengen, kalten Blick des Hausdrachens. Sie war ungefähr Mitte Siebzig und offensichtlich schwer kurzsichtig. Allerdings hatte er die einzige funktionierende

Lampe der Flurbeleuchtung jetzt auch im Rücken, so daß die Alte nur seine Silhouette sehen konnte. Aber sie war sich ihrer Sache ganz sicher.

»Wo ist denn das lose Weibsstück?«

Der Drache hatte sein Gift abgelassen, denn jetzt machte er kehrt und schlurfte zurück in seine Höhle. Die Tür gegenüber klappte geräuschlos und gut geölt ins Sicherheitsschloß.

Stoppek wandte sich wieder seiner Tür zu und riß den Umschlag auf, immerhin stand sein Name drauf.

»Hallo Fremder!

Geh nicht über Los, sondern zum Dumont!

Ask for Mister Sistenich oder Miss van der Meer.«

Er fluchte: Aachen mochte ja ein noch so prächtiges Nachtleben haben, die höchste Kneipendichte Europas, bravo, aber er war gerädert und wollte in die Koje.

Auf der Rückseite des Zettels, ganz unten und winzigklein geschrieben, gab es immerhin noch eine Wegbeschreibung:

»Geh zur Zollernstraße: Bismarckstraße links, dann einmal rechts, wieder einmal links und auf der rechten Seite mit den gelben Lampen reingehen!«

Er zurrte Rad und Seesack kurzerhand am hölzernen Treppengeländer fest, dann stapfte er aus dem Schein der Flurbeleuchtung durch das Portal in die Dunkelheit. Für einen Moment zuckte er zusammen, als er seine riesige Silhouette auf der gegenüberliegenden Wand sah.

Der Wind schüttelte ihn mächtig durch, und gerade, als Stoppek die feuchtglänzenden Platten des Bürgersteiges verließ und auf die gähnendleere Fahrbahn trat, schoß von links ein Pfeifen hinterrücks auf ihn zu, und in dem Moment, als sich noch die überraschte Frage WAS ZUM TEUFEL IST DA LOS? in seinem Sprachzentrum zusammenpuzzelte, flog er schon nach rechts über einen Blumenkübel, ein häßliches KRRRIIEEK zerriß die Stille, als ein Kotflügel millimeterscharf an dem Kübel entlangschrammte. Es rummste noch einmal dumpf, dann schlidderte der Wagen mit durchdrehenden Reifen davon.

Stoppek wußte nicht, wieso er direkt in Deckung gesprungen war… vielleicht war es der jahrelang geschulte Instinkt des Radfahrers… surviving trotz biking ... Schließlich mußte man immer mit dem gnadenlos besoffenen Autofahrer rechnen.

Glückwunsch, Stoppek! Den GAU an der eigenen Person überlebt! HL-V 528 ... Das Kennzeichen tanzte noch deutlich vor seinen Augen und brannte sich dann unlöschbar ein. Wenn man von der Schrift lebt, achtet man auf jeden noch so verschwommenen, im Dunkel der Nacht verborgenen Buchstaben, der sich einem in den Weg wirft, denn vielleicht lassen sich aus ihm ein paar Zeilen schinden. Zudem war es eine alte Marotte von ihm, sich Kennzeichen zu merken.

Wieso fuhr denn ausgerechnet hier ein Lübscher Hanseat seinen Rausch spazieren? In einem unbeleuchteten, nachtschwarzen Kombi, mitten in Aachen, wo alle Autos auf AC hörten! Zufall? Zufall ist das, was fällig ist! flüsterte ihm seine innere Stimme zu.

1:01 Uhr

Rebeccas Lächeln überstrahlte das dämmrige *Dumont*. Sie war in ihrem Reich, ihrem Wohnzimmer, hinter der Theke. Sie jonglierte die Flasche mit dem teuflischen Zeug. Noch ein kleiner Looping ... und schon waren die Drinks fertig.

Ohne Rebecca eine Sekunde aus ihren bekifften Schokoaugen zu verlieren, machte Barbara sie mit ihrem höllisch breiten Mund an.

»Laß uns zum Strand fahren heut nacht ... nur wir beide ...«

»Mensch, Mädel, ich muß doch arbeiten!«

»Ach komm, Becca ... aber danach ...«

Rebecca verkniff sich mühsam ein Grinsen. Babs war einfach zu süß in diesem Zustand. Dann hauchte sie immer dieses »Becca« – wenn's ganz schlimm stand, sogar ein »Becci« über die Theke. Wenn es aber um knallharte Deals ging, hieß es nur ›Hey, Ebbe!‹. Babs war der mit Abstand berechenbarste Mensch auf dieser Welt.

»Herzchen, du bist doch schon total zu ...«

»Ach was, das kommt nur von dieser verdammten Maloche. Du kannst dir nicht vorstellen, wie das Zeug stinkt. Und dafür sind wir hier berühmt!«

Rebecca wurde beinahe schwach. Barbaras Lachen war unwiderstehlich. Sie könnte jeden Kerl haben, wollte jedoch wieder mal nur Rebecca. Die aber wollte Barbara nicht das Herz brechen.

»Was hältst du davon, wenn du ... laß mich überlegen ...«, Rebecca kaute auf ihrem Stift, »morgen muß ich in die Werkstatt, Mittwoch und Donnerstag zu meinen Leseratten ...« Auf einmal hielt sie den Stift in die Höhe. »Tatatata! Kommst du am Freitagabend bei mir vorbei?«

»Galaktisch!« Barbara legte ihren Kopf auf die Theke und schloß die Augen.

Ach ja! dachte Rebecca. Der Laden war rappelvoll, fast alle angesagten Leute waren da. Es könnte eine richtig heiße Nacht werden. Könnte! Wenn Florian da wäre. Sie kam sich vor wie eine Seemannsbraut ... Weder wußte sie, welchen Hafen ihr Matrose gerade anlief, noch wann er wieder bei ihr auftauchen würde ... Da blieb nur Warten. Und das gehörte nicht gerade zu ihren Leidenschaften. Im Gegenteil: Warten widersprach allem, was mit dem Leben zu tun hatte. Warten war etwas für Feiglinge.

Aber wenn Florian tatsächlich da wäre, hätte sie wiederum ein anderes Problem: seine Eifersucht. Am Anfang hatte sie das ja noch ganz süß gefunden und sich geschmeichelt gefühlt. Mittlerweile aber machte sie sich ernsthaft Sorgen. Ob Florian jemals kapieren würde, daß sie nicht mit jedem Typen ins Bett stieg, den sie anlächelte? Das gehörte schließlich zu ihrem Job, das Lächeln und Schön-Dastehen. Und es war wichtig, neue Leute kennenzulernen, nicht immer nur in den gleichen Bahnen zu schwimmen.

Und er selbst? Er vergrub sich lieber hinter seiner Elektronik und drehte wichtig an den Knöpfen rum, während ihn die Frauen heimlich, manche auch unheimlich anschmachteten.

1:13 Uhr

Dumont blinkte es in die feuchtschwarzschwüle Nacht. Stoppek war am rettenden Ufer angelangt, wenn auch mit leicht derangiertem Mantel.

Er stieß die Tür auf und kollidierte umgehend mit einem Kerl, dessen Hinterteil unverschämt weit in den Weg ragte.

»Scheiße! Jetzt ist die Kugel weg!« Angriffslustig drehte sich der Bursche zu Stoppek um und stierte ihn aus geröteten Augen an. Als er jedoch die lange Gestalt mit den nassen, ins Gesicht hängenden Haaren sah, überlegte er es sich offenbar anders und angelte lieber das halbvolle Bierglas vom Flipper.

»Echtes Kaiserwetter, was?«

Stoppek öffnete die nächste Tür, und sofort hüllte ihn die verräucherte Kneipenluft ein. Hektische Beats hämmerten ihm in den Schädel, während er sich zwischen Grüppchen von Leuten durchschlängelte.

Offensichtlich gab es in Aachen eine erbitterte Rivalität zwischen genau zwei Frisur-Schulen – zumindest was die Männer anging –, deren Anhänger weithin sichtbar ihre ästhetische Position postulierten. Da gab es einerseits die klassische Schule und andererseits die postavantgardistische. Vertreter ersterer sahen aus wie alten Spartakus-Filmen entsprungen: die Haare geschoren bis knapp über die Kopfhaut; als Ausgleich durfte in der unteren Gesichtshälfte der Bart ebenso lang sprießen wie das stoppelige Pendant auf der oberen Kugel. Der natürliche Feind des Igels dagegen trat im *Dumont* mit mindestens über die Schulter wallenden Haaren auf, in der Regel zum Zopf verknotet. Wie eine hinter dem Rücken verborgene Schlange, die nur darauf wartete, daß der Igel seine Stacheln einfährt.

Beide Lager, Igel und Schlangen, trafen hier aufeinander, natürlich in vollkommen friedlicher Absicht. Zumindest, solange es nicht um Weibchen ging (die übrigens unter weitaus zahlreicheren Lebens- und Haar-Schulen wählen konnten).

Die meisten machten angestrengt auf intellektuelle Konversation, wie sie da an den kleinen, runden Tischen wichtigtuerisch gestikulierten. Stoppek wunderte sich, wie viele Kaffeetassen er im Vorbeigehen sah. Entweder fuhren alle Taxi, oder sie warteten auf ihre persönliche, jeden Moment mögliche Mission. Immerhin sah er kein Handy. Ganz so busy ging es wohl doch nicht zu. Das bestätigten auch die vielen sonnenverbrannten Gesichter ringsum, die eher nach kerngesunder Biergarten- oder Arbeitslosenbräune als nach Sonnenbank aussahen. Eine interessante Inszenierung, die durch den purpurroten Vorhang in der

Mitte des Raumes und die vielen im Raum verteilten Teelichter noch an Dramaturgie gewann.

Er kämpfte sich durch eine Horde biertrinkender Lederjacken, die offenbar dem Burschen links in der Ecke an den zwei Plattenspielern assistierten, bis zur Theke vor. Und er hatte Glück. Wenn auch ganz am Ende, so erwischte er doch gerade noch einen freiwerdenden Hocker an der Bar und betrachtete im Spiegel dahinter sein verwässertes Konterfei.

Bevor er endlich ins Bett fallen durfte, mußte er erst seinen Vermieter auf Zeit finden – und vor allem seinen Schlüssel zum Paradies. Es war schon eine ulkige Sache, irgendwo einzuziehen, ohne einen Schimmer zu haben, wer die Mitbewohner waren.

Stoppek stützte sich auf die Theke und enterte den Ausguck. Mal sehen, ob er durch bloßes Zuschauen rausbekam, wer dieser Sistenich war.

Neben ihm lächelte eine dunkelhäutige Frau mit einem riesigbreiten Mund die Bedienung hinter der Theke an. Die stellte Stoppek gerade ein Bier vor die durstige Nase und malte einen Strich auf den Deckel. Plötzlich schoß sie einen Blick auf ihn ab. Und wenn es stimmte, daß die Augen die Fenster zur Seele waren – sie mußte die allerschwärzeste haben! Stoppek fiel fast vom Hocker. Sie aber drehte sich schon wieder weg, wobei auf Stoppeks Retina ein gelb-schwarzer Streifen hängenblieb: der eigentümliche Widerspruch zwischen ihren widerspenstigen blonden Haaren, die unter einer hoch in die gebräunte Stirn geschobenen Kappe hervorquollen, und ihrer abgründigen Iris.

Er schlürfte den Schaum vom Bier und dirigierte seinen Blick nach links. Gerade flammte zwischen Theke und DJ-Ecke Licht auf, eine viereckige Erhellung der Wand. Stoppek dachte zuerst an ein Dia, dann aber begann sich etwas auf der nun dunkler werdenden Fläche zu bewegen, rechts in der Ecke tauchte der Schriftzug SPACE NIGHT auf. Majestätisch schwebte eine mit großen, blauen Flecken bedeckte Kugel durch die Nacht, und auf der Wand hüpften bunte Irrlichter.

In diesem Moment kam die Bar-Frau mit einem Tablett hinter der Theke vor. Stoppek sah ihr nach. Er liebte es, Thekenfrauen zu beobachten. Sie strahlten Selbstsicherheit und Ruhe aus und verschleuderten gleichzeitig jede Menge Versprechungen, die sie natürlich nie hielten. Sein Blick folgte ihr, als sie begann, weitere rötlich schimmernde Teelichter auf den Tischen zu verteilen.

Aus der DJ-Ecke schlich sich plötzlich von hinten ein Kerl mit Stoppelkopf und Stoppelgesicht an sie ran. Der hängte sich ihr doch tatsächlich ins Genick! Die rote Kappe rutschte ihr über die Augen, und das Tablett vor der Brust machte sie wehrlos. Stoppek hatte das Gefühl, sich einmischen zu müssen.

»Hey, Mann! Laß sie los.«

Keine Reaktion. Offenbar war hier ein ritterlicher Held gefragt... und wenn sich sonst keiner drum kümmerte... Stoppek knallte dem Aufdringlichen seine Handkante zwischen die Schulterblätter, so daß er zwischen den Barhockern abtauchte. Da blieb er erst mal liegen. Stoppek grinste zufrieden und wandte seinen Blick der Erretteten zu. Aber statt eine kleine Extraportion ihres Lächelns zu bekommen, sah er zunächst nur ihre kohlrabenschwarzen Augen, die jetzt einen metallenen Schimmer auflegten, dann plötzlich ihre Rückenpartie mit den gebräunten Schultern und im Bruchteil eines Blinzelns eine schmale Schuhsohle. Schon krachte es in seinem Brustkorb, und die Barhocker flogen ihm in den Rücken, während er noch immer ihre Augen vor sich sah...

Irgendwann kam er wieder zu sich. Über ihm rote, blinkende Lichter; etwas schmerzte, das mußte sein Rücken sein. Damit lag er auf dem bierbesudelten Boden, ein paar Gläser hatte er wohl von der Theke gewischt. Stoppek hob den Kopf leicht an, der war offenbar noch mit dem Rest von ihm verbunden. Was machten seine Füße da in der Luft? Und dieses Gesicht... das kannte er doch...? Eine angenehme Wärme krabbelte in ihm hoch, er hätte stundenlang so liegenbleiben und sie ansehen können. Plötzlich aber brach Stimmengewirr in sein stilles Glück, fremde Augen ringsum, offenbar waren sie nicht alleine, schade! Er wollte sich aufstützen und elegant hochschwingen, um sich für die Erste Hilfe zu bedanken, aber der rechte Arm bewegte sich nicht, gehorchte seinem Herrn nicht mehr.

»Alles klar?« fragte die Thekenfrau.

Welch göttliche Stimme! dachte Stoppek. Aber sie sah ihn weiterhin so seltsam an. Wollte sie ihm etwa noch eine verpassen?

»Tut mir leid. Aber ich mag es nicht, wenn man sich in meine Angelegenheiten einmischt.«

»Tut mir auch leid…« Dieser Blick. Stoppek konnte nicht anders, als sich an ihm festzusaugen.

»Warum hast du denn nicht reagiert? Du hattest doch alle Zeit der Welt?« Sie strich sich die Haare hinters Ohr.

»Hm …« Ob sie ihm abnehmen würde, daß er den Körperkontakt mit ihr genossen hatte? Vielleicht etwas rauh, aber für den Anfang…

»Wir machen gleich zu. Hast du es weit?« fragte sie.

»Och, nicht so sehr… in die… äh… Bismarckstraße…«

»Wirklich? Ich auch! Nummer?«

»Was?« Stoppek glotzte ziemlich blöd. Er konnte sich nicht daran erinnern, daß die Rheinländerinnen so schnell zur Sache kamen. Also zu seiner Zeit…

»Na, die Hausnummer!«

»Ach so… 106…«

»Dann mußt du…«, sie lächelte ihn plötzlich an, als bringe er ihr den Jackpot ins Haus. »Du bist Felix aus Lübeck, stimmt's?… von der Mitwohnzentrale…«

»Eigentlich sollte ich hier einen gewissen Sistenich treffen.«

»Das ist mein Freund Florian. Der ist mal wieder auf großer Fahrt.« Sie streckte ihm die Hand entgegen. »Ich bin Rebecca! Ich wohne auch da!«

Als Antwort lächelte er sie nur an, und sie grinste ein unverschämt breites Grinsen zurück.

Einträchtig, aber durchaus nicht einheitlich bewegten sie sich in die gleiche Richtung fort. Stoppek machte Riesenschritte, wie immer, wenn er in Gedanken war oder unter dem Einfluß seiner Endorphine stand. Immer wieder blinzelte er in den Mond, schaute dann an seiner rechten Schulter vorbei und blieb stehen. Rebecca hatte keine Augen für den Mond, sondern ging meist drei Schritte hinter ihm her, und jedesmal wenn sie ihn wieder einholte, lächelte sie müde. Nach Endorphinen hätte man bei ihr vergeblich gefahndet.

Der Regen war wie weggeblasen, und die Milde der Sommernacht paßte ausgezeichnet zu Stoppeks Stimmung. Er beschloß, seine neue Nachbarin, die in diesem Moment nicht zum ersten Mal stehenblieb, nicht mit seiner prächtigen Laune zu behelligen, und widmete sich statt dessen der übrigen Außenwelt. Er ließ vom Mond ab und seine Augen schweifen. Alles strahlte neu und wunderbar.

»Wenn wenigstens die blöde Kiste laufen würde.«

Er fuhr herum. Rebecca hatte die Sprache anscheinend doch nicht verloren. Er hatte zuvor bereits zwei vergebliche Versuche unternommen, ihr mehr als nur ein unwilliges Brummen zu entlocken.

»Was denn für eine Kiste?« wagte er, die Konversation in Gang zu halten.

»Ach, mein Motorrad. Eine alte Norton.«

»Norton ...«, murmelte Stoppek. Die gute Stimmung verschwand augenblicklich.

Endlich kamen sie vor dem altehrwürdigen weißen Haus in der Bismarckstraße an, und diesmal war die Haustür verriegelt. Rebecca schloß auf, und Stoppek duckte sich automatisch in der Erwartung eines weiteren verbalen Angriffs aus einem dunklen Winkel des Flurs. Aber der Hausdrache schlief wohl um diese Zeit. Rebecca blieb vor der Treppe stehen. Gedankenlesen konnte sie offenbar selbst im Halbschlaf.

»Frau Hufschmidt muß morgens früh raus, die Haustür aufschließen.«

Oben öffnete sie die Wohnungstür und schmiß ihre Jacke in den Flur. Stoppek folgte ihr samt Seesack und Rad.

»So, da sind wir ... Ich zeig dir dann mal das Zimmer von Nico.« Damit öffnete sie die erste Tür rechts und blieb stehen, um Stoppek den Vortritt zu lassen. Der aber, so dicht neben ihr auf der Schwelle, gönnte sich einen langen Blick auf ihr Profil.

»Du sollst nicht mich anschauen, sondern dein zukünftiges Zimmer!« Rebecca drehte sich zu ihm um. Ihre Laune schien um ein paar Grad gesunken. »Ich geh jetzt ins Bett ... Das ist nebenan, und das Bad samt Klo direkt daneben ... also nicht zu verwechseln, okay? Träum was Schönes!«

*

Gar nicht übel, das Zimmer. Das Beherrschende in diesem Raum schien die Leere zu sein. Weiße Leere, exakt gesagt. Sehr weiß, sehr leer. Nur das Nötigste. Immerhin stand ein großer Schreibtisch da, natürlich in Weiß. Stoppek holte sein Laptop aus dem Seesack und klappte es auf. Hier vor dem Fenster flossen die Zeilen sicher wie von alleine. Blick auf Dächer, Bäume und Hinterhöfe, wie versprochen, und jetzt nur diffus vom Mond in milchige Nebel getaucht. Er freute sich schon auf den Ausblick am Morgen, wenn die Sonne die letzten, jetzt durch die Nacht verborgenen Winkel für ihn in Szene setzte.

Er wollte noch schnell das Telefon auswechseln. Nicos Kassengestell von der Telekom war selbst für einen spartanischen Asketen eine Bestrafung. Vorsichtig barg Stoppek sein eigenes, auf den ersten Blick unscheinbares Telefon aus den Tiefen des Seesacks, stöpselte es ein, und sofort erstrahlte die blaue Neonröhre in der durchsichtigen Plexihülle und warf gleich ein ganz anderes Licht auf seine neuen vier Wände.

Er zündete sich eine Zigarette an und schnipste die ersten Aschekrümel in den soeben dem Seesack entnommenen Aschenbecher. GITANES stand in weißen Lettern auf dunklem Grund. Ozeanisch blau. Dann warf er die Elektronik an. Der kleine Bildschirm flammte auf, und Stoppek rief die Datei mit den Brieffragmenten an *sie* auf. Das erste Datum zeigte den 30. November 1991, das letzte den 13. Juni 1998. Er blies einen perfekten Rauchring in die neue binnenländische Luft und starrte auf den Monitor. Jetzt scheiterte er sogar schon bei der Anrede. Und die Zeit machte es immer schlimmer und unmöglicher, überhaupt etwas zu schreiben. Klebrig und zäh wälzte sie sich über ihn und erstickte alles. Er saß in der Falle, während das Problem aus seiner Vergangenheit ins Unermeßliche wuchs. Stoppek saß regungslos da, aber der Schweiß lief seinen Rücken hinunter. Er kniff die Augen zusammen, da drangen Klingelgeräusche an sein Ohr.

Er wandte seinen Blick dem gerade installierten Telefon zu. Das blaue Licht war die Ruhe selbst. Das Läutintervall hatte bei genauerem Hinhören auch wenig mit dem seines Apparates gemein. Jetzt vernahm er von nebenan hektische Betriebsamkeit. Rebecca suchte ihre elektronische Verbindung zur Außenwelt. Ihre Schritte stapften über die alten Dielen. Dumpf gingen einige Gegenstände auf die Bretter, Stoppek vermutete Bücher, einem Klirren folgten unterdrückte Flüche, und so plötzlich, wie es aus dem Nichts gekommen war, brach das Rufsignal wieder ab.

Stoppek saß immer noch stocksteif im Raum. Rebeccas Stimme durch die Wand klang sonderbar. Irgendwie abgehackt, als leide sie unter Atemnot. Es hörte sich nach Sehnsucht an. Und wahrscheinlich wand sich am anderen Ende der virtuellen Verbindung Florian … Ab und zu hörte er jetzt auch den Namen »Florian« oder einfach nur »Flo«. Wie man immer genau das hört, was man auch erwartet. Er hatte das ungute Gefühl, das Gespräch könne sich noch hinziehen und sei durchaus steigerungsfähig, was Lautstärke und Intensität anging. Und er war nicht neugierig zu erfahren, was vielleicht noch alles gesteigert werden konnte. Zum Glück steckte er immer noch in seinen von der Fahrt zerknitterten Klamotten. Spazierengehen sollte ja gerade in der frischen Morgenluft so gut für den Teint sein. Außerdem könnte er sich ihre kranke Norton ansehen.

Im Flur lag immer noch ihre Jacke, ein Haufen Schlüssel, Zigarettenschachteln, Feuerzeuge, Kondome … diese Mädels heutzutage … Er suchte die Papiere, schließlich mußte er wissen, welches Baby ihres war.

Van der Meer Rebecca 26.6. … Maastricht …

Heiliger Klabautermann, dann war sie gerade mal zuckersüße neunundzwanzig! Noch vor der Schwelle zur magischen Dreißig. Die bei Männern nichts, bei Frauen aber – wenn man ihren Fachmagazinen glauben durfte – bisweilen die Welt bedeutete … Aber das war nicht die Identity-card ihres Motorrads. »Was ist das nur für eine Beleuchtung!« fluchte er halblaut. AC-AH-007? 907 … na bitte! Also runter auf die Straße. Weit würde die Maschine sicher nicht stehen … Außerdem sah man eine Norton schließlich nicht mehr alle Nächte.

Gerade als Stoppek durch das Portal auf die Straße treten wollte, hielt ihn eine unsichtbare Hand zurück. Er sah vorsichtig nach links und rechts, ob nicht irgendwo wieder ein Lübeker Kombi mit durchdrehenden Reifen auf ihn lauerte, um ihn in die Botanik zu schicken.

Morgenstund hat Gold im Mund und der Vergaser der rubinroten, alten, englischen Maschine jede Menge Dreck – sogar im Laternenschein.

4:30 Uhr
Er reibt sich die Hände und dreht an dem massiven Ring, der den Mittelfinger seiner linken ziert und den sie ihm geschenkt hat. Nicht nur der blinkende Stein fühlt sich an wie ein Eiskristall. Wenn er so weiterraucht, kann er den Plan gleich vergessen. Einen letzten tiefen Zug aus der filterlosen Zigarette gönnt er sich noch, dann bricht er ihr im Aschenbecher das Genick. — Alles hat seine Zeit, und alles Tun unter dem Himmel hat seine Stunde. — Geborenwerden hat seine Zeit, sterben hat seine Zeit. — Töten hat seine Zeit, heilen hat seine Zeit. — Weinen hat seine Zeit, lachen hat seine Zeit. — Herzen hat seine Zeit, aufhören zu herzen hat seine Zeit. — Suchen hat seine Zeit, verlieren hat seine Zeit. — Behalten hat seine Zeit, wegwerfen hat seine Zeit. — Schweigen hat seine Zeit, reden hat seine Zeit. — Lieben hat seine Zeit, hassen hat seine Zeit. — Streit hat seine Zeit, Friede hat seine Zeit … — Ein Schauer läuft ihm über den nackten Rücken, und er beugt sich nach vorn, bis die schmalen Schultern beinahe die Knie berühren. In dieser embryonalen Stellung verharrt er einige Atemzüge lang, während seine Hände die kühlen Schienbeine fest umklammern, bis die Muskulatur in den Oberarmen zu zittern beginnt und er sich allmählich löst. Entschlossen streicht er sich die Haarsträhnen aus dem Gesicht. Seine Augen fixieren das leere Blatt, das vor ihm auf dem Tisch liegt und seit Minuten auf ihn wartet. — Noch einmal fischt er den unscheinbaren Zeitungsartikel aus der Tasche, die an einem der Tischbeine lehnt. Er streicht ihn auf der Holzplatte glatt, und sein Blick saugt ihn auf. Von einer süßen Überraschung schreiben sie. Bald schon werden sie über ganz andere Überraschungen schreiben. Die Zeit ist reif und die Zeichen nicht mehr zu übersehen. — Einen Moment dreht er den Kopf in Richtung Wohnungsinneres und lauscht mit angehaltenem Atem, bevor er den Stift von dem beinahe leeren Tisch aufnimmt. — In großen Lettern meißelt er die Überschrift in das Weiß:

Für einen Moment verschwimmt sein Blick, und er beißt auf das zerfurchte Ende des Kugelschreibers. Dann schreibt er, hastig, gierig atmend, ohne Unterbrechung acht Absätze, deren erstes Wort jeweils in Großbuchstaben. — Sie wird es nicht verstehen. Nichts davon. Wie immer. Wie alle. Aber was ist daran so schwer zu verstehen? — Er macht das Licht aus und sieht aus dem Fenster geradewegs in den Himmel. Die Regenwolken sind weitergezogen, und auf dem schwarzen Tuch der Nacht glänzen schüchtern ein paar Sterne wie silbrige Nadelköpfe. Sein Blick verharrt sekundenlang, sucht weiter, kann aber nichts entdecken. — Falscher Ort zur falschen Zeit. Seine Augen wandern tiefer. Die nasse Straße spiegelt verzerrt das bunte Licht der gegenüberliegenden Tankstelle. Rot dominiert auf dem Asphalt. Als es ihm bewußt wird, lächelt er unwillkürlich. Vielleicht hätte er als Tankwart mit dem Tiger im Tank eine echte Chance bei ihr? Wer weiß, was sie gerade treibt, gerade in diesem Moment … — Er schließt die Schlafzimmertür hinter sich und gleitet ins angewärmte Bett. — »Warst du weg?« murmelt eine Stimme unter der Bettdecke heraus. — Anstatt ihr zu antworten, krault er durch ihre roten Locken. Sie schläft sofort wieder ein. — Ich war nie da, antwortet er lautlos.

Weizenmehl

Dienstag, 16. Juni, 7:15 Uhr
Fragen bohrten sich wie gefräßige Würmer in die weiche Hirnmasse. Unter der Schädeldecke wimmelte es, und Stoppek gab sich alle Mühe, den Vormarsch zu stoppen. Aber bevor er nur eine einzige Frage beantworten konnte, fielen bereits neue über ihn her.

Er machte die Augen auf. Starrte an die Decke. Sah nur strahlendes Weiß, das in seinen müden Augen schmerzte. Er kniff die Lider zusammen und ließ den Blick schweifen. Das Zimmer sagte ihm nichts. Nie gesehen, zudem fast leer.

Mit steifen Beinen stand er auf, ging quer durch den Raum zum Fenster. Einen Kirchturm erwartete er. Statt dessen stürzte sein Blick auf Dachpfannen und grünbelaubte Bäume. Nie zuvor gesehen. Wo bin ich? Und vor allem: warum? Was habe ich hier verloren? Was ist meine Aufgabe? Was mache ich sonst?

Er lehnte vor dem Fenster an einem Schreibtisch mit leergeräumter Arbeitsplatte. Mittendrauf thronte ein schwarzes Laptop. Und langsam dämmerte es in seinem Bewußtsein, während er tief atmend auf den matten Bildschirm starrte.

»Das Herumvagabundieren ist schuld«, murmelte er. Eine Ausflucht hatte er also vorerst gefunden. Er schloß die Augen, und alles war wieder da. Es strömte zurück in sein Hirn, als seien die Daten nur kurz auf Betriebsausflug gewesen … Stoppek, Felix; geboren am Valentinstag 1961 in Aachen, wohnhaft im Van-Höveln-Gang 3 in der Hansestadt Lübeck, Beruf Journalist … und er war hier, um zu sehen, was die Aachener mit dem Lübschen Marzipan trieben. Schon summte auch ein neuer Name in seinen Ohren, und die dazugehörige Stimme gesellte sich einschmeichelnd dazu …

Was er jetzt brauchte, war eine Aufgabe, die ihn von sich selbst ablenkte.

Im Flur fand Stoppek eine überquellende Werkzeugkiste, die er die Treppen hinunterwuchtete, um sie dann auf der Bismarckstraße scheppernd neben der Norton abzustellen. Seine Finger strichen über das kühle Blech des in warmem Rot lackierten Tanks. Er freute sich schon auf die Musik, wenn der Motor wieder satt und dumpf vor sich hinbrubbeln würde. Früher hatte er stets ein glückliches Händchen gehabt, bei schweigsamen Maschinen.

»Kannst du das überhaupt?«

Diesmal war es nicht der Hausdrache, sondern die leicht verrauchte Altstimme von Rebecca, die ihm in den Nacken blies. Trotzdem zuckte Stoppek zusammen und ließ den Maulschlüssel fallen. Er wußte nicht, wie lange sie schon hinter ihm stand, jedenfalls preßte sie eine riesige Brötchentüte vor die mit rotem Stoff verhüllte Brust.

»Ich hatte früher selber mal eine …« begann er, räusperte sich dann lautstark, um ein morgendliches Quiz im Keim zu ersticken.

»Und jetzt? Was ist los mit deiner Norton?« Sie war nicht nur neugierig, sondern auch hartnäckig.

»Ich hab einen Bus von der Bahn gedrückt«, setzte Stoppek einen Schlußpunkt. Mehr mußte sie nicht wissen. Es reichte, wenn er immer wieder davon träumte.

»Du bist nicht sehr gesprächig heute …«

»Können wir das Thema wechseln?« Er versuchte sich an einem morgendlichen Lächeln. »Wie war's beim Bäcker?«

»Wahnsinnig witzig!«

9:15 Uhr
Helene Plum stutzte.

Hatte es nicht gerade an der Tür geklingelt? Sie lauschte, schüttelte dann leicht den Kopf. Ihre frisch frisierten Haare wippten sanft wie silbrige Glasnudeln.

Gerade wollte sie die Hände durch den Schaum ins Spülwasser tauchen, da hörte sie es noch mal. Es war tatsächlich ihre Klingel. Seit wann kam die Müllabfuhr am Dienstag? Sie sah auf die Küchenuhr. Und so spät?

Mühsam ging sie zur Wohnungstür, das linke Knie schmerzte wieder, und drückte auf den Summer. Sie hörte, wie unten die Tür aufgedrückt wurde, und trat in den Hausflur, um über das Treppengeländer zu schauen. Man konnte ja nie wissen, wer sich Einlaß verschaffte. Früher hatte noch die Sprechanlage funktioniert, aber das war lange her. Seitdem durfte man nichts mehr im Hausflur stehen lassen. Und beinahe jeden Tag flatterten neue Werbeblättchen ins Haus. Nicht daß sie die nicht gerne las, alleine wegen der Sonderangebote, aber dadurch stand jeden Tag die Haustür sperrangelweit auf.

»Ein Paket für Plum!«

»Hier oben!« rief sie in den düsteren Treppenschacht.

»Ich komme rauf ...« Die Stimme kam näher. Jetzt hörte sie bereits das Scharren der Absätze auf den Stufen. Von oben sah sie vorerst nur eine Hand, die das Treppengeländer hochglitt.

»Ich bräuchte dann hier noch ein Autogramm, junge Frau ...«

Sie kicherte ein wenig. Lange schon hatte sie kein Paket mehr bekommen. Etwas zittrig setzte sie ihre Unterschrift in ein weißes Feld, auf das der Paketbote mit einem Finger tippte. Offenbar ging es ihm nicht schnell genug. Daß aber heutzutage jeder immer in Eile sein mußte.

»Was ist es denn?« fragte sie trotzdem. »Wenn Sie dafür schon bis hier oben steigen mußten ...«

»Ach ...«, jetzt entspannten sich seine Gesichtszüge doch noch, und er warf sich in Positur. »Das ist nun mal mein Job. Aber warum alle immer ganz oben wohnen müssen ...«

»Na, Treppensteigen ist ja gesund, da brauchen Sie nicht ins Fitneß-Studio, oder wie man das nennt.«

»Da haben Sie recht, Frau Plum. Ich stemm abends höchstens noch 'n Bierchen.« Und damit hielt er ihr das Paket hin. »Ich muß leider weiter. Aber viel Spaß damit! Das sieht echt lecker aus.«

Helene Plum betrachtete das dunkelrote Emblem, während der Zusteller flötend die Treppen runterhüpfte. Von der Firma hatte sie schon mal gehört. Aber sie hatte doch gar nichts bestellt!

Sie schloß die Wohnungstür hinter sich, ging in die Küche und legte das Paket auf den Tisch. Mit einer langen Schere durchtrennte sie das dicke Klebeband. Zuoberst in der Kiste lag ein maschinengeschriebener Brief:

»Liebe, werte Frau Plum!

Die Firma Alpmerz feiert in diesem Jahr ihr Jubiläum:

Dreihundert Jahre Süßwaren und feinstes Gebäck aus dem Herzen der alten Kaiserstadt Aachen.

Aber wir wollen nicht uns selbst feiern, sondern die Menschen, die uns zu unserem Jubiläum verholfen haben: unsere Kunden!

Und wir möchten uns auf diese Weise recht herzlich für Ihr Vertrauen bedanken!

Wir wünschen Ihnen guten Appetit und süße Stunden mit unserem Printen-Präsent-Paket!«

Die Unterschrift konnte Helene Plum nicht entziffern, aber darunter stand noch etwas:

»P.S.: Sollten Sie unsere Printen noch nicht kennen? Dann seien Sie nicht überrascht, daß gerade Sie unser Präsent erhalten. Wir haben den Zufall entscheiden lassen, wer in den Genuß eines der wenigen Überraschungspakete kommen darf – und das Los fiel auf Sie! Nochmals herzlichen Glückwunsch!«

»Das nenne ich wirklich eine nette Überraschung!« murmelte sie, während sie der Kiste kleine Tütchen mit verschiedenen Sorten Aachener Printen entnahm.

Vor sich hinsummend stand sie auf, um Wasser für den Kaffee aufzusetzen. Dann ging sie in den Flur zum Telefon. Sie hatte die Nummer schon gewählt, da schüttelte sie den Kopf und drückte schnell auf die Gabel.

»Wo habe ich heute nur meine Gedanken?« murmelte sie. »Margret liegt doch noch im Luisenhospital ...«

Sie würde die Printen jetzt wohl alleine genießen müssen, aber später konnte sie ihrer Freundin aus dem Nachbarhaus immer noch welche mitbringen. Genug waren es allemal. Oder waren Printen schädlich bei Kreislaufgeschichten?

Der Wasserkessel begann zu flöten.

9:30 Uhr

»Ich möchte kein Spülwasser trinken.« Rebecca hatte Stoppek aus der Küche geschoben, bevor er auch nur eine Chance hatte, im Weg zu stehen.

Dann stellte Stoppek sich eben erst mal auf den Kopf. *Schirschàsana*, wie es das Yoga-Buch nannte, hörte sich wesentlich mystischer an, war aber dasselbe.

An nichts zu denken, sagte sich so leicht, gleichwohl entpuppte es sich als eine der größten Lügen überhaupt. Von Ruhe jedenfalls keine Spur. Tausend Gedanken bliesen sich auf, Nichtigkeiten trompeteten ihre Botschaften ins Bewußtsein: Ich! Ich! Ich! Selten war sich Stoppek seiner selbst so gnadenlos bewußt wie in diesen Momenten, auf seinem eigenen höchsten Punkt stehend.

Er erwartete nichts. Das nämlich war der größte Fehler: das Unbewußte zu irgend etwas zwingen zu wollen, zu einer wie auch immer gearteten Aussage. Dann brach nur das Chaos über einen herein.

An vorderster Front standen die Pioniere mit der Parole »Absichtslosigkeit«. Sie spielten die Ahnungslosen, die sich von den unbewußten Gedanken einwickeln ließen wie die Schiffer von der Loreley.

Langsam glitten sie hinab. Langsam. Gleiten. Fliegen. Rutschen. Einerlei. Alles ist eins. Luft, Wasser, Erde. Tag und Nacht. In der Nacht, in der Nacht. Schleifendes Blech auf Beton. Wasser, Regen, Matsch, Erde am Hals. Ratternder Sitz. Bahnhofsuhr rauscht heran. Hart im Wind entlang keine Ahnung wohin hast du die genaue Uhrzeit? Der stete Tropfen höhl höhl höhlt den Rost von den Bremsen. Brems! Nicht! Blech. Bus. Beine. Asphalt. Wärme. Weißes Plumeau. Nicht schon wieder! Papperlapapp. Ruhe. Schuh in die Brust. Schwarze Augen strahlen Lächeln. Roter Stoff riecht warm einladend weiblich. Lang ist der Weg und erst der letzte und keine Zigaretten mehr und überhaupt. Süß. Süß wie Printen. Knackig. Weich. Marzipan. Marzipanprinte. Printenmarzipan. Prinzipan. Marzinte. Printe. Pinte. Finte. Tinte. Fintin finden ... Husten!

Er verlor um ein Haar das Gleichgewicht und damit den Faden. Das Unbewußte redete vielleicht einen Scheiß daher!

Etwas aber hatte er aus der Tiefe geschürft und nach Übertage gebracht. Es sah nach einem Haufen felsigem Schrott aus und bedurfte einer eingehenden Untersuchung mit dem analytischen Hämmerchen. Und noch war ihm überhaupt nicht klar, was dann zum Vorschein kommen würde. Aber er hatte alle Zeit der Welt, sagte er sich ...

Aus einem Blumenkasten wehte der Duft von Lavendel in die Küche.

»Beim Barte des Tchibo-Mannes. Das ist wahrlich kein Spülwasser.« Stoppek hob seinen Blick und sah rüber zum Herd. Da stand sie: Silbrig glänzte ihr geschliffenes Gewand in der Morgensonne, die durch die Fenster hindurchblitzte. Überall prangten eingebrannte, braune Canyons an ihrem zylindrischen Leib. So hatte eine Espresso-Kanne auszusehen.

»Sag mal: was machst du eigentlich hier in Aachen?« fragte Rebecca. Sie senkte ihre zuvor an die Tischkante gelehnten Knie abwärts und ging auf nackten Füßen zum Herd. Endlich konnte Stoppek das tun, was er sich zuvor nicht getraut hatte: in Ruhe ihr riesiges Trikot begutachten, das sie offensichtlich zum Morgenmantel entfremdet hatte. Auf schwarzgelbem Grund stand da, kaum zu lesen wegen der Falten, in denen das XXL-Format über ihrem nur noch zu erahnendem Körper hing, DELZEPICH. Um das Trikot des legendären Sturmtanks der Aachener Alemannia aus den 80er Jahren auszufüllen, hätte sie nicht nur dreißig Zentimeter wachsen müssen. Stoppek war froh, daß sie es nicht getan hatte.

»Bist du immer so leicht zu verunsichern?«

»Was?« Er war mal wieder nicht auf dem Posten, denn er hatte ihre Drehung am Herd nicht mitbekommen.

»Verunsichere ich dich?« Sie legte den Kopf schräg, ihre blonden Haare tanzten auf der Schulter und drehten seltsame Pirouetten, und sie sah ihn unschuldig an. Wenn nur dieses leichte Kräuseln ihrer Lippen nicht gewesen wäre. Stoppek mußte kein Meister der Mienendeutung sein, um ein nur mühsam kaschiertes Grinsen zu erkennen. Sie verwirrte ihn und knüpfte ihm wunderschöne Knoten in seine ohnehin verschnörkelten Gehirnwindungen.

»Du bist sehr ... äh ... direkt ...« Dafür, daß er sein Geld mit Worten verdiente, war das mehr als erbärmlich.

»Für Umwege habe ich keine Zeit. Aber keine Angst, ich finde dich auch ganz … nett …« Erstmalig schien auch Rebecca nach etwas gesucht zu haben.

Aber als sie ihn jetzt so ernst ansah, gar nicht mehr spöttisch, da glaubte Stoppek ihr jedes Wort. Er war nur etwas aus der Übung, was den Umgang mit dem anderen Geschlecht anging, hatte sich selbigen kategorisch verboten.

Sie setzte sich wieder an den Tisch. »Und? Was machst du jetzt hier?«

»Also«, setzte er an, »es gibt da diese sensationelle Firmen-Freundschaft zwischen den Zuckerbäckern aus Nordrhein-Westfalen und denen aus Schleswig-Holstein, an der nicht nur ganz erkleckliche Mengen von Geld hängen, sondern auch das Zauberwort, mit dem die deutsche Unternehmerzunft jeden Politiker dazu bringt, mit Wonne das Staatssäckel zu öffnen: ARBEITSPLÄTZE.« Er schlürfte kurz am Kaffee. »Viele können es nicht sein, und es hört sich an wie ein Märchen aus tausendundeiner Nacht, aber findige Marketing-Fritzen scheinen tatsächlich eine Lücke im Absatzmarkt gefunden zu haben. Und das Konzept, um diese rettende Lücke aufzutun, ist …« Stoppek hustete sich den Staub aus den Lungen. Es war nicht seine Art, Reden zu schwingen. Aber gerade als er zur großen Schluß-Pointe ausholen wollte, unterbrach ihn das Klingeln der Türglocke.

Rebecca rückte ihren Stuhl zurück, auf dem sie mit kunstvoll verknoteten Beinen gesessen hatte, und ging in den Flur. Für Stoppek war das die Gelegenheit, endlich etwas anderes als sie zu sehen. Zuallererst begutachtete er den Stuhl, auf dem er saß und der wie die fünf anderen von einem Flokati bewachsen war. Die zottelige Mähne leuchtete in den schrillsten Farben. Der Tisch dagegen bekämpfte eine Invasion von Muscheln, die seine ehemals geraden Beine bedeckten und jetzt wie natürliche Wucherungen bevölkerten; an den Wänden hingen Metall-Objekte. Irgendwer in der Wohngemeinschaft hatte eine Ader für Design oder mehr.

Als Rebecca wieder in die Küche kam, wedelte sie links mit einem dicken und rechts mit einem dünnen Umschlag.

»Erst so kurz da, und schon Post!«

Sie überreichte ihm den dicken, braunen Umschlag und legte ihr dünnes Kuvert, ohne darauf zu schauen, unter ihre Tasse.

Stoppek riß den C-5-Umschlag auf und überflog den Inhalt. Mattes hatte wirklich alles rausgesucht, was auf die Schnelle zu finden gewesen war. Er hatte Stoppek seit langem in sein einsames Herz geschlossen, aber vor allem konnte er dem Alten damit eins auswischen. Der hatte ausdrücklich »aus Gründen der Rentabilität« untersagt, Archiv-Material an freie Mitarbeiter rauszugeben, es den faulen Hunden schon gar nicht hinterherzuschicken, »die schreiben ja dann doch nur alles ab und schinden Zeilen auf Teufel komm raus, und ich muß den Mist dann redigieren ...«

Stoppek lehnte sich zufrieden zurück und gähnte. Alles lief wie am Schnürchen: Die Infos kamen frei Haus auf den Küchentisch geflattert, und er wußte nach nur drei Minuten mehr über Printen und deren Hintermänner als in seinen ganzen fünfunddreißig Lenzen zuvor.

»Ich warte.« Rebecca sah ihn mit einer Mischung aus Neugier und Vorwurf an. »Du bist mir noch den Clou schuldig.«

»Ach so«, Stoppek räusperte sich, um den entglittenen Faden wiederzufinden. »Man nehme das angeblich Beste, sagen wir lieber: die Markenzeichen aus zwei Städten, das Marzipan und die Printe, und verschmelze alles zu einem Gesamtkunstwerk, auf daß man damit den süßen Markt abräume!« Er sah Rebecca erwartungsvoll an.

Die aber zog nur die Augenbrauen hoch. »Das findest du aufregend? Ich weiß nicht recht ...«, zerstörte sie seine morgendliche Euphorie. »Und was ist dein Part dabei?«

»Darüber zu schreiben.«

»Du bist Journalist?« Rebecca nickte vielsagend. »Die Firmenherren wollen sich eine goldene Nase verdienen, und du schreibst darüber einen netten Lobhudel-Artikel! Toller Job.«

Was wollte sie eigentlich? Sie verwechselte ihn wohl mit Philip Marlowe oder Sam Spade.

»Manchmal muß man eben auch so was machen. Man kann ja nicht jeden Tag investigativen Journalismus treiben.« Fraglich allerdings, ob er das je gemacht hatte. Anstatt sich diese Frage zu beantworten, schlürfte Stoppek lieber an seinem Kaffee. »Dafür bin ich mal raus aus meinem heimischen Realitätstunnel ... und außerdem lerne ich durch diesen langweiligen Job immerhin gerade dich kennen.« Er war selbst überrascht, soeben Relikte aus seiner erloschen geglaubten Charme-Ader gehoben zu haben.

»Kann nicht auch etwas ganz anderes dahinterstecken?« Sie sah ihn herausfordernd an. »Es ist doch zum Beispiel merkwürdig, daß ausgerechnet eine Firma aus Aachen bisher das Schleswig-Holstein Musik-Festival gesponsert hat. Mit einer satten Million. Bei uns gibt es auch Arbeitslosigkeit, und das nicht zu knapp. Und ausgerechnet in den Norden pumpen sie das Geld. Schon ein bißchen seltsam, oder?«

»Witterst du überall gleich Verschwörungen?«

»Warum nicht? Geld alleine interessiert die Herren doch nicht mehr. Für kleine Krämerseelen ist das vielleicht eine Lebensaufgabe, aber die richtig dicken Säcke wollen irgendwann mehr ...«

»Du hast eine ziemlich lebhafte Phantasie.« Stoppek schüttelte den Kopf.

»In meinem Metier brauche ich die auch.«

»Hinter der Theke?«

»Ja ... da auch.«

»Und womit vertreibst du dir die restliche Zeit?«

»Artists do it in fiction ...« Rebecca warf einen vielsagenden Blick auf die Metall-Objekte an der Wand. Ihre Knie lösten wieder sich vom Tisch, und kurz drauf flammte erneut das Gas am Herd auf. »In Aachen kommt man mit Kunst aber auf die Dauer nicht weiter. Hier tummeln sich schon zu viele, die behaupten, Künstler zu sein. Vor allem nachts im *Dumont*.« Sie lachte kurz auf, während die *chat noir*, der belgische Kaffee, in der Kanne zu schnurren begann. »Vielleicht gehe ich nach New York oder wenigstens nach London. Allerdings könnte Florian das wieder in den falschen Hals bekommen.« Energisch betätigte sie den holländischen *Melkklopper.* »Für ihn wäre das das Ende unserer Beziehung. Er redet nur noch von Familie, anstatt einfach mitzukommen. Aber er selbst verschwindet und taucht wieder auf, wann es ihm paßt.« Sie lachte erneut kurz auf, diesmal mit einem bitteren Unterton. »Aber was erzähle ich dir das?« Sie sah Stoppek kurz an und grinste. »Themenwechsel!«

Stoppek fegte die Krümel der Croissants vom Tisch in den Komposteimer, und als Rebecca die dampfenden, dickbauchigen Tassen auf dem großen Tisch abgestellt hatte, steckten sich beide wortlos ihre Zigaretten in Brand.

Nach dem ersten tiefen Zug hatte Stoppek eine Idee, sich Arbeit zu sparen.

»Sag mal, warst du schon mal bei Alpmerz drin? Ich meine, nicht bei einer offiziellen Besichtigung?«

»Nein, aber ich kenne einige, die im Moment dort jobben. Laß mal überlegen ...« Sie biß sich eine Sekunde auf die Unterlippe. »Klar! Barbara! Die Schwarze, sie war auch im *Dumont* gestern. Sie kommt am Freitag zum Essen. Du kannst ja auch vorbeischauen und sie interviewen ...«

Uiuiui! machte es in Stoppeks Hirn, vielleicht aber auch viel tiefer.

Plötzlich drängte sich ein hohes Fiepen aus den Tiefen der Wohnung in den morgendlichen Küchenfrieden. Stoppek zog die Augenbrauen hoch, Rebecca dagegen blähte die Backen auf, ließ sie mit einem Knall platzen und stürmte mit wehendem Alemannia-Trikot aus dem Raum.

Einen solchen Stürmer hätte die Tivoli-Truppe gebraucht, denn schon stand Rebecca wieder in der Küche.

»Wer schickt denn jetzt noch ein Fax an Nico?« murmelte sie, dann brannten sich ihre Augen in das Papier ein. »Eigentlich wissen alle, daß sie weg ist ...« Einen Moment schien sie in sich versunken. »Vielleicht kannst du ja etwas damit anfangen.« Sie reichte ihm das Blatt.

»Glaube ich nicht. Es ist bestimmt für dich oder Florian.« Trotzdem begann er zu lesen:

»LAST BLUES, TO BE READ SOME DAY
't was only a flirt
you sure did know –
some one was hurt
long time ago.

All is the same
time has gone by –
some day you came
some day you'll die.

Some one has died
long time ago –
some one who tried
but didn't know.«

Es sah aus wie die Lyrics für einen Song. Stoppek gab Rebecca das Papier zurück, die es unschlüssig hin- und herdrehte. Plötzlich schrak sie auf und schoß vom Tisch hoch, als sei sie vom Stachel eines Skorpions getroffen, und auch Stoppek fiel um ein Haar die Zigarette aus der Hand.

»Jaydee, du alter Schleicher!« Sie verschwand für einen Moment unter dem Tisch, um gleich darauf wieder mit einem nunmehr laut schnurrenden Stubentiger im Arm aufzutauchen. »Darf ich vorstellen: Jack Daniels, genannt Jaydee, die wahrscheinlich verschlafenste Katze der Welt …« Rebecca kraulte das schwarzweißgescheckte Tier am Hals. »Sie war ursprünglich ein Kater … bis zur Kastration, da stellte sich dann heraus, daß da nix war zum Abschneiden.« Sie lachte schallend, und Stoppek klemmte instinktiv die Beine zusammen, zwischen denen es mit einem Schlag kribbelte.

Die Katze warf einen Blick über den Tisch und fixierte Stoppek mit grünen Augen. Über das Linke lief ein schwarzer Fleck, was ihr ein verwegenes Aussehen verlieh. Die gescheckte Zeichnung des Felles erinnerte Stoppek an einen Orca, den angeblichen Mörderwal. Aber das lag daran, daß es weniger Karrieregründe als vielmehr Hobby-Zoologen-Gelüste gewesen waren, die Stoppek an hanseatische Gestade getrieben hatten. Immerhin tauchten seit einiger Zeit wieder Wale in der Ostsee auf, hieß es. Stoppek hatte nie einen zu Gesicht bekommen, aber er träumte oft davon und redete sich ein, alles werde anders, wenn er nur einen dieser gigantischen Burschen vor die Pupillen bekam. Die Erleuchtung, Erlösung, was auch immer, käme über ihn, könne er nur eine Rückenflosse für Sekundenbruchteile fassen. Er hatte gehört, es sei ein Déjà-vu, einen dieser Riesen zu streicheln: eben nicht kalt und glitschig wie bei einem Fisch, sondern weich und schmeichelnd. Er streckte die Hand nach dem schnurrenden Orca aus, und sofort schnappte der sich den Zeigefinger mit seinen spitzen Zähnen und hielt Stoppeks journalistisches Arbeitsgerät gefangen. Er erwartete den Schmerz, aber nichts passierte.

»Komisch …« Rebecca folgte dem Schauspiel interessiert. »Sonst beißt sie immer gleich zu. Jaydee scheint dich zu mögen.«

»Da bin ich aber froh.« Stoppek wurde der ausgestreckte Arm langsam schwer. »Ich brauche meine Hand eigentlich noch. Könntest du ihr vielleicht sagen …« Jetzt spürte er, daß die rauhe, warme Zunge der Katze seine Fingerkuppe ableckte. Dann drehte sie den Kopf weg und schnappte sich eine Scheibe Käse vom Tisch, mit der sie in ungeahnter Geschwindigkeit unter einem der haarigen Stühle verschwand.

10:30 Uhr

Das Spülwasser war schon lange kalt, aber das war Helene Plum heute egal. Sonst war es nicht ihre Art, das schmutzige Geschirr zu stapeln. Genau genommen war es auch nur das vom heutigen Frühstück und vom gestrigen Abendbrot. Sie hatte das immer so gemacht, seit Jahren schon, und sie liebte ihren Rhythmus. Darauf war Verlaß.

Nur heute ließ sie ihn ein wenig schleifen. Man gewann schließlich nicht jeden Tag! Und auch wenn es angeblich der Zufall war, der ihr das Paket beschert hatte – bedanken mußte sie sich doch. Sie legte großen Wert auf Höflichkeit.

Zuerst hatte sie einen Brief schreiben wollen, aber heute fühlte sie sich so jung, also entschied sie sich, ganz neumodisch einfach anzurufen.

Meist telefonierte sie vom Flur aus, das war zwar nicht so bequem, hielt dadurch aber die Gebühren in Grenzen. Die Schnur reichte aber bis in die Küche, und heute gönnte sie sich den Luxus, im Sitzen zu telefonieren. Noch einmal strich sie den Brief glatt und wählte die Nummer. Es tutete nur einmal.

»Alpmerz Süßwaren. Einen schönen guten Tag. Was kann ich für Sie tun?« Eine freundliche weibliche Stimme. Helene Plum fiel ein Stein vom Herzen, denn sie wußte gar nicht so genau, was sie sagen sollte.

»Ja, hier ist Frau Plum …«

»Guten Tag, Frau Plum! Wie kann ich Ihnen helfen?«

»Das ist so, Fräulein … Ich weiß nicht, an wen ich mich da wenden muß, aber ich möchte mich bedanken … das gehört sich doch so …«

»Das ist sehr nett, Frau Plum, aber darf ich fragen, wofür Sie sich –«

»Für die Kiste, die ich bei Ihnen gewonnen habe! Darüber habe ich mich wirklich sehr gefreut! Wissen Sie, ich bin ja schon eine alte Frau, ich bekomme sonst selten Post … und dann gleich ein so schönes Paket!«

»Ich weiß leider nicht genau, wovon Sie sprechen und bin im Moment nicht über ein Gewinnspiel unseres Hauses informiert, aber ich versichere Ihnen, ich leite Ihre …«, für einen Moment schien sie nach dem passenden Wort zu suchen, »Ihren Dank gerne weiter und hoffe, Sie halten uns auch weiterhin die Treue … Aber ich muß jetzt leider …«

»Natürlich, Fräulein, ich will Sie nicht länger von der Arbeit abhalten.«

»Also, nochmals besten Dank, Frau Plum! Auf Wiederhören!«

Langsam ließ sie den Hörer auf die Gabel gleiten. Immerhin hatte sie es versucht! Wenn die Leute über ihre eigenen Pakete und Gewinne nicht Bescheid wußten, konnte sie auch nichts machen. Sicher war das in einer so großen Firma normal, und das Mädchen am Empfang konnte nicht alles wissen.

Sie stand auf, um das Telefon zurück in den Flur zu stellen. Mit einem Mal aber wurde ihr ein wenig schwindelig. Sie mußte sich wieder setzen. Das war bestimmt der Kaffee. Und die Aufregung. Vielleicht hätte sie auch nicht jede Sorte probieren sollen …

11:30 Uhr

Nachdem Jaydee einen beachtlichen Napf voller Glibberspezereien leergeschleckt und sich dann in die geheimen Tiefen der Wohnung zurückgezogen hatte, verschwand auch Rebecca laut pfeifend ins Bad.

Stoppek schob seinen platten Renner in das Zimmer zur Rechten und obduzierte den dahingegangenen Schlauch. Dem war mit einem scharfen, langen Gegenstand die Luft rausgelassen worden. Gründlich und endgültig.

Aber er hatte vorgesorgt und eine ganze Armee von Schläuchen in seinem Seesack stationiert. Keine zehn Minuten später war er froh, sein Rad wieder unter dem Hintern zu spüren.

Was er jetzt dringend brauchte, waren ein paar einsame Meilen auf dem Asphalt. Er versuchte den alten Trick und schnurrte wie eine Gebetsmühle: »Du denkst an gar nichts, rein gar nichts. Garnichts. Reingarnichts. Garnichtsreingarnichts …«

Vorerst aber forderten seine Augen ihren Tribut. Zuerst sah er nur einen Ball, der immer wieder hoch über der Hecke am Frankenberger Park auftauchte, einen Moment in der Luft zu stehen schien, um dann ebenso schnell wieder abzutauchen. Als Stoppek durch die rote Ampel Ecke Schloßstraße gestoppt wurde, erkannte er, daß am Fuße der in Sonnenlicht gebadeten Burg halbnackte Gestalten Volleyball spielten. Ihre Körper glänzten vor Schweiß, und die Gesichter strahlten um die Wette. Im Hintergrund kreischten nackte Kinder, die sich mit einer Wasserkanone gegenseitig naß spritzten.

Schon auf der Bismarckstraße war ihm aufgefallen, daß vor einer Kneipe Tische und Stühle auf dem Bürgersteig standen. Je näher er jetzt dem Zentrum der Stadt kam, desto stärker vermehrten sich die Sitzplätze unter freiem Himmel. Es schien geradezu, als wollten die Aachener den Italienern zeigen, was südländische Lebensart sei.

Als letztes registrierte er eine rote Ampel und eine blonde Kellnerin mit einem Tablett, über dem der Kaffeedampf gen Himmel tanzte. Dann drehte sich sein Blick nach innen. Ob es ihm nun paßte oder nicht, ständig sah er schwarze Augen vor sich, eingerahmt von honigblonden Haaren, und dann wieder volle Lippen mit dieser Reihe blitzender Zähne. Immer schön abwechselnd. Wie Dias. Eins nach dem anderen. Und immer wieder von vorne. Aufhören konnte er damit nicht, das wußte er aus Erfahrung. Und das störte Stoppek, denn es war ihm lange nicht mehr passiert, seit Jahren, um halbwegs genau zu sein. Daher war es jetzt neu und damit unangenehm bis unheimlich. Er kramte nach dem letzten verbliebenen Krümel Verstand: Was war so toll an ihr? Ihre von Metallkugeln zu Kastanien in Lichtgeschwindigkeit changierenden Augen, ihre blitzenden Zähne, ihr Lächeln, ihre rauchige Stimme, ihr Gang …?

Na schön, es war doch so: neue Umgebung, neue Leute, die Sonne, überall Hormone in der Luft, dazu der süßliche Schokoladen- und Konfitüregeruch. Stoppek hatte rausgewollt, raus aus seinem üblichen Trott, und deshalb hatte er sich zu diesem Job breitschlagen lassen, um dann noch ein wenig Urlaub in der ehemaligen Heimat anzuhängen, unbezahlt, versteht sich. Er war losgefahren und hatte nichts erwartet, höchstens eine versiffte Studentenbude mit alternativ verbrämten Typen, dazu einen Job, um den ihn höchstens der Praktikant in der Redaktion beneidete. Und dann kam er an, und schon knallte ihm ein Engel die zuckersüßen Füße in die Rippen. Stoppek war selten wirklich auf etwas vorbereitet, schon gar nicht auf etwas in dieser Art. Glaubte er noch an Poesie und Kitsch, würde er jetzt sagen: Sein Herz war offen wie ein Scheunentor … und sie spazierte einfach mittenrein und veranstaltete erst mal ein fulminantes Chaos. Rebecca van der Meer!

Er ließ den Kaiserplatz links liegen und schaltete höher, um sich abzulenken.

Mehr und mehr forderte die Fahrt durch die City seine ungeteilte Aufmerksamkeit. Er hatte zwar vor etlichen Jahren im Norden gewohnt und daher geglaubt, alles wiederzuerkennen, das Radwegesystem jedoch mußte neu sein. Derart abenteuerlich war er früher nie durch die Stadt gelotst worden.

Im Industriegebiet rollte Stoppek langsam aus, schob die getönte Radbrille hoch, wischte sich den Schweiß aus den Augen und stellte den rechten Fuß auf den Bordstein. Ein mächtiger Schornstein aus roten Ziegelsteinen dampfte zähe Zuckerwolken in den gleißenden Himmel, und ein süßlicher Duft benebelte seine Geruchsnerven. Die Printen-Produktion lief, wenn er seiner Nase trauen durfte, auf Hochtouren. Das Weihnachtsgeschäft begann bereits im Sommer. Sicher stapelten sich in den Lagerhallen schon die Kisten mit Aachens berühmtestem Export.

Morgen um zehn Uhr hatte er einen Termin, und dann würde er in das Geheimnis der neuesten Spezialität des Hauses Alpmerz eingeführt. Die Zahl im weithin sichtbaren knallroten Firmenlogo besagte, daß sich die hiesigen Zuckerbäcker schon seit dem Jahr 1688 immer wieder neue Kreationen ausdachten. Und ebenso lange verstanden sie es bereits, ein großes Geheimnis aus ihrem Rezept zu machen. Wenn man es recht bedachte, waren die Zutaten für die original Aachener Printe geheimer als das lächerlich junge Rezept für amerikanisches Zuckerwasser. Zum Leidwesen der Aachener aber hatte das US-amerikanische Gebräu in einem Blitzkrieg die Welt erober, hingegen gab es noch komplette Landstriche, vielleicht sogar Kontinente, in denen keine Printen käuflich zu erwerben waren. Aber das änderte sich vermutlich gerade ... in diesem Moment ... Und richtig, Stoppek wurde beinahe weggeweht vom Luftzug eines Lkw, der mit mehr als den vorgeschriebenen dreißig Stundenkilometern an ihm vorbei auf das Firmengelände zurauschte. Im Pförtnerhäuschen ging eine Hand zum Gruß hoch, dann rollte der Brummer an der rotweißgestreiften Schranke vorbei. Auf dem Ladekasten prangte unübersehbar das Logo der Mitstreiter aus Lübeck ... Das Lübsche Marzipan wartete auf seine gewinnbringende Vereinigung mit der Öcher Printe.

11:45 Uhr

Rebecca kam mit nassen Haaren aus dem Bad und warf einen Blick nach rechts auf die riesige Bahnhofsuhr, die Florian irgendwann angeschleppt und in der Küche aufgehängt hatte. Dort hing sie nun und versuchte von ihrer erhabenen Höhe aus die Zeit und damit den Rhythmus ihrer Untergebenen zu diktieren. So hätte sie das wohl gerne, dachte Rebecca immer wieder, wenn sie dieses Monstrum sah, und sofort verlangsamte sie ihre Bewegungen, gähnte das kalte, runde Gesicht an und zog geräuschvoll die Nase hoch. Wenn Florian nicht diesen Tick mit Uhren hätte, Rebecca würde das Scheusal längst auf dem Flohmarkt versilbert und dafür eine Hängematte aufgehängt haben. Zum Einkaufen hatte sie jedenfalls alle Zeit der Welt, sie könnte vielleicht sogar noch auf einen Sprung in die Werkstatt und wäre immer noch rechtzeitig wieder da, um die Kleine von der Schule abzuholen.

Als Rebecca vom Türken aus der Oppenhoffallee zurückkehrte, war sie beinahe wieder reif für ihr Bett und vollgepackt mit drei Tüten. Paprika (die scharfen), Porree, Auberginen (schon wegen der Farbe), Möhren, Kartoffeln und ein Pfund Leber. Jaydee würde ausflippen, wenn sie den Blutgeruch in die Nase bekäme.

Rebecca machte sich auf ihrer Liegewiese lang, einem ausufernden, ausgeklügelten Matratzen-System. Sie blickte durch ihre Wimpern auf die Muster der in warmen Rottönen marmorierten Zimmerdecke. Die Fenster standen weit auf, und ärgerliches Gekreische drang herein. Vermutlich hatte ein Jungvogel das Sakrileg begangen, der vor sich hindösenden Jaydee etwas auf den Kopf fallen zu lassen. Und ihre Katze verteilte nun sicher Gratislektionen in Sachen Flughygiene. Überhaupt: *Ihre* Katze ... Die schätzte die Besitzverhältnisse genau andersrum ein und behandelte Rebecca dementsprechend meist wie das materialisierte Nichts oder, wenn sie wohlgelaunt war, wie ihren leibeigenen Dosenöffner. Rebecca hatte gerade jetzt Lust, ihr den Hals zu kraulen und sich von ihrem Schnurren einlullen zu lassen. Aber sie hatte eben keinen Hund bei sich aufgenommen, und so mußte sie sich wieder einmal damit abfinden, von ihrer Katze Launen abzuhängen und alleine zu sein. Ihre Lider wurden immer schwerer, das Geräusch ihres Atems ahmte immer mehr die Brandung nach, ihr Rücken sank tiefer und tiefer in warmen, weichen Sand ... Bevor ihre Gedanken vollends baden gingen, brach sie den Urlaub ab, indem sie die Augen öffnete und sich mit einem Ruck aufsetzte.

Sie kam gerade noch rechtzeitig zur Schule.

»Na, Süße, bekomme ich einen Kuß?« Rebecca ging mit ausgebreiteten Armen in die Hocke und fing die auf sie zuschießende Lockenkugel ab.

»Hai!« kam es cool aus dem kleinen Mund mit den großen Zahnlücken. »Wir haben heute ein Diktat geschrieben ...« Die Augen weiteten sich zu riesigen Spiegeleiern. »Ich hab bestimmt tausend Fehler!«

»Ach ja? Letztes Mal hattest du keinen einzigen ...«

»Da war ich auch noch viel jünger und das Diktat nicht so uncool!«

»Uncool? Worum ging's denn?«

»Jahreszeiten!« Teresa streckte die Zunge angewidert raus. »Und sie haben einen Schneemann gebaut. Dabei weiß doch jedes Baby, daß man jetzt keinen Schneemann bauen kann!«

»Weil jetzt Sommer ist, nicht?«

»Ooaahh!« stöhnte Teresa und schlug die Hände theatralisch vor die Augen. »Weil das nur Weihnachten geht!«

»Ach ja, klar! Und warum geht das nur Weihnachten?«

»Weil da das Christkind kommt ...«

Rebeccas kam nicht mehr ganz mit. »Das Christkind?«

»Weil ... das ist doch der Freund vom Schneemann!«

Rebecca gab auf.

»Zum Glück hab ich ein Schneefach im Kühlschrank. Lust auf Fischstäbchen, Frau Professor? Dann komm! Wer zuerst an der Ampel ist ...«

Den Sprint ließ sie die Kleine großzügig gewinnen, aber oben an der Wohnungstür war Rebecca die Erste.

»Kann ich in deine rote Höhle?«

Was wie eine Frage klang, war ein Ritual seit Urzeiten zwischen ihr und Teresa. Jedesmal, wenn sie von der Schule zu Rebecca kam, wühlte sich die Kleine erst mal zwischen die roten Kissen und Decken. »Wenn ich so groß bin wie du, bau ich mir auch so eine!« hatte sie eines Tages feierlich verkündigt.

Rebecca hatte noch nicht die Herdplatte eingeschaltet, da tönte es aus ihrem Zimmer:

»Es blinkt! Einmal!«

Sie klappte den Kühlschrank wieder zu und ging in ihr Zimmer. Während sie den Anrufbeantworter zurücklaufen ließ, suchte sie nach ihren Zigaretten. Die Kiste hörte überhaupt nicht mehr auf zu spulen, und als das Band schließlich anfing, saß Rebecca schon mit einer brennenden Zigarette davor.

Es hörte sich an wie eine Botschaft aus dem All. Sie erkannte gerade mal, daß es Geräusche waren, die entfernt an Florians Stimme erinnerten.

»Oh Florian, wann lernst du endlich telefonieren?« Vermutlich war er stoned oder besoffen, wahrscheinlich aber beides gewesen. »Na super!« Sie war keinen Deut schlauer als zuvor. Wieder einmal wußte sie nicht, wann der gnädige Herr zurückkommen würde.

Nicht, daß sie ohne ihn nicht leben konnte. Aber sie haßte es, auf jemanden zu warten. Auch wenn er sich noch so oft dafür entschuldigte. Plötzlich stand er auf der Matte, und sie sollte dann verrückt vor Glück werden in diesem schicksalsschweren Moment.

12:30 Uhr
Stoppek wendete sein Rad. Er hatte genug gesehen für einen ersten Eindruck.

Wenn er ehrlich war, hatte er eigentlich gar nichts gesehen. Aber das hatte er auch nicht ernsthaft erwartet. Was konnte hier schon spektakulär sein? Der Pförtner hätte dem hanseatischen Lkw die Einreise verweigern können … der hätte dann das Feuer eröffnet … die Printen in Blut gebadet … das Weihnachtsfest in Gefahr … Schlagzeile in den RTL-Action-News:

FÄLLT DIESES JAHR WEIHNACHTEN WELTWEIT AUS?

Stoppek war kein Spezialist für das, was man neudeutsch *Fake* nannte. Mit seiner alten Spiegelreflex-Knipse und seinem gebrauchten Laptop gehörte er sowieso eher in die journalistische Steinzeit. Allerdings wäre er da mit seinem zweifelhaften Talent verhungert. Aber wenn er vielleicht um die Jahrhundertwende gelebt hätte … Ihn hatte natürlich wieder mal keiner gefragt … Und mit der Vergangenheit war das so eine Sache. Was war schon je wirklich vergangen? Stoppek spürte, daß sein Gehirn nur noch einen winzigen Schritt machen mußte, und er würde in die unbeleuchtesten Schichten seiner Erinnerung abrutschen, in Gebiete, die er immer noch mied …

Seine Kehle wurde enger und trockener, er räusperte sich, spuckte aus und trat stehend in die Pedale. Nach wenigen Umdrehungen hörte er nur noch das sanfte Surren der Kette und das hohe Pfeifen des Windes in den Speichen. Ganz in der Nähe hatte er mal gewohnt. Damals. In der Vergangenheit. Der Tacho zeigte 57, als er die Monheimsallee runterraste, und eine Fliege flog unter seiner Brille durch in sein rechtes Auge.

Als er die Wohnung betrat, wischte er immer noch an dem tränenden Lid. Vor Rebeccas geöffneter Zimmertür blieb er stehen.

»Ich wußte gar nicht, daß du eine Tochter hast …«

»Ich auch nicht! Die hab ich heute beim Bettenmachen gefunden …« Beide Mädels brachen in einhelliges Gelächter aus. »Ehe es in deinem Oberstübchen überkocht: Ich bin nur Teilzeit-Mutter. Und das ist Teresa!«

»Hallo, ich bin Felix …«, und damit hielt Stoppek, der mit jungen

Frauen in letzter Zeit nur wenig, mit noch jüngeren aber gar keine Erfahrung hatte, Teresa etwas steif die Hand hin. Die aber hob nur lässig die linke und sagte wieder ihr »Hai!«. Dann begutachtete sie ihn mit schräg gelegtem Kopf.

»Wohnst du jetzt hier?«

»Naja, nur kurz. Eigentlich wohne ich in Lübeck.«

»Cool!«

»Cool?« Stoppek konnte sich nicht erinnern, in dem Alter, er schätzte sie auf sechs oder sieben, schon englisch gesprochen zu haben. Nicht ein Wort.

»Ja! Geil!« Teresa begann zu kichern und ihr Gesicht hinter den Händen zu verstecken.

»Weißt du denn, was das heißt?« fragte Rebecca.

»Na klar, ich bin doch kein Baby!« Selbstbewußt blickte sie Rebecca in die dunklen Augen, und Stoppek fiel auf, wie sehr sich Teresa von ihr unterschied. Teresa hatte, der Vergleich drängte sich ihm sofort auf, Katzenaugen. Grün und schmal, vor allem, wenn sie lachte. Und wenn die Sonne auf die Iris fiel, schimmerten sie wie ein Türkise.

Er sah sich in Rebeccas Zimmer um. Beim Eintreten hatte er nur vage mitbekommen, daß durch seine Augen auf eine sonderbare Art nichts als Rot in sein Innerstes eingefüllt worden war. Und jetzt sah er es: Alles in diesem Raum war rot. Wände, Decke, Fensterrahmen, das riesige Bett, die Vorhänge am Fenster, selbst die Bilderrahmen … Rot in allen Abstufungen, Nuancen, Spielarten, Changierungen. Eine wundersame Wärme breitete sich in Stoppek aus … Er lehnte sich an die Wand, steckte sich eine Zigarette an und begann zu lächeln, als er die rote Glut sah.

Rebecca riß ihn aus seinem Tagtraum. »Ich bringe jetzt Teresa zurück zu ihrer Mutter. Danach bin ich in der Werkstatt … Es kann spät werden, die Deadline für meine Klangskulpturen drängt. Ciao!«

*

Stoppek betrachtete nachdenklich den bärtigen Mann. Er machte einen sonderbaren Eindruck, so als bedrücke ihn etwas, als werde er förmlich erdrückt. Für einen Kaiser, so glaubte der Untertan gern, ein eher seltener Zustand. Im vorliegenden Fall allerdings nur zu verständlich, denn der hölzerne Kaiser war eine Printenform und schaute Stoppek von einem anderen Print-Produkt aus an: dem Titelbild eines Buches über Ab- oder Aufdrucke pfefferkuchenartiger Substanz, genannt Printen.

Die spezielle Aachener Variante des Lebkuchens gehörte eigentlich auch ins Reich der Printmedien und damit auf jeden Schreibtisch, erfuhr Stoppek durch das Buch blätternd, dann legte er es zu den anderen auf den Stapel, der sich auf dem Schreibtisch türmte. Unter dem Stuhl angelte er nach dem letzten in der Tasche verbliebenen Exemplar seines beinahe wissenschaftliche Kriterien erfüllenden Handapparates. Er freute sich schon auf das Gesicht des Alten, wenn er ihm die Spesen-Rechnung auf den Tisch legte.

Für heute aber hatte er genug gelesen und damit für morgen einen ganzen Sack voller Fragen an die Zuckerbäcker. Stoppek streckte die Beine auf dem Schreibtisch aus und bewegte dabei seine nackten Zehen. Dann zog er den Tabak aus der Tasche seines weit offenstehenden Hemdes und drehte in aller Ruhe eine formvollendete Zigarette. Vielleicht könnte er später noch auf ein Bier in die Stadt gehen.

23:00 Uhr

Zum wiederholten Mal sah Kaliner auf die Uhr im Armaturenbrett, ließ aber das geschwungene Portal auf der gegenüberliegenden Seite nicht aus den Augen ließ. Er schnippte die bis auf den Filter runtergebrannte Zigarette aus dem geöffneten Seitenfenster auf die Straße und gähnte. Seine Augen verließen für einen Moment das dunkle Portal und wanderten die weiß verputzte Hauswand hoch. Aus dem dritten Stock drang keinerlei Licht durch die geschlossenen Fenster.

Wieso kam die Blonde nicht aus dem Haus? Mußte sie nicht längst zur Schicht?

Er ließ die Fahrertür ins Schloß klicken und ging um das dunkle Heck des Kombis herum. Einen Moment witterte er in die klare Nacht hinein, dann überquerte er die Straße und ging mit weiten Schritten auf das Portal zu. Wieder verharrte er regungslos, lauschte, aber nur in der Ferne zerriß eine sich entfernende Sirene für Sekunden die Stille. So sanft wie seine kräftige Hand es vermochte, drückte er gegen das alte, wettergegerbte Holz, das lautlos nachgab. Er lief durch die Eingangshalle und verschwand mit hastigen Schritten im unbeleuchteten Garten.

In seiner rechten Hand hielt er bereits die Camel-Packung, bar jeglicher fiskalischer Verzierung, und klappte den Deckel hektisch auf und zu. Die braunen Filter lachten ihn an, aber er widerstand der Versuchung, drückte die Box spielerisch zusammen und stopfte sie in die abgewetzte Lederjacke.

Mit beiden Händen fuhr er sich über seinen Stoppelkopf. Dann ließ er den Blick die teilweise bewachsene Hauswand hinaufgleiten. Im dritten Stock brannte jetzt Licht. Nur in einem Zimmer. Und nur sehr schwach.

Bestimmt trieben sie es gerade wieder.

Bienenhonig

Mittwoch, 17. Juni, 00:13 Uhr
Stoppek hatte kurz ins *Dumont* geschaut, weil er Rebecca dort vermutete, aber von ihr war nichts zu sehen. Er war daher weitergegangen, durch die Friedrichstraße vorbei am *Club Voltaire*, für den es sicher noch zu früh war, über den Kaiserplatz zur Promenadenstraße, wie in alten Zeiten.

Das *Hauptquartier* glich immer noch mehr einer steinzeitlichen Höhle als einem postmodernen Schankraum. Das Volk, das sich hier rumtrieb, war weiterhin bunt und laut, wenn auch jünger als zu Stoppeks Zeit. Er betrachtete die bunten Runen, die über die grob verputzten Wände krochen, und erinnerte sich an das Gegenstück der gestrigen Nacht. Während wenige Straßenzüge weiter im *Dumont* zu den Klängen betont kühler Maschinenmusik aus der Endlosschleife der Weltraum erobert wurde, kreischten hier Gitarren mit menschlichen Stimmen um die Wette. Allesamt waren sie bemüht, auf die eine oder andere Weise die Nacht auszuhalten, vielleicht auch aufzuhalten, die Zeit anzuhalten, in die Unsterblichkeit einzugehen. Und, nur für den Fall, daß das nicht gelingen sollte, wollte man wenigstens für einen Moment richtig hip sein.

Stoppek hoffte, diese Nacht traumlos zu schlafen. Nach drei großen Bier fühlte er sich der Aufgabe gewachsen und zog die schwere Höhlentür auf.

Kaum stand er auf der Straße, legten sich seine Textilien wie ein Panzer um seine Haut. Im Innern der Höhle hatte er am Feuer der Gemeinschaft geschwitzt, jetzt umschloß ihn für einen Moment das Eis des Individuums. Er zitterte fünf Schritte lang und dachte an Einsamkeit, dann kickte er scheppernd eine leere Bierdose vor sich her und ging gen Frankenberger Viertel.

Als er in der Bismarckstraße endlich die Tür hinter sich schloß, hatte seine Stimmung einen kritischen Wert auf der nach unten offenen Stoppek-Skala erreicht. Er steckte den Schlüssel in die Hosentasche, dann stutzte er. Irgend etwas stimmte nicht ... Das Licht! Es war stockfinster, der Mond war hinter Wolken verschwunden.

»Verdammt noch eins!« Stoppek ging auf sein Telefon zu. »Wieso leuchtest du nicht?« Er bückte sich danach, und plötzlich spürte er einen Luftzug im Nacken, im gleichen Sekundenbruchteil inhalierte seine penible Nase kalten, würzigen Tabakrauch, der von hinten nach ihm griff. Er hatte keine Chance, nach der Ursache zu suchen... TSCHAKK!!! war alles, was er noch mitbekam, es blieb in seinen Ohren, dann in seinem Kopf hängen, konnte nicht mehr raus, schon wurde sein Nacken ganz heiß und ihm eiskalt, viel kälter als zuvor draußen, obwohl ... Ihm schwand die Gegenwart. Er sah eine Straße, auch da war es immer kälter geworden, damals, auf dieser Straße, kalt, eiskalt, sterbenskalt ... und dann versank Stoppek in den allerschwärzesten Tunnel.

Die Linien trafen sich irgendwo am Horizont, schwarze Linien zwischen weißen Flächen, nein, der Horizont war das nicht, eher eine Fußleiste, ebenfalls in Weiß, und jetzt spürte er seinen Brustkorb, und er fragte sich, warum er auf den Dielen lag, er, der sich jetzt erinnerte, daß er Stoppek genannt wurde. Und als er den Kopf noch weiter anhob, wußte er auch wieder, was er auf dem Boden zu suchen hatte.

Stoppek lauschte. War der Unbekannte noch in der Wohnung? Außer dem leisen Knacken der Dielen unter seinen Rippen hörte er nichts. Was sollte der Blödsinn? Erst die Sache auf der Straße, da hatte er ja noch an einen Zufall geglaubt. Aber jetzt? Was hatte der, die oder das nur gegen ihn? Er war doch ganz neu hier, das wußte fast keiner, und selbst wenn, was hatte er denn schon? Was, zum Teufel, hatte er getan?

Steif und wackelig rappelte Stoppek sich hoch. Auf Zehenspitzen schlich er aus seinem Zimmer in den Flur, verharrte einige Sekunden mit angehaltenem Atem. Alles blieb so friedlich wie zuvor. Nicht mal mehr den Geruch fremden Tabaks konnte er ausmachen.

Stoppek war gerne bereit anzunehmen, er habe sich das alles nur eingebildet. Blieb jedoch die Frage, wieso er dann auf dem Boden wach geworden war.

Er massierte mit der Rechten sein Genick, während er den Flur entlangging. Rebeccas Tür stand weit geöffnet, so wie bei seiner Rückkehr aus dem *Hauptquartier*. Offenbar war sie immer noch unterwegs oder schlief einfach außer Haus. Mir ist sie ja nun weiß Gott keine Rechenschaft schuldig, sagte er sich. Seine Neugier allerdings stöhnte unbefriedigt auf.

Am Ende des Flurs angekommen betrat Stoppek die Küche. Seine Augen hatten sich mittlerweile so weit an die Dunkelheit gewöhnt, daß er kein Licht anknipsen mußte, um auf der überdimensionalen Uhr zu sehen, daß seit seiner Rückkehr nicht viel mehr als eine halbe Stunde vergangen sein konnte.

Er ging ins Bad und setzte sich aufs Klo. Einen Moment lang traute er sich nicht, Geräusche von sich zu geben, aber dann gab er dem Drang nach. Als die Spülung mit der Urgewalt der Niagara-Fälle in das Porzellanbecken krachte, war er sicher, nun jedem möglicherweise noch im Hause verbliebenen Meuchelmörder signalisiert zu haben, daß es jetzt besser sei, das Weite zu suchen. Als das Wasser langsam in den Kasten nachgelaufen war und immer noch keine hastigen Schritte im Flur ertönt waren, ging er vorsichtig flötend zurück zu seinem Refugium.

Vor der Tür aber blieb er stehen und drehte sich zu der gegenüberliegenden Türöffnung. Er wollte lieber auf Nummer Sicher gehen. Alle Einsprüche in puncto Privatsphäre beiseite wischend, betrat er das Zimmer von Florian. Die Straßenlaterne lieferte genügend Licht für einen ersten Überblick: vor dem Fenster ein Tisch mit allerlei undefinierbarem Zeug darauf, darüber, quer von Wand zu Wand verankert, eine Art Zwischenetage, wahrscheinlich mit der Matratze, links unten an der Wand ein monströser Schrank, vermutlich ein Erbstück, an den Wänden Bilder in Rahmen und dazu einiges, was er nicht erkennen konnte, auch nicht, als er ganz dicht davorstand.

»Geht mich ja auch nichts an!« ermahnte er sich halblaut und ging zurück zum Flur.

An der Tür hielt er erneut inne und kratzte sich am Kinn. Bestimmt ist der Lichtschalter neben der Tür außer Betrieb, sagte er sich, profane Deckenbeleuchtung ist in den 90ern nicht angesagt. Falls aber doch, dann ist das eine Einladung. Er drückte behutsam auf den Schalter, und Florians Reich erstrahlte im grellen Schein einer 100-Watt-Birne. Stoppek grinste zufrieden, während die Wächter der Intimsphäre die Hände vor die Augen schlugen.

An den Wänden, das erkannte er jetzt, hingen Uhren, jede Menge und in einer Vielfalt, wie man sie sonst nur bei einem Uhrmacher vermutete. In dem Moment, als Stoppek sie sah, erwartete er, sie auch zu hören. Aber es blieb so still wie zuvor. Alle Uhren standen, waren irgendwann stehengeblieben, alle zu verschiedenen Zeiten. Ein derart stilles Hobby hätte er einem Musiker gar nicht zugetraut. Zwischen den Uhren hingen seltsame Masken, von denen Stoppek, bar jeglichen ethnologischen Know-hows, vermutete, sie stammten aus Afrika, vielleicht aber hatte zuletzt auch ein Aborigine damit ahnungslose Weiße im Outback zu Tode erschreckt.

Eine merkwürdige Kombination jedenfalls, und als sei das noch nicht genug, hingen da diese merkwürdigen gerahmten Bilder oder Fotos. Landschaftsaufnahmen, verwackelt, unscharf und mit ermüdend unspektakulären Motiven: Bäume, Baumwipfel, Himmel, Wolken, nicht einmal besonders schön, einmal auch ein Berg, eher ein Hügel, zumindest seine grasbewachsene Kuppe, darüber wieder ein absolut nichtssagendes Firmament … Als Landschaftsfotograf würde Florian über kurz oder lang verhungern, so viel stand für Stoppek, dessen Presse-Bilder auch nicht gerade brillant waren, auf den ersten Blick fest.

Auf einem Bild war etwas mehr zu erkennen, es sah auch eher nach einer Kopie aus. Vielleicht von einem alten Stich? Es zeigte einen bärtigen Mann, der auf eine Frau, die zu seinen Füßen in einem Fluß oder Bach lag, herabsah. Warum sie da lag, verriet das Bild nicht. Aber eines konnte Stoppek sagen: Der alte Mann mit dem Bart, so sagte eine Analyse des Konterfeis in seinem Bild-Archiv, erinnerte stark an das Titelbild des Buches über die Printen. Sollte das am Ende Karl der Große sein? Immerhin stand Stoppek auf Aachener Boden, und ohne den Ollen Karl ging ja hier fast gar nichts, wo doch jeder gebürtige Öcher in direkter Linie vom Kaiser abzustammen vorgab.

Er beschloß, seine Schnüffeltour zu beenden, ging zur Tür und machte das Licht aus. Zeit zu schlafen. Wenn er schlafen konnte.

6:30 Uhr

Helene Plums Hals kratzte. Sie tastete nach der Dose Pullmoll auf dem Nachttisch, aber ihre Finger bekamen nur Luft zu fassen. Mühsam öffnete sie die Augen und starrte an eine weiße Wand mit einem gerahmten Bild.

»Na? Geht es wieder so einigermaßen?«

Eine junge Frau in hellblauem Kittel beugte sich über das Bett.

»Da haben Sie Ihrer Nachbarin ja einen ganz schönen Schrecken eingejagt, als sie plötzlich vor ihrer Tür lagen.«

Langsam kamen die Bilder zurück ...

»Mir ...« Sie räusperte sich mühsam. »Mir war plötzlich nicht gut ...« Ihre Stimme verendete in einem Krächzen.

»Ganz ruhig! Trinken Sie erst mal das hier. Das wird Ihnen gut tun, Frau Plum!«

Im ersten Moment brannte es wie Feuer. Aber die Frau hatte recht, im Hals löste sich zäher Schleim, und dann ging es wirklich besser.

»Wissen Sie, Fräulein, ich war selber ganz überrascht. Aber ich hatte doch das Paket bekommen ... von der Firma ...« Sie überlegte einen Moment, aber sie kam nicht drauf. »Und die Printen waren wirklich köstlich, ganz köstlich, also das muß ich sagen! Vielleicht habe ich zu viele gegessen. Ich bin schon immer eine Naschkatze gewesen, müssen Sie wissen ...«

»Jedenfalls mußten wir ...«

»Und plötzlich war mir so schwindelig, ich dachte erst noch, das ist die neue Kaffeesorte, ich nehm ja sonst immer den von Jakobs ...

»Hören Sie, Frau Plum, wir mußten Ihren Magen auspumpen!« Die junge Frau klang mit einem Mal sehr energisch. »Und das machen wir nicht so schnell, das können Sie mir glauben. Was also, bitteschön, war mit diesem Paket? Seien Sie ganz ruhig und erzählen Sie mal schön der Reihe nach ...«

Helene Plums Mund stand weit offen. Jetzt erst fiel ihr auf, daß sie ihre Zähne gar nicht trug. Das alles mußte eine Verwechslung sein. Jedenfalls war das entschieden zuviel für sie.

10:00 Uhr

»Herr Stoppek ... schön, daß Sie kommen konnten!« Stoppek schoß eine gepflegte Hand entgegen und schüttelte die seine. Ein wenig zu lang für seinen Geschmack, denn er befürchtete, den fremden Geruch anzunehmen. Er selbst hatte sich zur Feier des Tages nach dem Rasieren einige Tropfen eines teuren Wässerchens gegönnt, das ihn im Bad verführerisch angelächelt hatte. *Eternity* ... »Darf ich vorstellen: Herr Doktor Strombach, unser Geschäftsführer!«

Strombach schob seine Hand mit vor Lässigkeit strotzender Langsamkeit in Richtung Stoppek, dessen Rechte bereits untertänig in der Luft verharrte. Das schien dem Geschäftsführer zu gefallen, denn sein Lächeln verstärkte sich. Mit einem kurzen Nicken hieß er den Schmierfinken willkommen.

»Und mein Name ist Heinrich Mann, Herr Stoppek. Wir hatten ja bereits miteinander telefoniert.«

Vom Tisch her ertönte Geklapper, und eine weitere Hand erhob sich gelassen zum Gruß.

»Herr Mandelarzt, ein Kollege von der Aachener Zeitung«, erläuterte Mann.

Mandelarzt grinste verschlafen und rührte weiter in seinem Kaffee.

»Ein paar Printen kämen jetzt gut«, flüsterte er Stoppek zu, der neben ihm Platz nahm, »zum Dippen ...«, und lehnte sich für einen längeren Vortrag zurück.

Die Präliminarien nahmen ihre Lauf.

Stoppek zuckte seinen antiquierten Füllfederhalter, um den Block auf dem Tisch vor sich mit Notizen zu füllen. Das wurde immer gerne gesehen, und er wußte das nur zu gut. Aber er schrieb nie wirklich etwas mit. Seine Kritzeleien verbargen ihn wie eine Mauer aus klebriger Geschäftigkeit. Sie zog die Aufmerksamkeit seiner Gesprächspartner auf sich und ließ sie nicht mehr los, während er unbemerkt sein Umfeld inspizieren konnte.

Sein Kollege schien auf guten Eindruck nicht allzu viel Wert zu legen und schenkte sich statt dessen großzügig einen weiteren Kaffee ein.

»Meine Herren, ich sage Ihnen etwas: Die Printe wird unterschätzt!« Bedeutungsvoll kam Mann nah an den Tisch, senkte den

Blick, und Stoppek fürchtete, er werde gleich nach seiner Hand greifen wie ein Beichtvater. »Die Printe ist viel älter, als man sich das gemeinhin vorstellt! Sie hat eine Geschichte, und die beginnt ...«

»Spätestens im Jahre 812, sofern man den urkundlichen Quellen glauben darf, denn selbst Karl der Große hat, was den wenigsten Konsumenten bekannt sein dürfte, höchstpersönlich in einem Erlaß, dem ›Capitulare de villis‹, an die Zünfte verlauten lassen ...«

»Ich sehe, Herr Stoppek«, Manns Arme beschrieben einen weiten Bogen, »Sie haben Ihre Hausaufgaben, wenn ich das so sagen darf, wirklich gründlich gemacht!« Und schon begab sich der PR-Mann mit seiner Rhetorik-Rakete auf eine ausgedehnte Zeitreise.

Stoppek massierte die Beule in seinem Nacken, rührte in seinem Kaffee und katapultierte auch sich in der Zeit zurück. Allerdings nicht einmal um einen halben Tag, aber ebensowenig wie Mann verließ er Aachener Boden ... Warum, um alles in der Welt, hatte man ihn diese Nacht auf die Bretter geschickt? Wem hatte er auf die Füße getreten?

»Und damit komme ich zum eigentlichen Anlaß unseres heutigen Beisammenseins ...« Mann zelebrierte eine bedeutungsvolle Pause, und Stoppek riß die Augen auf.

»Die Vergangenheit berührt die Gegenwart, wenn Sie mir diese etwas lyrische Formulierung gestatten. Aber wenn es um Liebe geht, darf man wohl einen Moment mit Worten und Gedanken schweifen.« Stoppek wähnte sich im falschen Film. War er etwa eingeschlafen?

»Ich denke, diese Geschichte wird auch Ihnen neu sein ...«

Und das war sie in der Tat. Stoppek hatte keine Ahnung, wo die Zuckerbäcker das ausgegraben hatten, aber sie pochten auf alte Quellentexte, Urkunden, sogar von einem Brief war die Rede. Und natürlich wieder von Karl. Dem Großen Karl. Ohne den schien in Aachen wirklich nichts zu laufen.

Im Oktober des Jahres 783 hatte es ihn schwer erwischt. Seit über elf Jahren leisteten die Sachsen Widerstand gegen den Karolinger. Aber kein Sax traf ihn, sondern eine Fränkin namens Fastrada. Und Karl, auch dem Sex nie abgeneigt, was seine ansonsten zahlreichen Nebenfrauen untermauern, liebte sie, wiederum elf Jahre lang, bevor Fastrada am 10. August 794 im Alter von neunundzwanzig Jahren starb.

Bis zu diesem Punkt hatte Mann einen akzeptablen Vortrag Marke honoriger Historiker gehalten. Die nach der nüchternen Schilderung von Fastradas Tod hereinbrechende Kunstpause allerdings ließ Stoppek das Schlimmste befürchten.

»Karl, der große Karl, der Herrscher über ein schon damals riesiges Reich, ließ seine tote Gattin aber nicht begraben, sondern schmückte den Leichnam mit den kostbarsten Edelsteinen und saß Tag und Nacht an Fastradas Seite. Sogar seine Staatsgeschäfte ließ er schleifen und trauerte …«

Erneut gab Mann Stoppek und Mandelarzt Gelegenheit, die Dramatik der Geschichte auf sich wirken zu lassen. Stoppek, in mittelalterlicher Geschichte nicht sonderlich beschlagen, sah schon die Tragödie ihren unbarmherzigen Lauf nehmen. Und wenn er nicht gestorben ist, dann trauert er noch heute …

»Bischof Turpin verdanken wir es, daß Karl wieder ins Leben zurückfand. Im Traum nämlich sah Turpin einen Ring unter der Zunge der Toten, und dieser Ring verzauberte Karl und band ihn für immer an Fastrada. Wieder erwacht, fand der Bischof den magischen Ring tatsächlich, zeigte ihn Karl, und sofort war dieser erlöst …«

Großartiger Taschenspielertrick! Stoppek war begeistert und strahlte sein breitestes Grinsen, Mann lächelte verzückt, und Strombach entzündete in diesem historischen Moment äußerst zufrieden ein Zigarillo.

Allerdings deutete Mann den journalistischen Frohsinn falsch, denn er setzte seine Münchhausengeschichte im Brustton der Überzeugung fort.

»Ein kleines Problem aber gab es dennoch, denn Karl übertrug seine ganze Liebe augenblicklich auf den Bischof. Es hieß, er sei ihm von da an nicht mehr von der Seite gewichen.«

In Stoppek keimte ein Verdacht: Dieser PR-Mensch glaubte das Märchen, das er da auftischte! Und Strombach? Auch er hatte nicht mit der Wimper gezuckt, geschweige denn widersprochen. Von Mandelarzt erwartete Stoppek schon lange keine Reaktion mehr.

»Aber auch hier wußte der findige Bischof eine Lösung und warf den Zauberring in einen Weiher. Die erhoffte Wirkung trat sofort ein, und Karl erwachte quasi aus seiner Verzauberung.« Mann nippte erneut an seiner Tasse. »Einen kleinen Haken hatte die Sache aber noch, denn Karl übertrug seine Liebe auf den Weiher, in dem Fastradas Ring ruhte, und saß nun stundenlang an dessen Ufer. Aus Sehnsucht nach ihr ließ er dort eine Burg errichten ...«, Stoppek traute seinen Ohren nicht, »... die man später Burg Frankenberg nannte.«

10:30 Uhr
Er schneidet den letzten Streifen Klebeband ab, schüttelt das gelbe Postpaket noch einmal prüfend, dann legt er es auf den Tisch. Ein zufriedenes Grinsen breitet sich auf seinem Gesicht aus, während er aus dem Fenster auf das jetzt unbeleuchtete ovale Reklameschild der Tankstelle auf der gegenüberliegenden Straßenseite sieht. — Sein Atem geht ruhig und tief, als er die Kappe von dem Stift abzieht und die dicke, faserige Mine mit einem satten Rot auch die vierte Zeile auf der Liste auslöscht. Er faltet das Blatt zusammen und wirft einen Blick auf seine zweite Liste. Neben den ersten Absatz macht er einen schönen roten Haken. — Entschlossen streicht er die Haare aus der Stirn. Im Flur lauscht er für einen Moment auf Geräusche jenseits der Tür, dann zieht er sie vorsichtig hinter sich ins Schloß und gleitet beinahe lautlos die Stufen hinunter. Er wirft das Paket auf den Beifahrersitz und dreht den Zündschlüssel. — Ihr werdet euch noch wundern! lacht er in sich hinein, während er Gas gibt und nach seinem Feuerzeug sucht. Er kichert ausgelassen, bis ihn ein Tabakkrümel in der Luftröhre stoppt. Er spuckt aus dem offenen Fenster, und seine Miene versteinert von einer Sekunde auf die andere. — Ihr verkauft die letzten Reliquien der Romantik! Aber nicht mit mir!

10:55 Uhr
Strombach erhob sich hoheitsvoll.

»Damit Sie sich nicht schon beim ersten Termin die Finger wund schreiben ...« Gönnerhaft überreichte er Stoppek eine Mappe mit dem Logo der Firma. »Darin finden Sie alles Wissenswerte über die jahrhundertealte Geschichte unseres Hauses.«

Ein Präsentkorb wäre Stoppek lieber gewesen. Aber auch hier hoffte man wieder mal auf die Faulheit des Schmierfinken. Die Firma legte die Selbstdarstellung sauber gebunden auf den Tisch, der Zeilenschinder schrieb dankbar alles ab, setzte seinen Namen drunter, und schon war der Zauber perfekt: Eine Werbebroschüre verwandelte sich in einen fundierten, objektiv recherchierten Artikel. Versuchen konnte man es wenigstens.

»Ich möchte es mir nicht nehmen lassen, Ihnen persönlich ein wenig von dem zu verraten, was unser Haus seit Wochen vorbereitet.« Strombach sah Stoppek verschwörerisch an. »Wir möchten eine alte Tradition aufleben lassen und die Printe in ihrer ursprünglichen Form präsentieren.«

Mann durfte zu den Worten des Meisters den Dia-Projektor bedienen und saß mit zittrigen Fingern am Abzug. Es waren beinahe die gleichen Bilder, die Stoppek am Abend zuvor in seiner auf Redaktionskosten erstandenen Mini-Bibliothek studiert hatte.

»Was wir in Kürze zu präsentieren gedenken, vereint all die seit Jahrhunderten tradierten Spielarten des ehemaligen Honig- oder auch Pfefferkuchens in einem einzigen Produkt!« Strombach lächelte Stoppek voller Stolz an. »Unsere neueste Kreation bedeutet eine Innovation auf dem Süßwarenmarkt ... Tradition, Innovation, Emotion, feinste Zutaten, erlesenster Geschmack, dabei wenig Kalorien und ein Herz aus Marzipan ... kurzum ...«, seine Arme schwangen in einem weltumspannenden Bogen gen Himmel, »Fastrada!«

Strombachs Triumph war perfekt, und Stoppek saß mit großen Augen im Firmensessel.

»Ein Herz aus Marzipan?« wagte er nachzufragen.

Die Augen des Printengottes schossen Blitze auf ihn herab. »Eigentlich ist es eher ein Ring ...« Er ließ das letzte Wort einen Moment wirken. »Sie verstehen, der Ring der Fastrada –«

Das Telefon fuhr Strombach in seinen selbstherrlichen Auftritt.

»Was ist denn? Ich hatte doch ausdrücklich ...« Mit aufgeplusterten Augenbrauen lauschte er in die Muschel. »Na gut, ich komme.« Der Hörer paßte nicht sofort auf die Gabel, aber schon lächelte Strombach wieder aalglatt und bedauerte, nun in eben dieser Angelegenheit zu einer geheimen Kommandosache eilen zu müssen. Stoppek aber hatte über den Rand seines Notizblockes hinweg das plötzliche Zucken von Strombachs Augenlid registriert.

»Es gibt da noch ein geringfügiges technisches Problem. Der Präsentation von Fastrada, deren Termin sie noch rechtzeitig erfahren, steht aber nichts im Weg.« Strombach wandte sich zur Tür, und auch Kollege Mandelarzt hatte es plötzlich eilig, drückte allen freundlich die Hand und empfahl sich, wobei er Stoppek verschwörerisch zuzwinkerte.

»Ich werde mich dann auch mal verabschieden ...«, begann Stoppek, schwang seine Tasche über die Schulter und hielt Mann die Hand hin.

»Ist das eigentlich Ihr Renner da unten?« Mann deutete zum Fenster. »Wunderschönes Gerät! Pinarello, ja? Aber in der Farbe habe ich es noch nie gesehen ...«

»Das ist eine Sonderanfertigung«, sagte Stoppek und beugte sich verschwörerisch zu Mann. »Jens Heppner ist mein Schwager.«

»Im Ernst?« Mann geriet völlig aus dem Häuschen, vielleicht eine Nebenwirkung des Jobs.

»Im Scherz.«

»Das ist ja großartig, da müssen Sie mir unbedingt –« Mit einem Mal glotzte er Stoppek blöd an, der aber grinste ihm freundlich ins Gesicht und hielt ihm die Hand hin.

»Freundschaft?« bot er an. »Unter Sportskollegen ist doch ein bißchen Radlerlatein erlaubt ...« Und ehe Mann sich die Sache überlegen konnte, setzte er nach: »Ich kenne mich hier nicht mehr so gut aus. Können Sie mir nicht eine schöne Tour zeigen? Oder besser noch: Sollen wir nicht mal zusammen eine Runde drehen? Ich wette, Sie haben zu Hause etwas in der Garage stehen, was mal wieder Auslauf braucht!« Man kann ja nie wissen, dachte Stoppek, wofür eine Verlagerung der beruflichen auf die private Ebene gut sein konnte.

11:55 Uhr

Elisabeth Lammerskötter sah auf die alte Küchenuhr und zählte lautlos die Sekunden mit.

Kalli schöpfte noch immer keinen Verdacht, sondern trällerte fröhlich in seinem Käfig vor sich hin. Die kleine Tür aus Gitterstäben stand wie immer, außer zur Schlafenszeit, weit auf, aber Kalli liebte sein Zuhause und schaukelte gerne auf der kleinen hölzernen Stange.

Der Minutenzeiger würde jeden Moment umspringen, und Elisabeth Lammerskötter schlich vorsichtig von hinten an den Käfig heran. Vor genau einem Jahr hatte sie Kalli aus dem Zoogeschäft mit nach Hause genommen, auf die Minute genau.

»Viel Glück und viel Segen auf all deinen Wegen, Gesundheit und Frohsinn …« Der Wellensittich verstummte und drehte den Kopf, um die Sängerin in Augenschein zu nehmen. Offensichtlich gefiel ihm der Gesang, denn er legte den Kopf auf die Seite und trällerte die zweite Stimme, so klang es jedenfalls für Elisabeth Lammerskötter, die nun Tränen der Rührung in den Augen hatte.

»Herzlichen Glückwunsch, Kalli!« Sie hielt einen Finger in den Käfig, und der Vogel hüpfte augenblicklich darauf und ließ sich hinaustragen. »Jetzt sind wir schon ein Jahr zusammen, wir zwei beiden …«, sie lachte, »und heute gönnen wir uns etwas Besonderes!«

Sie setzte ihn vorsichtig auf der Kante des geöffneten Paketes ab, das auf dem Tisch lag.

»Wir genehmigen uns heute etwas Süßes!« Vorsichtig öffnete sie eines der kleinen Zellophantütchen. Kalli pickte zart an ihrem Finger. »Ich weiß, eigentlich darf ich das nicht, mit meinem Zucker. Aber heute ist nun mal ein Feiertag, und wenn wir schon einmal etwas geschenkt bekommen …«

Sie zerbröckelte eine Printe für Kalli und legte die Brösel sorgfältig auf einen Teller von dem guten Geschirr. Auf ihrem eigenen Teller hatte sie einen kleinen Berg mit Printen drapiert, von jeder Sorte eine. Sie öffnete das erste Tütchen, gleich darauf das zweite.

»Als wäre Sonntag«, murmelte sie, »oder schon Weihnachten … Diese Hitze …«, schimpfte sie dann laut. »Noch nicht Mittag, und schon fühlt man sich wie im Backofen.«

In letzter Zeit sprach sie oft mit sich oder eben mit Kalli. Früher hatte sie mit Karl-Heinz geredet, auch wenn der nie richtig zugehört hatte. So sind Männer nun mal, hatte sie sich immer getröstet. Die haben auch ihre Probleme, aber sie reden nicht darüber, nicht mal mit ihrem besten Freund.

Aber jetzt bräuchte sie ihn wirklich. Sie hatte ihn doch auch immer versorgt, als es ihm nicht mehr so gut ging. Nie war sie selbst krank gewesen. Männer konnten ja so wehleidig sein, wie kleine Kinder. Frauen sind viel zäher. Wann bin ich das letzte Mal krank gewesen, richtig krank? Das Lebkuchengebäck glitt ihr langsam aus den Fingern. Zurück blieb eine Spur Vollmilchschokolade und einige Mandelkrümel auf ihrer Schürze. Sie fühlte sich mit einem Mal sehr schläfrig.

»Du bleibst ganz ruhig auf deinem Stuhl sitzen, Elisabeth!« Ihr Kopf wurde immer schwerer. »Und nachher machst du dir eine schöne Tasse Tee …« Sie erschrak über ihre eigene Stimme. Das letzte Mal hatte sich ihre Zunge so fremd angefühlt, als sie Karneval 1995 diesen Punsch bei der Nachbarin probiert hatte, etwas zuviel vielleicht.

»Ich bin nicht angesäuselt …«

18:00 Uhr

Als Stoppek zurück in die Wohnung gekommen war, hatte Rebeccas Tür sperrangelweit aufgestanden, von ihr aber keine Spur. Stoppek hätte mit ihr gerne über die Aktion der letzten Nacht gesprochen, statt dessen warf er sein Laptop an und starrte lange aus dem Fenster, bevor er endlich seine Laufschuhe schnürte und Richtung Eselsweg losrannte.

Und jetzt, obwohl er kaum eine Faser am Körper trug, schwamm er in Ozeanen von Schweiß, und als Mündung hatten sie offenbar die Augenhöhlen auserkoren. Es brannte scheußlich, als er die Erzberger Allee runterlief. Merkwürdige Bilder spulten hinter seinen Augen ab. Eine Hand. Zwei Menschen. Eine Achterbahn. Die Hand winkte, und die Zwillinge betraten die Achterbahn …

Seine Nikes hämmerten ohrenbetäubend, obwohl die Sohlen wie Butter waberten. Stoppek schniefte und rieb sich die Augen, als er mit Riesenschritten nach rechts schwenkte. Ein dunkler Wagen rollte vor ihm in die Turpinstraße. Das Weiß des Kennzeichens reflektierte die Sonne. Stoppek wich der Laterne gerade noch aus. Seine Augen hingen wie paralysiert am Heck des Kombi. Kein beruhigendes AC vorneweg.

Sondern ein HL. Kein Zweifel. Stoppek beschleunigte, um die offene Rechnung zu begleichen. Mit einem mächtigen Satz war er auf der Straße. Der dunkle Kombi gab ebenfalls Gas und jagte die Viktoriaallee runter.

Ausgepumpt blieb Stoppek stehen und verfolgte den Wagen mit den Augen. Jetzt war er nicht mehr sicher. Ein HL hatte er gesehen, aber was bewies das schon? Es gab sicher mehr als nur ein Lübecker Kennzeichen in Aachen. Und war es überhaupt identisch mit dem gespeicherten? HL-V 528.

Er wollte nur noch unter die Dusche. Die Gespenster runterspülen.

Erschöpft erreichte er die Bismarckstraße, kroch die Treppen hoch und wollte den Schlüssel ins Schloß stecken, aber die Tür schwang von allein auf.

»Läßt du die Wohnungstür häufiger offen?« fragte er Rebecca, die im Flur vor seiner schweißtropfenden Nase stand. »Das würde wenigstens erklären, wie der Typ hier reinkam, der mich letzte nacht auf die Planken geschickt hat.«

»Was?« Rebecca starrte ihn an. »Es war jemand in der Wohnung?«

»Ja, in meinem, ich meine in Nicos Zimmer ... Und er hat mir ganz trocken eins ins Genick gegeben.«

»Hast du irgend etwas gesehen?«

»Ja, erst schwarz und dann die Dielen.« Stoppek massierte instinktiv sein Genick. »Als ich wieder auf dem Damm war, habe ich die Wohnung inspiziert, aber natürlich war keiner mehr da ... Wo warst du eigentlich?«

»Ich? Ich war in der Werkstatt.« Rebecca bekam den Mund fast nicht mehr zu. »Glaubst du vielleicht, ich ...«

»Nein, natürlich nicht, nicht wirklich«, beteuerte er und wechselte schnell das Thema. »Was hat Florian eigentlich für merkwürdige Bilder in seinem Zimmer?«

»Welches denn?« Und schon zerrte sie Stoppek nach gegenüber.

»Das hier!« Stoppek deutete auf den alten Stich mit dem bärtigen Mann und der liegenden Frau.

»Weiß ich ehrlich gesagt auch nicht«, erwiderte Rebecca. »Das hängt da schon seit Urzeiten. Wahrscheinlich stellt er sich so die ideale Beziehung vor.« Sie lachte kurz auf, dann drehte sie sich wieder zu Stoppek. »Und wer hat es deiner Meinung nach auf dich abgesehen?«

»Keine Ahnung«, Stoppek zupfte an seiner Unterlippe. »Aber gleich am ersten Abend hat jemand in einem Lübecker Wagen versucht, mich über den Haufen zu fahren.«

»Du leidest nicht zufällig unter Verfolgungswahn?«

»Möchtest du die Beule sehen?« Stoppek reckte ihr seinen Nacken hin.

»Geschenkt. Aber wenn du dir deine Feinde selber mitbringst ... bis in die Wohnung ...«

»Es weiß fast niemand, daß ich im Moment hier wohne.«

»Einer offensichtlich schon.« Jetzt war es Rebecca, die sich an der Lippe zupfte. »Vielleicht solltest du ein wenig in dich gehen und über deine Vergehen nachdenken. Ich muß nämlich noch mal weg und etwas für mein Konto tun. Und laß keine fremden Männer in die Wohnung ...«

20:10 Uhr

Rebecca drückte dreimal auf die Klingel neben dem kleinen Messingschild mit der Aufschrift »Eleonore Walpert«. Schon im Treppenhaus hüllte sie der süßliche Duft ein, der seit Jahren im Clinch lag mit den muffigen Ausdünstungen des alten Hauses. Je höher sie stieg, desto deutlicher verlor der Muff die Partie. Ein Jahrhundert vielleicht noch, und man würde eine Räucherkammer betreten.

Mit dem Helm unter dem Arm betrat sie die abgedunkelte Wohnung.

»Guten Abend, Ladies!«

Die Vorfreude der beiden alten Damen war nicht zu übersehen. Aus einer Ecke des vollgepfropften Wohnzimmers waberten Wolken mit dem süßlichen Zigarillo-Aroma unter die Decke.

»Rebecca, Kindchen ...«, rief Magda Savelsberg mit dünner Stimme aus ungefähr einem Meter vierzig Höhe. »Da sind Sie ja endlich! Wir hatten uns schon Sorgen gemacht ...«

»So ein Blödsinn!« wurde sie aus der Ecke mit den Qualmwolken rüde unterbrochen. »Du weißt doch gar nicht, was Sorgen sind!« Eleonore Walpert näherte sich majestätisch, den Zigarillo lässig im Mundwinkel, mit ihrem Rollstuhl. So aufrecht wie sie thronte, reichte sie beinahe an ihre quirlige Cousine heran. Sie bildete den Kopf des ungleichen Duos und schrieb die Listen der Erledigungen für die in ihren Augen mit gerade mal sechsundsiebzig Jahren blutjunge Magda Savelsberg. Und die waren auch bitter nötig, denn so mobil die Beine der jüngeren auch waren, sie vergaß bisweilen sich selbst, weshalb sie dann ein freundlicher Mensch aus der Sparkasse oder dem Supermarkt nach Hause zurückbegleiten mußte.

»Meine Damen«, begann Rebecca mit einem tadelnden Blick, »wollen Sie sich zuerst ein wenig den Verbalgemetzeln hingeben, oder schenken Sie mir am Ende doch Ihre Aufmerksamkeit und das geneigte Ohr?«

»Kein Problem, Kindchen!« behaupteten beide wie aus einem Mund, und schon schob Magda Savelsberg ihre Cousine neben das kleine Tischchen mit dem frisch polierten Aschenbecher.

»Das Kindchen, wie Sie sich auszudrücken belieben«, sagte Rebecca, »wird in leider nicht allzu ferner Zukunft dreißig.«

»Oh!« kam es von beiden Seiten des Tischchens. Rebecca richtete derweil über dem gegenüberliegenden Sessel die Lampe aus.

»Wann denn?« hakte Eleonore Walpert nach.

»Am sechsundzwanzigsten«, murmelte Rebecca und sah, wie Eleonore Walpert etwas auf die Packung ihrer likörgetränkten Zigarillos kritzelte.

Die alten Damen saßen jetzt in beinahe vollkommener Dunkelheit, um ihre Augen zu schonen. Die beiden sahen nicht mehr viel. Darum hatten sie Rebecca engagiert. Die Wahl der Lektüre war zwar nicht immer nach ihrem Geschmack, aber Rebecca rechnete es den beiden alten Frauen an, daß sie überhaupt in Kultur investierten.

Magda Savelsberg beugte sich zu dem kleinen Tischchen, das wie ein Flamingo auf einem dünnen Bein zwischen den dicken Ledersesseln balancierte, und schenkte den sorgsam zubereiteten grünen Tee in drei dünnwandige Porzellantassen.

»Zucker?« fragte sie zuvorkommend wie immer, und Rebecca schüttelte wie immer ihren Kopf.

Das Interesse der alten Damen für Literatur war ehrlich. Sobald Rebecca das Buch aufklappte und die ersten Zeilen las, schlossen die beiden ihre Augen, erst Magda Savelsberg und wenig später, so als müsse sie immer noch den vereinten Rückzug sichern, Eleonore Walpert.

Rebecca blätterte die Seite um und ließ den Blick für einen Moment über die Gesichter ihres andächtigen Auditoriums huschen, die zackige Nase der Walpert neben der kugeligen Savelsbergs, eingerahmt von tiefen, leicht sonnengebräunten Falten. Bei der ersten Sitzung hatte sie gedacht, die beiden schliefen, und einen Moment hatte sie das Buch sinken lassen. Aber in der gleichen Sekunde hatten sie vier Augen angeblinzelt.

Die beiden strahlten absolute Präsenz aus. In jeder Sekunde.

»... Sherard wohnte jetzt im Gouverneurshaus. Niemand wußte, ob und mit wieviel Verstand er die Dinge noch wahrnahm. Tagsüber saß er immer an derselben Uferstelle mit seltsam wachem Blick. ›Er lebt keine sechs Wochen mehr‹, vermutete Doktor Coverdale, der ihn auf Anweisung des Gouverneurs untersucht hatte, ›die Krankheit ist nicht heilbar. Aber er scheint zufriedener als wir.‹ ›Vielleicht hat er die Gegenwart gefunden‹, murmelte John, ›jedenfalls stirbt er als Entdecker.‹ Doktor Coverdale musterte ihn erstaunt ...«

Rebecca schaute kurz auf. Nichts im Raum hatte sich verändert. Sie lauschte auf den Atem der alten Frauen. Was mache ich bloß, wenn die beiden die Gegenwart finden und beenden? fragte sie sich. Das wird schon nicht gleichzeitig geschehen, dachte sie. Wie zur Bestätigung blinzelten ihr zwei Augenpaare entgegen.

22:15 Uhr

Endlich dunkel genug. — Sein Blick schweift über den Himmel. Gierig saugt er an der filterlosen Zigarette und bläst den Rauch aus dem offenen Fenster zu den Sternen. Langsam wischt er eine Haarsträhne aus dem Gesicht. — DA OBEN ... Plötzlich ist es wieder da. Von einer Sekunde auf die andere. Und er könnte schwören, nicht mal geblinzelt zu haben. — Da ist es wieder! Blut schießt durch seine Adern wie auf einer Bobbahn, aus seinen Poren sprudelt der Schweiß, und seine Hormone veranstalten Freudentänze. Es schwebt über der Wiese mit den

Obstbäumen, gleich über den schlafenden Kühen ... Eine riesige Scheibe ... majestätisch und gleichzeitig sanft ... ganz in Rosa ... wie eine Qualle, nur freundlicher, mit wallenden Rändern ... — Auf einmal fühlt er sich unglaublich wohl und geborgen. So ist es schon beim ersten Mal gewesen, obwohl er so etwas noch nie gesehen hatte und zuerst nicht den Hauch einer Ahnung hatte, was er da eigentlich sah. Er hatte nur gespürt, daß es keinen Grund für ihn gab, wegzulaufen. — Langsam breitet sich ein wohliger Schauer auf seiner Haut aus. Am liebsten würde er die Augen für einen Moment schließen, aber um nichts in der Welt will er etwas von dieser einzigartigen Show am Himmel verpassen. — Er ist bereit. Wenn sie ihn auserwählt haben. — Nichts kann ihn jetzt mehr aufhalten. Jeder, der ihm das Gegenteil beweisen will, hat sich eine schlechte Zeit dafür ausgesucht. — Ein Schmerz lenkt ihn ab. Die Glut der Zigarette verbrennt seinen linken Zeigefinger. Sofort reißt er den Blick wieder hoch, aber der Himmel ist seltsam leer. Da ist nur der Mond, und der ist noch nicht mal richtig voll. — Ein Schwarm Fledermäuse fliegt über die Bäume. Die Zeit rebelliert. — Seine Augen suchen vergeblich den Himmel ab. Auf einmal fühlt er sich unglaublich einsam. — Die Zeit steht still.

22:25 Uhr
Auf der großen Arbeitsplatte summte das Laptop verloren vor sich hin, und auch der sich auf- und niederwälzenden Welle auf dem Bildschirm schenkte kein Auge einen Blick. Um so gebannter verfolgte Stoppek den Ball, der auf dem Fernsehbildschirm in der fensterabgewandten Ecke seines Zimmers hin- und hergekickt wurde.

Ein Spieler aus Kamerun wurde gerade auf dem Platz behandelt, und Stoppek schaute mißmutig hinüber zu dem Stuhl, auf dem er eigentlich sitzen sollte. In der Halbzeit hatten seine Finger einige Tasten angeflogen, aber kein Wort wollte sich mit seinem Nachbarn verstehen. Auf dem Platz tat sich immer noch nichts, und er schaute aus den weit geöffneten Fenstern in den mittlerweile dunkel eingefärbten Nachthimmel des Frankenberger Viertels. Schließlich ging er zum Telefon und wählte eine Lübecker Nummer.

»Wer bekam beim 7:1-Sieg der Borussia über Inter Mailand in Mönchengladbach eine Büchse an den Kopf?«

»Boninsegna! ... Wie hieß der Schiedsrichter, der den Fohlen im Pokal in Madrid zwei reguläre Tore aberkannte?«

»Van der Croft!« schmetterte Stoppek in den Hörer. »Ich wußte, daß du vor der Glotze hängst, Immanuel.«

»Felix, altes Haus! Wie stehen die Aktien in der alten Heimat?« Ein kehliges Lachen grollte von der Ostsee heran.

»Mäßig. Du mußt mir helfen. Hier kurvt irgendein Ochse aus unserem Revier rum, und einmal hat er mich fast auf den Hörnern gehabt.«

»Besondere Kennzeichen?«

»Hab ihn noch nie gesehen ...«

»Großartig. Das erleichtert die Sache ungemein. Es kommt also jeder in Frage, der –«

»Nein, nein, warte!« Stoppek konnte seinen geschwätzigen Kollegen gerade noch stoppen. Wenn Immanuel Araya erst mal loslegte, stand gleich die Sonne wieder am Horizont. »Sein Kennzeichen hab ich ...« Er lauschte. Es blieb tatsächlich drei Sekunden lang still.

»Sag an, Mann!«

»HL-V 528. Es wäre schön, wenn du –«

»Schuhgröße, Lieblingsverein, IQ und EQ, Weibergeschichten, Warentermingeschäfte ... das übliche. Geht klar, Bruder. Seit der Geschichte auf der Tribüne hast du bei mir immer was gut, weißt du ja.«

»Ach was, das war doch nichts weiter, ist doch lange erledigt.«

»Nichts weiter als fünf Glatzen, die dem schwarzen Fan mal an die Tröte wollten!« Immanuel schnaubte. »Ist schon klar. Ich melde mich. Halt die Printen steif!«

23:50 Uhr

Mechanisch dreht er an dem blitzenden Ring und starrt vor sich hin. — Was wäre, lebten die Menschen nochmals ihr Leben? — Was, wenn sie alles wiederholten, genau so, in jedem Detail und endlos in alle Zeiten? Nichts wird vergänglich, nichts wird einmalig sein. — Alles wird sich exakt wiederholen. Der erste Kuß, der den Liebenden einmalig scheint und den sie nie vergessen wollen, ist bereits die abertausendste Wiederholung. Jedes Wort, jede Lüge, jedes Versprechen, jeder Händedruck, jeder Mord. Wenn die Zeit ein Kreis ist ... — Seit geraumer Zeit schon beobachtet er das behäbige Auf und Ab der schemenhaften Woge menschlicher Glieder, die von der Wiese herüberschwappt, dann wirft er einen Blick auf seine Uhr. Selbst kurz vor Mitternacht sind bestimmte, mit unsichtbaren Grenzsteinen abgesteckte Claims des Frankenberger Parks dicht bevölkert. Hell klirren Bierflaschen aneinander, und für einen Moment steigt ihm der herbe Geruch abbrennender Heilkräuter in die Nase. Passend dazu wehen jetzt Reggae-Rhythmen herüber, und eine der halbnackten, offenbar immer noch von der Nachmittagssonne aufgeheizten Gestalten beginnt eine alte Bob-Marley-Nummer zu grölen, laut, falsch, aber glücklich benebelt. — Vom parallel zur Bismarckstraße verlaufenden Weg her ertönt eine Fahrradklingel, und schon hält ein Mountain-Bike auf die Gruppe auf der Wiese zu. Mit lautem Klirren tun die an den Lenker gehängten Plastiktüten ihren Inhalt kund. — Das ist der Moment, auf den er gewartet hat. Die Nachtschattengewächse konzentrieren sich auf die Tüten und lauschen dem Zischen der flugs verteilten, sich jetzt öffnenden Flaschen. Kein Mensch schenkt dem dunklen Inneren des Parks auch nur einen Bruchteil seiner Aufmerksamkeit. — Zwischen den dunklen Wipfeln der Bäume hindurch wirft er einen Blick in den Himmel. Außer ein paar Sternen ist nichts zu sehen, aber er ist sicher, daß sie ihm zusehen. — Mit einem trockenen Knirschen hakt sich das Enterseil hinter der Zinne fest. Einen Wimpernschlag später wird es geräuschlos von oben eingeholt. Kein Mensch hat seinen eleganten Auftritt gesehen, eigentlich eine Schande. Er wirft noch einen letzten Blick auf die feiernde Abendgesellschaft, dann streicht er entschlossen die Haare zurück und läuft die wenigen Schritte über den Burghof auf die grünlich schimmernde Metalltür im eckigen Turm zu. — Es ist nicht sonderlich schwierig, das Schloß zu öffnen, und schon steigt er die Stufen hinab. Der Kegel der Taschenlampe huscht über die weißen, grob verputzten Mauern und bleibt rechts unten hängen. Die Glasscheibe reflektiert den Strahl, und er tritt näher an die längliche Kiste heran. — Aus seinem Rucksack zieht er zwei weiße Kerzen, die er links und rechts von der Kiste aufstellt. Die Flammen flattern zuerst ein wenig, als er sie nacheinander entzündet. Für einen Moment schließt er die Augen und atmet dreimal tief ein und aus. Dann sieht er geradewegs in das verhüllte Gesicht der Toten. Ganz oben schaut ein Stück ihres Schädels durch die aufgetrennten Verbände. Dunkelbraun, beinahe schwarz hebt sich der Knochen von dem helleren Tuch ab. Obwohl sie noch ein junges Mädchen ist, ist sie doch steinalt. Und es grenzt beinahe an ein Wunder, daß überhaupt noch etwas von ihr zu sehen ist, übriggeblieben nach über zweitausend Jahren. — Über zweitausend Jahre alt, und immer noch nicht zur Ruhe gekommen. Ein 15jähriges Mädchen. Ihr Pech: Sie ist Ägypterin und daher einbalsamiert worden. Hat sie sich so die Unsterblichkeit vorgestellt? Ausgestellt in einem Museum? Glaubte man so den Tod zu besiegen? Über die Zeit zu triumphieren? Bald schon wird sie für ihn keine Rolle mehr spielen. Nicht mehr existieren. Nicht für ihn. — Seine Nasenflügel beben, und er atmet schneller. Er dreht den Ring einmal komplett um den Finger, dann bückt er sich und geht ans Werk. — Er wischt sich den Schweiß von der Stirn, dann schiebt er den schwarzen Handschuh ein wenig zurück und sieht auf das beleuchtete Zifferblatt der Uhr. Alles ist exakt *getimt*, und die Zeit ist auf seiner Seite. Zwischen den Schießscharten der Burgmauer hindurch überfliegen seine Augen das nächtliche Treiben auf der Wiese. Dann richtet er sich auf und läßt vorsichtig das längliche Paket mit der Mumie, befreit von ihrem Schneewittchensarg, die Mauer hinuntergleiten. — Keine zwei Minuten später ist er aus dem Frankenberger Park verschwunden, ohne daß ihn auch nur einer der Nachtschwärmer bemerkt hat. Seine Uhr piept, nur für ihn hörbar, einmal.

Erst als plötzlich ein heller, hin- und hertanzender Schein auf die Wiese fällt, geht einem von ihnen ein Licht auf. »Au Hur! DIE BURG BRENNT!«

Kandiszucker

Donnerstag, 18. Juni, 00:18 Uhr
Ein Schrei zerfetzte Rebeccas Nachtruhe. Sofort saß sie senkrecht im Bett und linste zum Fenster.

»Jaydee! Verdammte Töle! Weißt du immer noch nicht, daß die Kerle zu dir kommen müssen?« Grüne Augen funkelten sie in stoischer Ruhe vor einem blaß in Rosé getränkten Himmel an. »Da gehe ich einmal früh ins Bett ...«, Rebecca rieb sich die Augen. »Hast du den Himmel bemalt, Herzchen? Beinahe meine Farben, das muß ich dir lassen.«

Sie zupfte das Laken von ihren Beinen und ging zum Fenster. Jaydee schmiegte sich an ihren Bauch und kitzelte sie mit den Haaren unter der Brust. Rebecca schloß für einen Moment die Augen und seufzte, dann folgte sie dem Blick der Katze und lehnte sich nach rechts aus dem Fenster, wo flammendes Rot den Nachthimmel dominierte. Jetzt registrierte ihre Nase auch den Rauch, der über den Häusern am Neumarkt und dahinter in der Goffartstraße regungslos in der Luft hing. Plötzlich gellte eine Sirene, gleich gefolgt von einer zweiten, und schon mischte sich zuckendes Blau in das Rot des Himmels und vereinigte sich mit ihm zu einem pittoresken Gesamtkunstwerk.

»Jetzt müßte Florian mit seiner Kamera da sein«, murmelte Rebecca in Jaydees Ohr. »Dann könnte ich ihm mal das Rot zeigen, das Rot, das ich meine ...« Für einen Moment war sie versucht, zu Stoppek rüberzugehen. Als Journalist hatte er sicher einen Fotoapparat. Aber schon wurde das Feuerrot blasser, und der graue Rauch gewann die Oberhand, durchzuckt von Blaulicht. Auch die Sirenen verstummten. Rebecca griff sich Jaydee und kroch mit ihr zurück ins Bett.

»Danke für die Show«, murmelte sie noch, bevor sie einschlief und Jaydee sich in ihrer Armbeuge für die Nacht zurechtmummelte.

7:15 Uhr
Stoppek öffnete die Augen, blinzelte aus dem Fenster und räkelte sich. Von einem Kater keine Spur. Offenbar hatte er die richtige Dosis Bier zu sich genommen. Er setzte einen Fuß neben den Futon und kickte dabei einige Flaschen um. Erschrocken hielt er den Rest der Kompanie in Schach und lauschte in den Morgen. Einige Vögel trällerten lautstark, aber aus dem Rest der Wohnung drang kein Laut.

Vor dem Fenster ging Stoppek in Position. Er schloß die Augen und atmete einmal bis tief in den Bauch ein. Mit dem Ausatmen ließ er sein Gesäß senkrecht in die Hocke gleiten und stellte seinen rechten Fuß einen Meter vom linken entfernt fest auf die kühlen Dielen. Mit dem Einatmen schwangen seine Arme in einem großen Kreis, bis sie parallel neben seinem Oberkörper verharrten und er mit einem unterdrückten »Kiaei« rechts einen Ausfallschritt nach hinten machte, wobei seine Linke Hand sich zur Faust ballte und nach vorn schnellte, während die Rechte nach hinten unter seiner Achsel verschwand.

Die Prozedur wiederholte er mit dem linken Fuß und der rechten Faust, dann machte er einen Ausfallschritt nach rechts und fuhr seinen rechten Arm aus, um einen Block anzusetzen, als sein Fuß Feindberührung meldete. Stoppek wirbelte herum und riß die Augen auf, im selben Moment hörte er ein Klirren.

»Scheiße!« fluchte er nur noch wenig gedämpft. »Im Shaolin-Kloster haben die sicher irgendeinen Deppen, der die Flaschen wegräumt…«

Da die Exerzitien eh unterbrochen waren und er auch jetzt schon schwitzte, konnte er sich genausogut unter die Dusche stellen. Irgend etwas stand ihm immer im Weg, und den Pfad daran vorbei suchte er bislang vergebens.

Nach der Dusche und einem ausgiebigen Frühstück, bei dem von Rebecca nichts zu sehen war, holte ihn das Telefon zurück an den Schreibtisch.

»Morgen, Herr Stoppek! Ich habe Sie hoffentlich nicht geweckt?«

»Aber ich bitte Sie, Herr Mann! Seit drei Stunden glüht mein Laptop und dürstet nach Neuigkeiten aus Ihrem Munde.«

»Schön, schön …« Manns Stimme suchte nach einem seriöseren

Kleid, und einen Moment hörte Stoppek nur Rauschen in der Leitung. »Herr Stoppek, ich darf Ihnen hiermit den offiziellen Termin für unsere Präsentation mitteilen, und zwar am Samstag um elf Uhr in unserem Hause.«

»Ist notiert«, versprach Stoppek, »aber da wäre noch etwas ... ich will ja nicht lästig fallen, aber ich werde gerade aus dem Hintergrund gefragt, wie es mit einem Ausritt aussieht.«

»Mit einem ...«, Mann stand ein wenig auf der Leitung, aber dann fiel der Groschen doch noch, »ach, unsere Tour mit den Rennern, ja, ja sicher, auf jeden Fall, am besten alles am Samstag!«

Stoppek liebte diese Workoholics.

10:15 Uhr

Als Rebecca das große Portal aufstieß und in den Innenhof trat, sah ihr ein Umschlag aus dem Briefkasten entgegen. Dabei verwettete sie glatt die Brötchentüte darauf, daß er vor einer Viertelstunde, als sie die Post herausgeholt hatte, noch nicht im Kasten gewesen war. Die Briefträgerin wurde auch immer schusseliger.

Auf dem Umschlag stand Rebeccas Name nebst Anschrift. Kein Absender, und die Adresse auf der Vorderseite in einer schwungvollen, fremden Handschrift, zumindest sah es sehr persönlich aus. Aber auch das erledigten ja heutzutage Schreibautomaten.

Sie wollte den Reklame-Brief bereits für einen Drei-Punkte-Wurf ins Altpapier zerknüllen, da entdeckte sie es: Links neben ihrem Namen, ein wenig schräg, aber in Rot, weshalb es ihr natürlich nicht entgehen konnte, stand eine kleine, nach rechts gekippte »69«. Astrologisch hatte da jemand voll ins Schwarze getroffen: KREBS. Als Vorbote des Wassermann-Zeitalters war es wieder mehr als nur salonfähig geworden, den Sterndeutern nicht nur heimlich ein Auge und Ohr zu schenken. Auch Rebecca ließ das nicht ganz kalt. Ihre Neugier war entfacht, und sie riß den Brief noch im Flur auf. Sonderbare Zeichen sprangen sie an. Noch mysteriöser aber war der Text.

Sie las ihn dreimal. Er blieb, was er war: ein Mysterium. Etwas aber fiel Rebecca doch auf: Jedes der sich kryptisch gegen alles Verstehen spreizenden Worte begann mit ›F‹. Ob groß oder klein, es wimmelte davon, und eines verfing sich in ihren Hirnwindungen.

»Fräulein van der Meer! Einen schönen guten Morgen!« bellte es ihr aus heiserer Kehle entgegen. Frau Hufschmidt tauchte wie ein Gespenst aus dem dämmrigen Treppenhaus auf. »Schöne Post bekommen? Vielleicht ein Liebesbrief?« Neugierig schielte sie auf das Papier in Rebeccas Händen.

»Von wegen!« murmelte Rebecca. »Da kommt sich jemand wohl verdammt schlau vor.«

»Jetzt ist ja zum Glück der Herr Sistenisch wieder da«, versuchte Frau Hufschmidt, das Gespräch in Gang zu halten.

Rebecca sah den unerwartet friedfertigen Hausdrachen zwei Atemzüge lang erstaunt an. »Das wüßte ich aber!« Sie wedelte zum Abschied mit dem Brief und sprang die Treppen hoch. Viel zu schnell für Frau Hufschmidt, die noch einige Stufen hinterherächzte und dann enttäuscht oben die Tür ins Schloß fallen hörte.

»Was soll das bloß?« Rebecca redete lauthals weiter und gewann Jaydee als Zuhörerin. »Und wie kommt die Hufschmidt darauf, daß Florian wieder da ist? Findest du, die beiden sehen sich ähnlich?« Jaydee gähnte. »Naja, ähnlich schon, da hast du recht ... aber zum Verwechseln?« Sie warf den Dosenöffner in die Spüle und wuchtete einen Klumpen Kitekat in den Napf. Das opportunistische Katzentier saß immer noch auf den Hinterbeinen und schnurrte im Takt zu Rebeccas Ausführungen.

Sie beschloß, Florian nichts von dem seltsamen Brief zu erzählen. Nicht bei seiner weltumspannenden Eifersucht. Dann gingen gleich wieder die Diskussionen los.

Außerdem hatte sie einen Verdacht.

11:00 Uhr

»Gerade im Alter muß man noch etwas wagen!« notierte Eleonore Walpert in eine dicke Kladde. Sie blätterte ein wenig in ihren Aufzeichnungen der letzten Wochen und blieb an einem Spruch hängen, den sie irgendwo gelesen und danach diesem Sammelsurium aus eigenen, fremden und nicht zu Ende gedachten Gedanken hinzugefügt hatte.

»*Wenn Sie Ihr Leben ändern wollen:*
Beginnen Sie sofort damit!
Tun Sie es in großem Stil!
Ausnahmslos!«

Heute ist ein guter Tag, damit zu beginnen, befand sie. Ganz besonders nach dem, was sie wieder in der Zeitung hatte lesen müssen. Die ganze Welt spielte verrückt, und keiner schien es zu merken. Jedenfalls nicht die, die sonst stets so gerne behaupteten, an den Hebeln der Macht zu sitzen. Plötzlich aber beteuerten sie, ihnen seien die Hände gebunden. Sie fragte sich, von wem. Aber da gab es noch diese verschwindend kleine Gruppe von Menschen, die auf die Barrikaden gingen. Meist junge Leute, die es leid waren, sich von den Alten ihre Zukunft vergiften zu lassen, bevor sie überhaupt begonnen hatte.

»Magda?« rief sie über die Schulter. »Wie hieß noch diese Gruppe, diese Umweltschützer, von der unser Fräulein van der Meer neulich erzählt hat?«

»Wie bitte?« Magda Savelsberg kam aus der Küche. »Welche Gruppe?«

Aber Eleonore Walpert hörte sie schon nicht mehr, sondern hing weit über das alte Pult gebeugt und blätterte in ihren Aufzeichnungen. »Hier steht es doch ...«, murmelte sie, während ihr Zeigefinger über die Zeilen huschte, »die Castor-Killers ... Den jungen Leuten werden wir jetzt mal ein bißchen unter die Arme greifen.« Sie kicherte und klopfte auf die Gummireifen unter sich. »In unserem Alter dürfen wir das ja wieder.«

Magda Savelsberg schüttelte den Kopf und schlurfte zurück zu ihrer Einkaufsliste.

Eleonore Walpert schaute aus dem Fenster und blinzelte ein wenig. »Wie alt sind deine Eltern eigentlich geworden, Magda?«

»Meine Eltern? Mein Vater ist schon mit zweiundfünfzig gestorben, das weißt du doch.«

»Ja, aber deine Mutter interessiert mich mehr. Komm, sei nicht so schwerfällig!«

»Mutti ist fünfundsiebzig geworden, nein sechsundsiebzig ... warum?«

»Meine Mutter ist auch mit sechsundsiebzig Jahren gestorben.« Eleonore Walpert notierte die Zahlen. »Was glaubst du, wie lange wir noch haben?«

»Das will ich gar nicht wissen. Ich muß werke, un net mulle ...«

»Hast du nicht manchmal genug?«

»Wovon?« Magda Savelsberg hockte vor dem Küchenschrank. Aber sie hatte schon wieder vergessen, was sie dort eigentlich wollte.

»Wir haben doch alles getan, was uns einmal wichtig war, oder?«

»Ich weiß nicht. Ein paar Sachen könnten mir schon noch gefallen, wenn sie schön sind ...« Sie kicherte.

»Also darf ich deinen Äußerungen entnehmen, daß du nicht zu alt für ein neues ...«, Eleonore Walpert strich sich sinnend über die aristokratische Nasenwurzel, »ein neues Abenteuer fühlst?«

»Für Abenteuer bin ich immer zu haben!«

»Ich nehme dich beim Wort!«

»Tu das!«

»Ich habe dann nachher noch ein paar Dinge für die Einkaufsliste, aber erst muß ich überlegen ...« Sie kritzelte schnell einige Worte untereinander, trommelte mit der linken Hand auf das schräge Holz und ergänzte schließlich einige Zahlen. »So lassen wir dann kurz vor dem langsamen Verlöschen unser Licht am hellsten strahlen, auf daß es dem Wahren, Guten und Schönen zum Sieg verhelfe ...«, murmelte sie und sah mit verklärtem Blick hinaus in den sonnigen Tag. »Magda?« Sie lauschte auf die heranschlurfenden Füße ihrer Cousine. »Kannst du nicht die Füße hochnehmen? Du wetzt den Teppich ab!«

»Du hast es gerade nötig!« grinste es ihr entgegen. »Wer kauft dir denn immer deine Stinkdinger?«

Eleonore Savelsberg schluckte ihre Unwillen mühsam herunter. »Wo du gerade davon sprichst. Beinahe hätte ich diesmal etwas vergessen.« Sie kramte auf dem Pult herum und reichte Magda die leere Zigarilloschachtel. »Damit du dir nicht wieder die falschen aufschwatzen läßt. Und hier ist meine Liste ... für ein wunderschönes Feuerwerk ...«

»Ein Feuerwerk?«

»Das erkläre ich dir später!« Sie drückte Magda den Zettel in die Hand und schob sie Richtung Wohnungstür. »Sieh erst mal zu, ob du alles bekommst, sonst muß ich umdisponieren. Und schau doch bei der Gelegenheit gleich mal bei unserer Nachbarin vorbei. Die hat sich lange nicht gemeldet.«

»Frau Lammerskötter?« Nur für einen Moment wurde Magdas Blick unsicher. »Die war doch gestern noch hier.«

»Magda! Du hast jegliches Zeitgefühl verloren. Das war schon am Dienstag. Also klingel mal bei ihr an und sag ihr einen schönen Gruß von mir. Ich hätte mir Sorgen gemacht, und wir hätten doch versprochen, uns umeinander zu kümmern.«

»Siehst du! Du machst es schon wieder!«

»Was?«

»Mich wie ein kleines Kind behandeln«, Magda kicherte vor sich hin. »Vielleicht versteht Kalli mich ja.« Sie sah provozierend herab zu ihrer Cousine im Rollstuhl. »Du weißt wohl nicht, wer das ist. Wo du doch sonst alles weißt.« Sie kicherte weiter, während sie davonschlurfte und äffte: »Und vergiß nicht, gleich den Schlüssel mitzunehmen … ich weiß schon, Frau Oberlehrerin …«

13:00 Uhr

Rebecca lehnte im Türrahmen. »Kannst du dir zufällig einen Reim darauf machen?« Sie kam näher hielt Stoppek einen Brief unter die Nase.

»Schreibt man Pharao jetzt schon mit ›F‹?« war alles, was ihm vorerst dazu einfiel.

»Soweit war ich auch schon. Jemand hat Geschmack am ›F‹ gefunden – und was soll mir das sagen?«

»F wie Florian …«, rätselte Stoppek.

»Oder F wie Felix …« Rebecca sah ihn kühl an. »Dafür, daß du Florian noch nie gesehen hast, spukt er dir ja schon mächtig durchs Oberstübchen.« Ihre Augen wurden schmaler. »Ich frage mich, warum? Eifersucht?«

»Quatsch!« entrüstete sich Stoppek und fühlte sich gleichzeitig peinlich ertappt. Rebeccas Augen verschossen Blitze. Das Läuten des Telefons rettete ihn. Aus den Augenwinkeln sah er noch, wie Rebecca sich abwandte.

»Bond ... James Bond ...«

Es rauschte andächtig, dann räusperte sich jemand mutig.

»Herr Stoppek?«

»Immer zu Diensten, Herr Mann.«

»Netter Scherz«, räusperte sich der PR-Mann erneut, aber er lachte nicht. »Ich störe Sie hoffentlich nicht beim Mittagessen ...«

»Dafür haben Journalisten nie Zeit und erst recht kein Geld.«

»Herr Stoppek, es tut mir wirklich leid, uns ist das auch etwas peinlich, aber ... wie soll ich sagen ...« Stoppek hörte das Trommeln von Manns Fingern in seinem linken Ohr. »Wir müssen den Präsentationstermin canceln!« Endlich spuckte Mann es aus.

»Das tut mir aber leid«, heuchelte Stoppek, um Mann etwas Luft zu geben.

»Ja, mir auch, und natürlich auch Herrn Doktor Strombach ... Aber etwas Unerwartetes ist passiert ...«, fügte er eilig hinzu. »Ich bin im Moment nicht so mit den produktionstechnischen Details vertraut, aber ich bin sicher, wir bekommen das in den Griff. Vielleicht schon bis Montag, aber das ist noch inoffiziell.«

»Herr Mann, ich habe alle Zeit der Welt. Und alles hat zwei Seiten. Sehen Sie es doch mal so: Wir können am Samstag in Ruhe unsere Runde mit den Rädern drehen, okay?«

Mann hätte wohl zu allem sein Placet gegeben, und wenn er mit jedem Journalisten einzeln die Tour Lüttich-Bastogne-Lüttich fahren mußte. Hauptsache, keine mies gelaunte Presse, die die süßen Printen madig schrieb.

Stoppek warf den Hörer auf die Gabel und blinzelte in die Sonne. Sein sogenannter Arbeitsurlaub ließ sich trotz der mysteriösen Attacken auf ihn von Tag zu Tag besser an. Keine Arbeit, jede Menge Zeit, und bezahlt wurde er auch noch. Zumindest reichte es, um in Ruhe um die Häuser zu ziehen und vielleicht sogar die eine oder andere Nase in der Stadt wiederzuerkennen. Er hatte auf der Zugfahrt eine Liste angefertigt, die fast über eine ganze DIN-A-4-Seite reichte, und er war gespannt, ob er morgen hinter jeder seiner Top-Twenty-Kneipen ein sauberes Häkchen fand.

14:15 Uhr

Behutsam gleitet die Schere durch das wellige, gelbliche Papier, zart, zielsicher wie das Skalpell eines Chirurgen. Mit eleganten Schwüngen durchkämmt sie die Bleiwüste auf der Suche nach geeigneten Opfern. Wieder segelt ein kleiner Fetzen, durch einen Windhauch vom offenen Fenster her für einen Moment in luftigen Pirouetten hochgewirbelt, hinab auf den Tisch zu seinen Vorgängern. Er schiebt die einzelnen Elemente des Mosaiks hin und her, bemüht, das Chaos in ein System zu pferchen. — Sorgsam glättet er das Papier, dann schraubt er den Verschluß von der Flasche mit dem Kleber. Er streicht die durchsichtige, zähe Flüssigkeit auf die Rückseite der Schnipsel der ersten Reihe und klebt die Buchstaben akribisch, immer im gleichen Abstand voneinander, in das Weiß. — Persönlicher geht es nicht ..., er lacht auf, ihr könnt euch nicht beschweren. — Er betupft die nächste Reihe mit dem Kleber und fährt damit fort, einen Buchstaben neben den nächsten zu plazieren. — Ein Schnipsel jedoch wirbelt hoch und segelt gemächlich zu Boden. Er verfolgt ihn mit den Augen, und während er sich bückt, verirrt sich sein Blick für einen Wimpernschlag. Die Narbe am Bein. Lang und mit ausgefransten Rändern zackt sie sich, fast wie ein Blitz. Oberhalb des rechten Knies auf der Innenseite, wo bis eben noch die Shorts klebten. Vorsichtig tupft er mit dem Zeigefinger darauf und erwartet einen Schmerz, zumindest irgendein Gefühl. Nichts. — Die Zeit hat ihre Richtung verloren. Sie geht nicht mehr vor, sondern ebenso zurück, und das gleichzeitig. Es ist also Wirklichkeit. Sie waren dagewesen, und er bei ihnen. — Zuerst sah er nur dieses schwache Leuchten und hielt an. Sofort sah er auf die Uhr, und dann wurde er mit einem Mal sehr schläfrig. Jemand drückte seine Augenlider zu. Erst versuchte er noch, dagegen anzukämpfen, aber es war zu verlockend, ganz leicht zu werden, immer tiefer einzutauchen und gleichzeitig hinaufzufliegen in dieses gleißende Licht zu den acht strahlenden Ringen.

Ganz kurz nur — dachte er! Sicher war er nur ein paar Minuten weg, allerhöchstens eine Viertelstunde ... Als sich seine Augen wieder öffneten, sah er zuerst das Lenkrad vor sich, direkt unter seiner Stirn. Er blinzelte in den Himmel und schaute dann auf die Uhr. Sie mußte den Geist aufgegeben haben. Das war unmöglich! Er drehte den Zündschlüssel, aber der Anlasser gab keinen Laut von sich. Wieder und wieder versuchte er es. Nichts als Schweigen und Nacht rings um ihn. Aus den Scheinwerfern drang gerade noch soviel Licht wie aus einem sterbenden Teelicht. Nichts war passiert, und doch war die Batterie vollkommen leer. Am Horizont zeigten sich bereits die ersten Vorboten des Morgens... Das konnte nicht sein, es sei denn, die Uhr sagte die Wahrheit ... — Noch einmal reibt er über die Narbe, dann drückt er die Knie fest aneinander und umklammert sie, während er aus dem Fenster starrte. Die erste Probe hatte er in jener Nacht bestanden. Und er wird sie auch in Zukunft nicht enttäuschen. — Die Gegenwart verhaucht ihren letzten Atemzug.

14:30 Uhr

Kein Laut drang aus der Wohnung. Magda Savelsberg hielt den Atem an und lauschte. Noch einmal drückte sie auf den Klingelknopf unter dem kleinen Messingschild mit dem schwungvoll eingravierten Namenszug »Karl-Heinz Lammerskötter«. Die Glocke antwortete drinnen laut und vernehmlich.

»Sie ist bestimmt beim Einkaufen«, murmelte sie, aber sicher war sie nicht.

Vorsichtig steckte sie den Schlüssel ins Schloß. Noch immer regte sich nichts. »Hauptsache, Ellie bekommt ihren Willen«, flüsterte sie und drehte den Schlüssel.

Sie schlufte in den Flur und schloß die Wohnungstür hinter sich.

»Frau Lammerskötter?« Ihre Stimme krächzte fremd in die stille Wohnung. Sie war schon oft genug hier gewesen, aber mit einem Mal fühlte sie sich unbehaglich. Und sie war beileibe nicht zum ersten Mal alleine hier. Immer wenn Elisabeth Lammerskötter bei ihren Kindern war, hatte sie für Kalli gesorgt. Und sie hatte ihn nicht nur gefüttert, sie hatte sich auch mit ihm unterhalten. Kalli war ein schlauer Vogel.

Die Tür zum Wohnzimmer stand auf, aber das Zimmer war leer.

»Na dann!« sagte sie laut und drückte die Tür zur Küche auf.

Zuerst sah sie die gemusterte Schürze. Verstreut auf dem Boden waren dunkle Striche in einem eigenartigen Muster. Einen Moment dachte Magda an Ameisen, aber die Striche rührten sich nicht von der Stelle. Auf dem Tisch lag eine Dose, ganz knapp auf der Ecke, so als falle sie jeden Augenblick herab. Daneben zwei Teller und ein Post-Paket mit rotem Emblem. Die Küchenfenster standen weit auf, die Vorhänge bewegten sich leicht.

Auf der Fensterbank stand der Vogelkäfig. Die Gittertür war weit geöffnet, aber Kalli hatte die Freiheit verschmäht. Er lag steif unter der kleinen Schaukel, die fast unmerklich im Wind wippte.

Magda blickte wie paralysiert auf Elisabeth Lammerskötter.

17:30 Uhr

Rebecca schraubte die Tube mit der Sonnenmilch zu und packte Teresas Bücher zurück in die Schultasche. Nach drei Stunden an der sonnigen Luft glänzte ihr Pflegekind bereits verdächtig roséfarben.

»Komm, Teresa! Mara macht sich bestimmt Sorgen, wenn wir so spät kommen.«

Und wie in der besten Schmierenkomödie ließ Teresa ihr Eis fallen und fing sofort an zu heulen. Die Leute auf ihren Badelaken drehten neugierig die Köpfe und beäugten das eintrittsfreie Drama. Rebecca verdrehte die Augen.

»Der Sommer fängt doch gerade erst an! Und der Hangeweiher läuft uns bestimmt nicht weg!«

Teresas Miene verhieß nichts Gutes. Rebecca mußte schnell nachlegen.

»Wenn du willst, fahren wir an den Rursee … mit meinem Motorrad!« Immerhin schenkte ihr der kleine garstige Engel unter seinen abstehenden dunklen Locken heraus wieder einen Seitenblick. »Du weißt schon, die Norton, die immer so fein brummelt wie ein alter Bär …«

»Die ist doch kaputt!«

Versuche nie, ein Kind zu belügen.

»Nein, ehrlich nicht … der Mann, der jetzt bei mir wohnt, Felix, weißt du noch? … der hat sie repariert …«

»Geil! Mit der Notton?«

Mit dem Versprechen in ihrem kleinen Sturkopf ließ sich Teresa problemlos zum Salvatorberg bugsieren.

Mara sah nicht aus, als schimpfe sie gleich los. Aus dem Wohnzimmer klang versöhnliche Musik.

»Na, ihr zwei?« Sie hatte gerade noch die Chance, ihrer Tochter einen Kuß auf die Wange zu drücken, da schoß die schon an ihr vorbei, um sich auf die weiße Katze zu stürzen, die Siesta auf der Couch hielt. Rebecca drückte sie um so herziger und erntete einen dicken Kuß auf den Mund.

»Wir fahren mit der Notton«, verkündete Teresa aus dem Hintergrund. »Der Mann hat die repariert …«

»Ein neuer Mann?« fragte Mara mit spöttischem Grinsen.

»Unser neuer Untermieter … Felix …« Rebecca senkte die Stimme. »Keine Ahnung, ob die Maschine wirklich wieder läuft, ich bin gespannt …«

»Felix …« Mara drehte gedankenverloren ihre Haare, bis sie so wild vom Kopf abstanden wie die ihrer Tochter.

»Er ist ganz nett, ein bißchen schräg vielleicht … aber wer ist das nicht.«

»Jaja, wer ist das nicht?«

»Was ist denn mit dir los?« Rebecca verrenkte sich den Hals, um ihrer Freundin in die im Boden wurzelnden Augen zu schauen.

Teresa hatte Anlauf genommen und sprang an Mara hoch. Mara verzog das Gesicht.

»Du weißt doch, das tut der Mama immer noch weh, Süße …«

Teresa schlug die Hände vors Gesicht, stand für einen Moment starr, dann schmiegte sie sich behutsam an ihre Mutter, zog sie zu sich herunter und gab ihr einen kleinen, feuchten, sehr aufrichtigen Kuß auf die Backe.

»Hey, Mara ... was ist los?« versuchte Rebecca einen neuen Anlauf.

»Was soll sein?« Maras Augen blitzten wie immer, dann nahm sie ihre Tochter auf den Arm und ging mit ihr in die Küche.

»Trinkst du noch einen Kaffee mit oder lieber Tee?«

»Was du möchtest, aber ich muß gleich los zu meinen Ladies.«

*

Es war höchste Zeit zu sehen, ob sie sich auf den neuen Untermieter verlassen konnte. Oder war sein Händchen für Maschinen nur hohles Gerede? »Wehe, wenn sie jetzt immer noch nicht richtig läuft!« drohte Rebecca scherzhaft in die immer noch schwüle Abendluft. Aber die Norton lief, und wie. Rebecca konnte sich nicht erinnern, wann die alte Kiste zuletzt so schön geschnurrt hatte. Ihr Schluckauf jedenfalls war vollends kuriert.

Auch ohne das Tempolimit gravierend zu überschreiten, hatte Rebecca einen Heidenspaß, und sie genoß das Vibrieren des Motors.

Die alten Damen werden sich heute ein wenig gedulden müssen, beschloß Rebecca und drehte noch einen Schlenker über den äußeren Ring. Hätte sich Stoppek als Aufschneider entpuppt, wäre sie sowieso zu spät gekommen. Und was, bitteschön, lief den alten Mädels schon weg?

Stoppek hatte mit einem Mal bei ihr einen Stein im Brett, trotz dieses blöden Briefs.

Drei Mal, wie immer, drückte sie auf die Klingel neben dem kleinen Messingschild.

»Guten Abend, Ladies!«

»Fräulein van der Meer!« Magda Savelsberg sprang fast an ihr hoch. Rebecca hatte ihr schon tausendundeinmal erklärt, warum sie kein Fräulein war. Aber in der Aufregung hielt sich die alte Dame lieber an das Altbewährte und rollte auch das ›r‹ wieder wie einen Königsberger Klops. »Die Frau Lammerskötter ist ja bald doutgeblieben ... Von oben, wissense doch, Kindchen ...« Aufgeregt rüttelte sie an Rebeccas Arm und schaute hoch in ihre Augen.

»Moment mal bitte ...«

»Die Polizei war hier«, mischte sich Eleonore Walpert nun vom Rollstuhl aus ein. Wie immer spielte sie die Standhafte, die durch keine noch so scharf geführte Attacke des Schicksals zu erschütternde Dame aus besserem Hause.

»Und alles wejen dem Paket ...«, stürzte sich ihre Cousine nun erneut in die Schlacht.

»Aber nein, Magda!« unterbrach Eleonore Walpert ungeduldig. »Das mit dem Paket ist doch gar nicht sicher.«

»Aber der Doktor hat doch auch jesagt –«

»Meine Damen, mein Hirn ist vielleicht noch etwas durchgeschüttelt«, Rebecca nutzte ihr größeres Stimmvolumen, »aber für gewöhnlich schalte ich ganz gut, so wurde mir jedenfalls attestiert. Nur im Moment muß ich passen ...«

»Magda, mach uns bitte einen Tee! Du siehst doch, unsere junge Freundin ist ganz durcheinander.« Als ihre Cousine in der Küche verschwunden war, drehte Eleonore Walpert mit dem Rollstuhl eine Kurve. »Die macht einen ganz verrückt. Darum schicke ich sie auch so oft einkaufen. Da wird sie schön müde, wie ein kleines Kind.«

»Was war denn nun los mit Ihrer Nachbarin und dem Paket?« hakte Rebecca nach, und das Gesicht der alten Frau gegenüber verfinsterte sich zusehends.

»Ich weiß es ja auch nicht genau.« Sie klopfte entschieden mit der flachen Hand auf den Reifen. »Es sieht so aus, als hätte Frau Lammerkötter vergiftete Printen geschickt bekommen. Zumindest habe ich das aus dem herausgehört, was die beiden Polizeibeamten so geheimnisvoll miteinander zu bereden hatten. Was mich aber fast noch mehr aufregt, ist diese Unverfrorenheit, uns den Mund verbieten zu wollen. Als wären wir kleine Kinder!«

»Wer verbietet Ihnen –«, weiter kam Rebecca nicht, denn Eleonore Walpert fuhr ihr beinahe über die Füße.

»Mir verbietet keiner etwas! Schon gar nicht so ein junger Schnösel!«

»Waren Sie denn in der Wohnung?«

»Wie denn?« Rebecca erntete einen vernichtenden Blick. »Magda war oben. Sie wollte nach Frau Lammerskötter sehen und kam völlig aufgelöst zurück. Ich habe daraufhin die Polizei verständigt. Reine Routine, hieß es dann«, sie ruckte mit dem Rollstuhl vor und zurück. »Aber wir sollten vorerst mit niemandem darüber sprechen!«

»Aber die Frau lebt, oder? Aber wer sollte die alte Dame denn vergiften wollen?«

»Niemand. Offiziell ist ja auch nichts passiert!«

23:15 Uhr

Ganz langsam hatte sich Stoppek im Lauf des Nachmittags und Abends in Richtung City vorgearbeitet.

Nun erstrahlten vor ihm die Türme des Rathauses in warmem Licht. Beinahe wie im Märchen, dachte er, fehlt nur noch der Zuckerguß. Aber der hätte nicht lange gehalten bei dem Gewusel von Mensch und Tier auf dem sonst so tristen Kopfsteinpflaster. Stoppek stand mitten auf dem Katschhof und gleichzeitig wunderbar neben sich. Rings um ihn Bühnen und Bierzelte, Angetrunkene und Betrunkene, knutschende Pärchen und trotzige Singles.

KULTURSOMMER war in Aachen angesagt. Überall. In jedem Rattenloch.

»Na, Herr Kollege, auch schon Feierabend?« Mandelarzt grinste ihn breit an. Seinem Blick nach zu urteilen, hatte er der Redaktion bereits vor Stunden Adieu gesagt und seitdem einige Erfrischungsgetränke zu sich genommen.

»Was soll man sonst machen ... bei dem Wetter?«

»Eben!« sagte Mandelarzt und wischte sich den Schaum vom Mund. »Und? Wo logierst du in Aachen?«

»Bismarckstraße ...«

»Oh! Dann hast du ja noch mal Schwein gehabt!«

Stoppek sah sein Gegenüber fragend an.

»Na, der Brand letzte Nacht ...« Mandelarzts Augen suchten nach dem Kellner. Offenbar machte ihn längere Sätze durstig. »Sag bloß, du weißt nichts davon?«

»Hab nüscht mitgekriegt!« beteuerte Stoppek. »Vielleicht sollte ich mal in eurer Redaktion vorbeischauen?«

»Quatsch. Das kannst du auch von mir hören.« Mandelarzt spülte noch einmal die Stimmbänder. »Ich dachte nur, du bist ja quasi der Nahbahr.«

Da war es, dieses schleppend vorgetragene uröcher Silbenkleben. Vielleicht lag es auch an der trockenen Luft. Stoppek grinste.

»Was war mit der Nachtbar?«

»Leve Jung! Die Burg Frankenberg hat gebrannt ... direkt vor deiner Nase! Hättest sie nur mal aus dem Fenster halten müssen! Dann hättest du auch den Artikel schreiben können, und ich wäre jetzt ausgeschlafen ... anstatt mir C-Rohre von der Feuerwehr erklären zu lassen.« Die verhunzte Nacht lastete bleiern auf Mandelarzts Gesichtszügen.

»Muß schon ein Komiker gewesen sein!« Mandelarzt lachte schallend, hustete und zündete sich eine neue Zigarette an. »Die Leute werden immer perverser! Jetzt klaut sich schon einer 'ne Mumie! Ich möchte nur wissen, was der jetzt damit macht ...«

Stoppek verstand nicht allzu viel, aber die Nacht war ja noch jung. Und Mandelarzt sah nicht aus, als habe er noch einen Termin.

»Übrigens, Kollege«, er reichte ihm seine Rechte, »Felix!«

»Pit! ... Und noch zwei Kölsch!« rief er dem Kellner zu. »Think global, but drink local!« Mandelarzt kippte den Rest Bier und sah bereits wieder aus wie ein Verdurstender.

»Was sagen denn die Freunde und Helfer dazu?« versuchte Stoppek den Faden wieder aufzunehmen.

»Zum Kölsch?«

»Zum Brand.«

»Ach so. Sie vermuten Brandstiftung. Aber es bestand keine Gefahr für die Bevölkerung, du kennst ja die Sprüche.«

»Und was sagt der investigative Journalist höchstselbst?«

»Prost erst mal!« Mandelarzt wischte sich den Schaum von den Lippen. »Tja, als ob jeder einfach in die Burg reinmarschieren könnte, sich die Mumie, hepp, über die Schulter wirft und dann noch einen kleinen Brand legt. Ich finde, es sieht eher danach aus, als sollte mit dem Brand etwas vertuscht werden. Oder gerade nicht vertuscht werden...«

»Hm.« Stoppek drehte eine Zigarette. »Wenn einer Feuer legt, will er entweder was verbrennen ...«

Der Kollege schüttelte behäbig den Kopf.

»Oder er will, daß man sein Werk sieht.«

*

Stoppek tigerte weiter durch die City und betrat das nächste Etablissement. Er hatte keine Ahnung mehr, ob der dicht bevölkerte Schuppen auf seiner Liste stand. Der Baß klopfte seine Innereien mit jedem Dröhnen weicher. Stoppeks rechter Zeigefinger versuchte, dem Rhythmus nachzujagen, und tippte ausgelassen an das halbvolle Bierglas.

Seine Augen saugten sich gerade an einem dünnen Träger fest, der jeden Moment herabrutschte. Herabrutschen mußte, es grenzte schon an ein Wunder, daß sich diese winzige Faser seit einer halben Ewigkeit gegen alle Naturgesetze sträubte. »Und? Noch alles im Lack?« Sie fuhr sich verführerisch durch ihre trendy gestylten blond gefärbten Locken. »Dich hab ich hier ja noch nie gesehen!«

Stoppek schenkte der sich neben ihm aufbauenden Schönheit großzügig ein Zucken seines Mundwinkels. Aber offensichtlich erforschte sie gerade seinen Schmelzpunkt und drückte ihre hinter einem glitzernden Top eingesperrte Brust an sein verschwitztes Hemd. Er sah ihr in die wäßrig-blauen Augen, gönnte sich einen großzügigen Schluck und ging zum Klo.

Als er in den Spiegel über dem unerwartet unbekotzten Waschbecken sah, blickte ihm ein Mann mit wirren Haaren, noch wirrerem, aber strahlendem Blick und sauberem Hemdkragen entgegen.

»Neeneenee! Nicht schon wieder, Stoppek!« murmelte er, während er endlich den Reißverschluß seiner Hose hochzog. »Damit sind wir durch. Wir zwei beiden ... No woman no cry ...«

Über die Köpfe der tanzenden Twenty-somethings hinweg nahm Stoppek sein Bier ins Visier. Es wurde immer noch von der Barbie-Puppe bewacht. Er zwängte sich durch zur Theke, wo er hinter einem breiten Kreuz strandete.

»Machsu mir noch eins? 'n großes ...«

Stoppek stutzte. Der Mund, aus dem sich gerade diese Order herausgequält hatte, konnte nur einem Lübecker gehören. Jede Silbe mäanderte in seltsamem Singsang um die Gläser herum. Die Trave floß eben anders als die Wurm.

»Was machsu'n hier?« fragte Stoppek in seinem eher nach Hans Albers klingenden Lübsch.

Das Nordlicht drehte schwerfällig von der Theke ab und warf Stoppek einen glasigen Blick aus einem flächigen Gesicht zu. Dann zeigte er vage mit dem Finger in Stoppeks Richtung. Seine schlaffen Gesichtszüge strafften sich, und seine Wangenknochen traten plötzlich durch den Fünf-Tage-Bart hindurch.

»Bissu nich?« Er blinzelte erneut, senkte nun aber den Finger samt Hand. »Ne bissu nich! Abba 'n Lübscher bissu doch ...« Stoppeks neuer Landsmann angelte einen Kurzen von der Theke und reichte ihn rüber, während er nach seinem frischen Bier griff.

»Proust, min Jung!« Und schon haute er Stoppek seine Bärentatze auf die Schulter, zog ihn an die Theke und orderte lautstark Nachschub.

Stoppek durfte ihn einige Schluck später »Hein« nennen, denn zu dem Alkohol flossen auch Heins Worte reichlich, und wie immer ging es um eine Frau, seine Frau, die natürlich, wie konnte es anders sein, die Schönste auf der Welt war, und eben deshalb war sie, so forderte es das Gesetz der Natur, auch das größte Miststück unter der Sonne, noch schlimmer aber bei Vollmond ...

»Wenn ich den erwische, du, ich sach dir ...«

Das arme Schwein! Der konnte was erleben, da trank Hein mit Stoppek noch einen drauf. Und noch einen. Bis Stoppek nicht mal mehr einen Winziglütten konnte.

Auf dem Rückweg nutzte Stoppek die volle Fahrbahnbreite.

2:45 Uhr

Wie in Trance dreht er an dem leuchtenden Ring und starrt ins Nichts. — Was wäre, lebten die Menschen ewig? — Die Zeit, die ihnen zur Verfügung steht, ist unendlich. Sie können alles tun oder alles lassen. Alles ist möglich. Heute oder morgen, das spielt keine Rolle mehr. — Und doch: Alles ist schon einmal dagewesen. Nichts wird jemals neu sein. Alle Leben sind bereits einmal gelebt worden, alle Fehler bereits einmal gemacht worden. Für jede Möglichkeit gibt es einen Zeitzeugen in der Ewigkeit, in der eigenen Familie. — Die einzige Gewißheit, die letzte Freiheit bietet vielleicht das Sterben. Das freiwillige und gewaltsame Beenden der Unendlichkeit ... — »Alpmerz« leuchtet die Reklame in tiefem Rot weithin in die sternenklare Nacht. — Seine Nase saugt den süßlichen Geruch auf, den die Backstraße produziert. Augenblicklich reist er in seine Kindheit zurück und kaut selig auf dicker, zäher Zuckerwatte. Während er mechanisch auf das beleuchtete Zifferblatt seiner Uhr starrt, streicht er die Haare aus dem Gesicht und schultert den dunklen Rucksack. — Der Pförtner ist nicht zu sehen, nur die Bild-Zeitung bewegt sich ein wenig hinter dem Fenster. Schon verschwindet der dunkle Schatten hinter der Fabrikmauer und verschmilzt mit ihr zu einer schwarzen, für das menschliche Auge undurchdringbaren Einheit. — Zufrieden registriert er noch einmal die Zeit an seinem Handgelenk. Gerade hat er alle Vorbereitungen generalstabsmäßig durchgeführt, auf der Check-Liste alles Punkt für Punkt abgehakt, da nähert sich der Tür ein schräges Pfeifen, das mit jedem lautstarken Schritt stärker anschwillt. Vor der Tür macht es halt, und er hält die Luft an und kann nichts anderes tun, als weiter auf diese Töne zu lauschen. Er erkennt, daß da jemand eine alte Reggae-Nummer pfeift, Bob Marleys *No woman, no cry*, so falsch, daß dem Pfeifer alleine dafür der Hals umgedreht gehört. — Die Klinke bewegt sich, und die alte, miserabel überlackierte Tür schwingt gemächlich nach innen. Ein Kopf taucht für einen Wimpernschlag im Profil auf, verschwindet wieder und ruckt erneut halb hinein. Dicke, schwarze Haarsträhnen tänzeln vor und zurück, und jetzt sind auch die immer noch flötenden Lippen zu sehen, im Mundwinkel eine unförmige Zigarette. Für einen Moment blitzen an den Ohren große Kreolen auf, die langsam hin- und herpendeln. Mit einem Schlag versiegen die Töne, die Ohrringe verharren regungslos, und riesige, schwarze Augen und ein ungläubig aufgerissener Mund starren fassungslos auf ihn herab. Ihre gigantischen Pupillen versuchen, ihm die schwarze Maske vom Gesicht zu reißen und dahinterzukommen. — »Shit! Was ...« — Weiter kommt sie nicht. — Sie erbleicht, als seine Taschenlampe auf ihren schwarzen Haarschopf knallt. Sie sieht ihn immer noch an. Ihr Erstaunen will kein Ende nehmen. Noch einmal holt er aus, aber da sackt sie ihm bereits ohnmächtig entgegen, und die Zigarette kullert funkenverlierend auf den gefliesten Fußboden. — Was mußt du auch ausgerechnet hier deinen Joint rauchen. — Als er in dem Busch in Deckung geht und sich umdreht, ist es kaum zu sehen: Aber aus dem kleinen, unscheinbaren Licht wird allmählich eine flackernde Säule, zuerst noch zitternd und unsicher, schnell aber wird sie mutiger, schöpft neue Kraft aus ihrer fruchtbaren Umgebung. Ein gewaltiges Rot flackert nun hinter dem Fenster auf, und er steckt sich mit zitternden Fingern eine Zigarette an. — Der Feuerschein ist nicht mehr zu übersehen, und er hört aufgeregte Stimmen und hektische Schritte, die vom Hof zu ihm herüberhallen. Beißender Rauch kriecht aus den geschlossenen Fenstern über die Mauer. Nicht mehr lange, und die Scheiben fliegen ihnen mit einem berstenden Knall um die Ohren. — Von weit weg nähert sich eine schwächliche Sirene. Er zerquetscht die Zigarette mit seinem Absatz und reckt sich in die Höhe. — Von der Erde kommt ein leises Stöhnen. Er schnappt sie sich, wuchtet sie hoch auf seine rechte Schulter und grinst. Zum Glück ist sie ein Fliegengewicht. — Und ein Fliegenschiß im Universum. Keiner vermißt so etwas.

Farinzucker

Freitag, 19. Juni, 5:05 Uhr
»Jaydee?« murmelte Rebecca schlaftrunken, als etwas an ihren Füßen kitzelte.

»Ich bin's. Schlaf weiter …«, flüsterte eine Stimme in ihr rechtes Ohr.

»Florian!« Rebecca saß senkrecht im Bett und versuchte mühsam, wenigstens ein Auge zu öffnen. »Du bist wieder da … Wieviel Uhr ist es denn? Warum hast du nicht angerufen?«

»Warum hast du nicht angerufen?« äffte er sie lächelnd nach. »Kaum ist der wackere Mann vom Krieg zurück und nur halbtot geschlagen geworden, schon haut ihm das Weibchen die Speerspitzen in die kaum verheilten Wunden …« Er blies die Luft mit einem »Pfff« aus den Backen. »Vielleicht hab ich ja angerufen …«

Rebecca knebelte seinen Mund mit ihren heißen, butterweichen Lippen. Dann rollte sie sich auf ihn und griff nach seiner Hand.

»Möchtest du …«

Sie führte seine Hand zwischen ihre Beine, die bereits zu glühen begannen.

»Was?« Florian schaute sie verdutzt wie ein vorpubertärer Jüngling an.

»Es ist noch alles da … so wie du es verlassen hast …«

Er zog seine Hand sanft zurück, streichelte eine Weile Rebeccas Bauch. Mit kühlen Lippen küßte er dann ihren Rücken.

»Sorry, Prinzessin. Das war die mörderischste Tour überhaupt.« Florian sah ihr lange in ihre dunklen Augen. Dann drehte er sich vorsichtig unter Rebeccas Körper weg und drückte ihren Kopf sanft an seine Schulter. »Ich erzähl dir alles morgen …«, seine Augenlider flatterten, und er hatte Mühe, Rebecca noch einmal anzulächeln. »Morgen, ja? Wenn wir beide …«

Und im gleichen Atemzug klappten seine Lider zu, und seine Brust hob und senkte sich ruhig und gleichmäßig. Immerhin vertrieb er mit seinem leichten Schnarchen unter Rebeccas offenen Haaren jedwede wilden Tiere. Auch Jaydee ließ sich nicht mehr blicken.

9:15 Uhr

Der Motor zwischen den Beinen klopfte stärker und stärker, die Reifen stampften schliddernd über den Asphalt, mit jedem Meter glühte die Luft um den Schädel heller auf, und ein hoher Ton kam näher, mit einem Mal übertönt vom Kreischen des Metalls auf der Fahrbahn, Funken sprühten auf, aber der hohe Ton kam zurück, dominierte die Szenerie, bohrte sich von beiden Seiten ins Trommelfell und verharrte dazwischen als sägender Schmerz.

Stoppek riß die Augen auf, und sofort tropfte ihm Schweiß von der Stirn. Er schnappte einige Male hektisch nach Luft. Seine Kehle fühlte sich an, als habe er letzte Nacht in den Outbacks ein Rennen gegen einen Aborigine verloren.

Schon wieder dieses grauenerregende Geräusch!

Stoppek kroch aus dem Bett, taumelte auf die Wohnungstür zu und fand die Klinke. Von unten aus dem Treppenhaus näherten sich eilige Schritte.

»Ein Paket für ...« Der Bote grinste ihn schadenfroh an. »Schwere Nacht gehabt, Herr Sistenich?«

»Was ...?« Seine Stimmbänder fanden mit Mühe einen annähernd menschlichen Ton. »Stoppek ...«, wobei er auf sich deutete. Aber er war nicht sicher, ob er das nach einem Blick in den Spiegel immer noch behaupten konnte.

»Na egal ... ist für ...«, der Zusteller schielte noch mal im Halbdunkel des Treppenhauses auf den Adreßzettel, »Sistenich und van der Meer«, und damit drückte er Stoppek die schwere Kiste in die schlaffen Arme. »Hauptsache, Sie wohnen hier, und ich bin das Ding los!« Er grinste wieder provozierend. »Einen schönen Tag noch!«

Eine Zeitlang stand Stoppek noch im Flur und starrte das Paket an, dann schmiß er es vorerst auf sein verschwitztes Bett und sprang unter die kalte Dusche.

»Wer saufen kann, der kann auch sprinten!« redete er sich schlotternd ein und sah bereits den Lütticher Berg vor und sein Pinarello unter sich. Es war mehr ein Alptraum als eine mentale Vorbereitung. Ein Kopfstand jedenfalls war heute viel zu riskant.

Stoppek hatte das Rad schon in den Flur geschoben, da holte ihn das Klingeln des Telefons zurück.

»Mandelarzt.« Der Kollege hustete in den Hörer.

»Moin Pit! Hätte gar nicht gedacht, daß du so ein Streber bist!«

»Felix, was sagt der Kater?« Mandelarzts Lache dröhnte von der Dresdner Straße bis ins Frankenberger Viertel.

»Brummt ... Gibt es etwas Neues über den Brand, oder warum rufst du an?«

»Was glaubst du, warum ich in dieser Herrgottsfrühe einsam in der Redaktion sitze?«

»Weil du den Pulitzer-Preis erwartest?«

»Weil ich der Liebling der Feuerwehr und der Brandexperte der ›Nachrichten‹ bin ...« Er verstummte geheimnisvoll.

»Meine Kopfschmerzen sind schlimm genug, also spann mich nicht auf die Folter!« Stoppek hatte Schwierigkeiten, einen klaren Gedanken zu fassen.

»Diese Nacht hat es bei Alpmerz gebrannt!«

Stoppek stand wie angewurzelt im Raum. »Schlimm? Ich meine, steht noch ein Stein auf dem anderen?«

»Keine Sorge, wir werden um unsere Printen-Präsentation nicht herumkommen ...« Mandelarzts Lache ging in ein Husten über. »Es war ein kleines Feuerchen in einem Nebentrakt. Die teuren Produktionsmaschinen haben keinen Kratzer abbekommen«, Mandelarzts Stimme entfernte sich einen Moment. »Felix? Ich hab ein Gespräch auf der anderen Leitung! Mach's gut!«

»Du hast was gut bei mir!«

10:00 Uhr

Die Möhren brauchten nicht mehr lange, vielleicht noch zwei Tage Sonne, vermutete Magda Savelsberg, und sie könnte sie zusammen mit dem Rotkohl ernten. Und vor dem nächsten Regen mußte sie unbedingt die Erdbeeren pflücken, bevor die Vögel alles zerhackten. Sie hockte sich vor die erste Reihe der noch etwas blassen Früchte, und ihre Knie knackten wie gewohnt.

Sie nahm ein paar Erdkrumen in die Hand, und während sie eine Faust ballte, dachte sie an ihren seligen Hennes. Hennes' Kelle hatte es seinerzeit beinahe mit der von Willi Delzepich aufnehmen können. Allerdings war Delze immer der bessere Boxer gewesen. Ein Wunder, wie dieser Schrank von einem Kerl später filigrane Eishörnchen in seinen Pranken balanciert hatte. Aber auch das war schon wieder Jahre her. Sie seufzte und schüttelte den Kopf.

Die Erde duftete angenehm, und Magda betrachtete zufrieden ihr Reich, das Hennes ihr am oberen Ausläufer der Kleingartenkolonie vermacht hatte. Hinter dem Garten und dem kleinen Häuschen, das er gemeinsam mit seinem Kollegen nach Feierabend gebaut hatte, verliefen die stummen Bahngleise zum ehemaligen Moltkebahnhof. Beinahe direkt vor ihrer Nase, hinter der Buchenhecke, schlummerte ein abgestellter Waggon.

»Das ist unser Denkmal! Das hat die Bahn uns Helden der Arbeit spendiert«, hatte Hennes immer gesagt, wenn ihre Blicke auf dem alten Wagen geruht hatten.

Sie steckte sich eine Erdbeere in den Mund und verzog das Gesicht. Die brauchten noch ein paar Tage Sonne. Beim Nachbarn lachten sie bereits die Kirschen an, und gerade war sie drauf und dran, sich über den Zaun zu lehnen, so wie es Hennes immer gemacht hatte, da knallte irgendwo laut ein Gartentor ins Schloß und riß sie zurück aus der Vergangenheit.

Einen Augenblick lang blinzelte sie in die Sonne und mußte sich orientieren. Irgend etwas, dafür hatte sie im Lauf der Jahre ein Gespür entwickelt, irgend etwas hatte sie wieder vergessen. Aber was? Sie ballte erneut die schrumpeligen Finger zu Fäusten, und gerade in diesem Moment drang das langgezogene Pfeifen eines Zuges in ihr Bewußtsein. Ihre Augen blitzten auf, und sie sah auf das unscheinbare Paket neben sich. »Ich moß ömmer jet frickele, ich ben ene Frickelöres«, hatte Ellie gesagt. Und dann hatte sie die halbe Nacht daran gebastelt.

»Und ich hätte es um ein Haar hier stehenlassen ...« Magda schüttelte den Kopf. Vorsichtig hob sie das Paket hoch, trug es den Kiesweg entlang und verschwand im Gartenhäuschen. Wenig später erschien sie wieder, diesmal mit einer großen Tüte. Obendrauf tanzte eine Schachtel mit Zigarillos für Eleonore.

»Ellie hat ganz recht«, murmelte sie, »ich bin ein vergeßliches, altes Mädchen. Sie bastelt uns ein schönes Feuerwerk, und ich vergesse ihre Lieblingsstinker ...« Sorgfältig drehte sie den Schlüssel dreimal im Schloß. »Damit keiner unsere Überraschung stibitzt.«

11:05 Uhr

Rebeccas Augen klebten an Florians zerknittertem T-Shirt und entzifferten mühsam den Aufdruck.

»Mindestens haltbar bis ...«, sie kniff die Augen zusammen, »26. Juni ... Hey, das ist ja mein Geburtstag!«

»Es sollte eigentlich eine Überraschung werden«, Florian kratzte sich verlegen am Kinn, »aber ich hatte kein sauberes mehr, sorry.«

Mit einer alten Wailers-Nummer auf den Lippen hantierte Rebecca am Herd, während Florian ein antikes Mikrofon sezierte. Als sie mit einem strahlenden Lächeln und der Kaffeekanne an den Küchentisch kam, packte er den Lötkolben und die Kabelreste vom Tisch.

»Unser Untermieter ist übrigens schon seit Montagabend da. Er ist Journalist und eigentlich ganz nett ...« Mit nur unmerklich verrutschtem Lächeln schaute sie auf das Mikrofon neben Florians Tasse. »Du mußt doch jetzt nicht sofort wieder weg, oder?«

»Felix Stoppek, stimmt.« Florian nickte. »Das Formular von der Mitwohnzentrale muß irgendwo in meinem Archiv verschütt gegangen sein. Soso, er ist also ganz nett ...« Er lachte etwas eingestaubt, und Rebecca verzog die Mundwinkel. Florian schaute ihr jetzt geradewegs in die Augen. »Nein«, sagte er mit heiserer Stimme, »ich hoffe, ich muß nicht gleich wieder weg. Zumindest nicht für länger.« Er setzte sich auf. »Und du? Mußt, ich meine, willst du weg?«

»Wieso?« versetzte Rebecca leichthin, um dann betont munter drauflos zu plappern. »Wirklich ein komischer Vogel, dieser Felix. Er hat meine Norton repariert. Und er hat ein Telefon, das blau leuchtet. Ich würde verrückt werden. Wenn es wenigstens rot leuchten würde.«

»Ja, du und dein Rot ...« Florian sah sie einen Moment lang an. »Hast du dir die Sache noch mal überlegt?«

»Florian, bitte!« Rebecca stöhnte auf. »Nicht schon wieder! Es wird doch wohl noch ein dritter Weg existieren. Und nicht nur Karriere *oder* Familie!«

Florian senkte den Blick und starrte auf seine nackten Füße, und für einen Moment wurde Rebecca beinahe schwach. Sie schloß die Augen und schüttelte leicht den Kopf.

»A propos, ich muß nachher noch mal in die Werkstatt, nicht lange, ich muß nur –«

»Laß dir ruhig Zeit!« beschwichtigte Florian und gähnte. »Dann kann ich mich noch 'ne Runde aufs Ohr legen.«

»Du bist noch müde, was?« Mitfühlend sah sie ihn an. »Wann bist du überhaupt gekommen?«

»Ich glaub, gar nicht«, grinste er, und Rebecca verdrehte die Augen. »An mir lag's nicht!«

»So gegen drei.« Er gähnte wieder. »Ich hab nicht auf die Uhr gesehen.«

»Das wäre ja mal was ganz Neues! Herr Moebius vergißt die Zeit!« Rebecca zog eine Augenbraue hoch. »In Aachen geschehen wieder Zeichen und Wunder.«

»Irgendwann später muß ich dann noch die Instrumente auspacken mit den Jungs und ... shit! Im Laden muß ich mich auch mal wieder sehen lassen. Mal schauen, ob wir in der Zwischenzeit vielleicht ein paar Instrumente oder Anlagen verhökert haben.«

»Mein armer Held!« Rebecca kraulte ihm den Nacken und drückte ihre Lippen auf seine Wange. Für einen winzigen Moment wurde Florian weich unter ihrer Berührung und sah zu ihr auf.

13:15 Uhr

Nach gut zwei Stunden im Sattel und einer Trainingsrunde in der Gluthitze schaffte Stoppek die Treppen bis in den dritten Stock gerade noch.

Der Hersteller hatte ihn ganz schön übers Ohr gehauen. Im Katalog stand seine Pina mit federleichten elf Kilogramm notiert, an seiner Schulter aber zog ein mittlerer Baukran mitsamt Kranführer und einer Kiste Bier. Stoppeks Kehle war wieder so trocken wie beim Erwachen. Da hatten auch zwei Liter Magnesium-Calcium-Zauber-Gemisch nicht viel ausrichten können. Welcher Idiot fuhr auch mittags den Lütticher Berg hoch, nachdem er bereits sechzig Kilometer in den Beinen hatte? Stoppek kannte nur einen.

Er schloß die Wohnungstür auf, lehnte sein Rad an die Wand und ging in die Küche. Dort schien Rebecca nur auf ihn gewartet zu haben.

»Meine beiden Ladies haben mir gestern etwas erzählt, was dich interessieren dürfte. Ich bin gespannt, wie die Leute in deiner Printen-Firma darauf reagieren!« Sie machte eine bedeutungsvolle Pause. Offensichtlich erwartete sie Beifall.

»Wir Journalisten sind ja stets bemüht, Licht in das Dunkel der Welt zu bringen.« Stoppek schaute ihr tief in die Augen. »Aber könntest du mir bitte sagen, wo der Schalter ist?«

»Die Printen von Alpmerz schmecken entweder miserabel, oder sie sind vergiftet.« Rebeccas sah ihn herausfordernd an. »Und getestet wird das an harmlosen Omas. Eine Nachbarin der beiden alten Damen, denen ich vorlese, hat jedenfalls ein Paket Printen bekommen und ist danach beinahe gestorben.«

»Also gut, Miss Marple, mal schön der Reihe nach.« Mit einem Ächzen legte er seine Beine vorsichtig auf eines der Flokati-Ungeheuer. »Alpmerz verschickt, so besagen deine Informationen, Printen an alte Damen. Ist doch eine entzückende Idee und hängt sicher mit der Präsentation zusammen ...«

»Die Idee scheint geradezu umwerfend entzückend zu sein!« Rebeccas Augenbrauen wuchsen bedrohlich zusammen. »Aber wenn du mir nicht glaubst, kannst du dich ja selbst davon überzeugen.«

»Apropos Paket«, fiel es Stoppek plötzlich wieder ein. »Da war ein Paket für dich ... für euch.« Mühsam stellte er einen Fuß auf die Erde. »War 'n bißchen früh heute morgen, tut mir leid. Ich hole es –«

Das Läuten des Telefons unterbrach ihn. Rebecca verdrehte die Augen. »Bestimmt Barbara, die wissen will, ob wir genug zu rauchen haben für heute abend.« Schon war sie aus der Küche.

Stoppek sehnte sich nach einer Zigarette, aber dazu mußte er aufstehen, und das tötete die stärkste Sehnsucht. Er angelte statt dessen nach der Zeitung, überschlug ausnahmsweise die Sportseiten und überflog dafür die lokalen Ereignisse. Von einem Brand keine Silbe.

»Ich muß weg«, tönte es plötzlich aus dem Flur, »die Deadline für meine Objekte, du weißt schon.« Rebecca tauchte in der Küchentür auf. Stoppek rappelte sich hoch. »Ich bin in der Werkstatt, falls Florian fragt, okay? Und danach vielleicht noch kurz bei Teresa und –«

»Florian ist wieder da?« fragte Stoppek. »Seit wann denn?«

»Seit heute nacht.« Rebecca lächelte. »Bevor ich's vergesse: Um sieben gibt's Abendessen. Keine Minute später!« Drohend hob sie den Zeigefinger in die Luft, dann ließ sie ihn langsam sinken wie einen Pistolenlauf.

Wenig später lag Stoppek, alle viere weit von sich gestreckt, unbeweglich auf dem Bett. Den Fernseher hatte er so gedreht, daß er erstens einen fantastischen Blick hatte, zweitens die Sonne nicht auf den Bildschirm prallte, drittens ein leiser Luftzug vom Fenster herüberwehte, viertens sich das Geschehen unmittelbar vor Stoppeks Füßen abspielte und fünftens er im Notfall selbst mittels Blutgrätsche eingreifen konnte. Das Gekicke wurde von Minute zu Minute ansehnlicher, und Jaydee brachte in direkter Strafraumnähe eine gediegene Portion Ruhe ins Spiel.

Und wie immer, wenn sich Stoppek in unmittelbarer Nähe der himmlischen Pforte wähnte, kam etwas dazwischen. Diesmal wollte sein Telefon mitkommen. Die Himmelstür schepperte mit einem Knall zu, während sich Stoppek von dem Futon wälzte.

»Ja?«

»Wer bekam beim 7:1-Sieg der Borussia über Inter Mailand ...«

»Boninsegna! ... Und wie hieß der Schiedsrichter ...«

»Van der Croft!«

»Hallo, Immanuel!« Der einzige, der Stoppek bei seinen heiligen Handlungen stören durfte.

»Und? Wie steht's?«

»Hab grade erst eingeschaltet ... Du bist verdammt schnell!«

»Wir Buschmänner haben einen anderen Begriff von Zeit, weißt du doch.« Immanuel raschelte mit etwas, das sich nach Papier anhörte. »Alles klar zur Aufnahme? Okay, MAZ ab ...«

Immanuel Araya gab alles Wissenswerte über den Halter des Fahrzeuges mit dem Lübecker Kennzeichen durch. Name: Karl-Heinz Kaliner. Beruf: Selbständiger Unternehmer im Messebau, also Subunternehmer, was soviel hieß wie Vogelfreier ohne Sozialversicherung; keine besonderen lokalen Fixpunkte, mithin überall und nirgends zu finden. Angeblich war er stolzer Besitzer eines buschigen Schnäuzers, den er in einem Opel-Kombi spazierenfuhr ... Stoppek schob den Notizblock weit weg und schraubte die Kappe auf den Füller.

»Und wer sagt das?«

»Verrate nie deine Informanten! Steht das nicht im Journalisten-Ehrenkodex?«

»Klar! Außerdem steht da noch: Bezahle nie einen Informanten!« Stoppek verkrümelte den Tabak auf dem Bett. »Ich bring dir ein Trikot des westlichsten deutschen Clubs mit, wenn ich zurück bin ...«

»Und? Ist unser Karl-Heinz dein Mann?«

»Keine Ahnung ... ich frag ihn, wenn er wieder versucht, mich zu treffen ...«

Nachdem Stoppek aufgelegt hatte, dachte er plötzlich an Hein und an das Besäufnis. Aber Hein hatte keinen Schnäuz. Außerdem gab es sicher noch mehr Ostsee-Piraten in Aachen. Er beschloß, die Sache vorerst auf sich beruhen zu lassen. Vielleicht würde ihn Rebeccas Räuberpistole von den angeblich vergifteten Printen ja auf andere Gedanken bringe. Er griff erneut zum Telefonhörer.

18:50 Uhr

Rebecca hockte vor dem Backofen und sah durch das Glasfenster. Träge wischte sie sich mit einer Hand den Schweiß von der Stirn. Stoppeks Blick klebte ungefähr dreißig Zentimeter tiefer, dort, wo die salzigen Fluten interessante Landschaften zeichneten. Zwischen seinen Fingern drehte er wieder und wieder eine Zigarette.

»Und was ist jetzt? Glaubst du die Geschichte mit den Printen oder nicht?«

Stoppek zuckte zusammen, und der Tabak krümelte ihm über die Beine. »Es hört sich an, als wäre was dran an der Sache«, sagte er, als er sich wieder gefangen hatte. »Ich hab telefonisch ein bißchen recherchiert. Die Polizei mauert zwar, aber in einem Krankenhaus bin ich fündig geworden.« Endlich steckte er die Zigarette in Brand. »Ein Pfleger hat ein bißchen mehr erzählt ...« Er verstummte geheimnisvoll.

»Wie hast du das denn angestellt?«

»Mit einem der ältesten Tricks überhaupt«, Stoppek blies stolz den Rauch unter die Decke, und Rebecca sah ihn genervt an. »Na egal, jedenfalls scheint es sich um ein Mittel zu handeln, das man in jeder Apotheke ohne Rezept kaufen kann. An sich nichts Gefährliches oder gar Tödliches, aber bei den Temperaturen ... Sehr viel interessanter allerdings ist, daß diese Frau Lammerskötter wohl schon die zweite ist, die in dieser Woche mit solchen Vergiftungserscheinungen eingeliefert wurde.« Er sah Rebecca triumphierend an.

»Hm. Da scheint es also jemand auf ältere Damen absehen haben. Aber wie kommt der Absender auf die Frauen? Meinst du, er kennt sie persönlich?«

»Ich weiß nicht. Möglicherweise nicht.« Stoppek kratzte sich am Kinn. »So schwer ist es ja nicht, die passenden Empfängerinnen zu finden. Man muß nur das Telefonbuch aufschlagen. Wie stellst du dir jemanden vor, der heutzutage beispielsweise ›Agnes‹ heißt?«

»Mit grauem Dutt«, erwiderte Rebecca.

Stoppek nickte. »Und jetzt hat es auch noch bei Alpmerz gebrannt...«

»Wieso *auch*? Wo denn noch?«

»In der Burg. Vorletzte Nacht.«

»Ach, daher die Farben am Himmel«, sagte Rebecca nachdenklich. »Die habe ich ja ganz vergessen.«

»Wie ein Zufall sieht das nicht aus. Es sieht eher so aus, als wollte jemand etwas sagen ...«, brachte Stoppek die nächtliche Theorie aufs Tapet.

»Und was, wenn ich fragen darf?«

»Weiß ich noch nicht, aber«, er angelte nach der Wasserflasche, »vielleicht mit der Zeit …«

»Du meinst, wenn es wieder brennt?« Rebecca warf ihm einen Blick zu. »Oder weitere vergiftete Printen auftauchen?«

»Im Moment fehlt mir noch der rote Faden.«

»Was dir fehlt, ist eine Querdenkerin.«

»Was?« Er sah ungläubig auf die triumphierende Rebecca neben sich.

»Was assoziierst du mit einem Brand?«

»Feuer …«

Rebecca verdrehte die Augen und trommelte ungeduldig auf den Tisch.

Stoppek biß sich auf die Lippen. »Rot …«

Rebecca klatschte ihm müde Beifall. »Und weiter?«

»Wie … weiter?«

»Feuer … Rot …« Rebecca sah ihm tief in die Augen.

»Liebe …«, hüstelte er verlegen, und Rebecca klopfte auf den Tisch.

»Bravissimo! Schultersieg!«

»Und jetzt?«

»Jetzt? Jetzt ist erst mal Essen angesagt.« Rebecca lächelte vielsagend und nichts verratend. »Ich möchte nur wissen, wo die wieder bleiben!«

»Wer?« Stoppek riß den Blick hoch. Rebecca stand jetzt unmittelbar vor ihm am Tisch, und seine Augen wilderten in fremdem Revier. Es schien ihr nichts auszumachen.

»Florian und Barbara.«

*

Die Wohnungstür knallte ins Schloß, und Florian, in kariertem, über der zerrissenen Jeans hängendem Hemd ging in die Küche. Sein erster Blick galt der Uhr an der Wand.

»Acht Minuten zu spät … tut mir leid!« Er reckte die Hände hoch und sah Rebecca mit Dackelblick an. »Aber die Jungs mußten unbedingt noch 'n Bierchen trinken.«

»Du hättest sie ja auch mitbringen können.«

»Ich wollte lieber mit dir alleine sein ...« Im gleichen Moment sah er zum Tisch. »Felix Stoppek, richtig?« Er hielt Stoppek die Hand hin, überlegte es sich anders und zog sie schnell zurück, als könne er diese Handlung durch seine Geschwindigkeit eliminieren. »Ich bin Florian... Florian Sistenich.« Er dachte einen Moment nach. »Sollen wir uns duzen?«

»Seit wann bist du so förmlich?« Rebecca faßte es nicht.

»Na ja«, Florian lachte verlegen und fuhr sich durch die Haare, »es ist das erste Mal, daß ich Vermieter spiele.«

Stoppek stand auf, verbeugte sich wie ein Japaner und streckte dann langsam seine Hand aus.

»Kanns Felix für mich sagen.«

»Wunderbar.« Rebecca fühlte sich bemüßigt, die Moderation zu übernehmen. »Dann hätten wir das schon mal erledigt. Jetzt fehlt nur noch Barbara. Ich rufe sie mal an.« Sie schien es zu genießen, zwei derart steife, sich aber locker gebende Exemplare Männer um sich zu haben. »Wenn mich die Herren einen Moment entschuldigen wollen.«

Kaum war Rebecca außer Sichtweite, öffnete Florian den Kühlschrank, holte eine Flasche Bier raus und hielt sie fragend in die Höhe. Auf ein Nicken hin fischte er nach einer zweiten. Beide öffneten ihre Flaschen mit ihren Feuerzeugen, beide im ersten Anlauf. Mit einem hellen Klicken stießen die Flaschen aneinander.

»Du bist Musiker?« Stoppek wurde die Stille zu dramatisch.

»Ja, auch«, Florian lehnte sich weit zurück und sah seinem Gegenüber in die Augen. »Oder besser, ich werd noch einer.« Als sei das eine Erklärung, setzte er die Flasche an den Mund.

»Ich dachte, ihr wart gerade auf Tour?«

»Auch richtig, aber ich mache noch so viele andere Sachen, und da finde ich es etwas, wie soll ich sagen ...«, er fuhr sich wieder durch seine struppigen Haare, »etwas vermessen, zu behaupten, ich sei Musiker, richtiger Musiker.«

»Heute so bescheiden?« Rebecca tauchte in Florians Rücken auf. »Der King an den Saiten und auf der Bühne!« Sie lachte und gab ihm einen Kuß auf die Stirn.

»Und selbst?« wandte Florian sich dann höflich an Stoppek.

»Iron-Man«, sagte Stoppek und nahm einen tiefen Zug, »werde ich mal ... vielleicht ...« Er blies den Rauch unter die Decke. »Wenn ich hiermit aufhöre und damit natürlich! Prost!«

Rebecca warf einen prüfenden Blick in den Ofen. »Wenn Barbara in fünf Minuten nicht da ist, fangen wir ohne sie an.«

»Hast du sie erreicht?«

»Nein, es lief nur ihr Anrufbeantworter. Und was schließen wir daraus?« Rebecca sah die beiden Biertrinker an. »Sie ist entweder auf dem Weg hierher oder ... sie ist auf dem Weg hierher. Und wenn sie nicht kommt – was ich ihr allerdings nicht raten möchte – sehen wir sie sicher später noch in der Stadt.«

21:30 Uhr
Aus dem *La Bahia* wummerte ein Baß direkt ins Stammhirn und von da in die Weichteile und beschallte die Ausläufer des Burtscheider Kurviertels. Neugierig drückte Rebecca erst ihre Nase an die bunten Scheiben und danach um so fester Florians Hand.

»Bestimmt hängt Barbara hier rum ...« Das Essen war zwar auch ohne Babs ein kulinarischer Erfolg gewesen, aber seltsam war ihr Nichterscheinen schon. Barbara hatte noch nie eine Verabredung mit Rebecca vergessen.

Rebecca stieß die Tür auf und flog gleich darauf fast über die Kabel. Jacco schreckte am Baß auf, ohne aber aus dem Takt zu kommen, schenkte Rebecca einen Kußmund, und dann sah er Florian.

»Moebius! Alter Stinkfinger!« Seine Finger flogen über den Steg, als laufe Starkstrom durch die Saiten.

»Pastorius!« Florian deutete einen Schlag auf Jaccos Schulter an, stoppte aber jäh in der Luft und kraulte ihm statt dessen das Genick.

»Ladies and gentlemen!« begann Eddie am Mikrofon seine Ansage. »We proudly present the most famous man in town ever known, the one and only ... Mister ...«, Eddie rollte das ›R‹ dramatisch, »Mister funky Flo, just call him THE BASS ...«

In den aufbrandenden Applaus hinein hob Florian beschwichtigend die Arme, verbeugte sich dann theatralisch und schob Rebecca vor sich her zur Theke.

»Zwei Jack Daniels!«

Rebeccas Augen schenkten ihm einen betörenden Blick.

»Mit Eis, Jonathan!« fügte er hinzu.

Florian blies den ersten Ring unter die Decke des *Bahia*, und schon schob Jonathan sachte die Gläser über die Theke.

»Sach schon, Alter, habt ihr sie an die Wand gespielt und die Häschen naß gemacht?« Der Barkeeper warf einen schnellen Blick in Rebeccas Augen. Sie strich sich eine Strähne aus der Stirn, legte den Kopf auf die Seite und zeigte ihm ihre makellosen Schneidezähne.

»Wollen wir wieder mal ein wenig provozieren?« Rebeccas Grinsen wetteiferte mit dem ihres Gegenübers. »Und selbst? Was machen die Häschen?«

Jonathan knallte ein Glas ins Wasser. »Ich muß spülen!«

Florian zog einen Mundwinkel hoch, schnaubte den Rauch über die Theke und schnappte sich sein Glas. »Es ist besser, einen Hafen zu haben …« Er sah Jonathan einen Moment zu, dann schenkte er Rebecca sein Lächeln, und schließlich versenkte er seine Aufmerksamkeit im Whiskey.

Rebeccas Augen leuchteten. »Schön, daß du wieder da bist! Endlich.«

»Noch zwei!« orderte Florian mit einem sanften Lächeln.

*

Florian gab den Sprechchören des Publikums nach und ließ sich vom Barhocker gleiten. Erster Applaus brandete auf, und Florians Blick wanderte mit gespielter Demut über die Köpfe der Menge und registrierte, was in Aachen an einen Ausnahmezustand grenzte: Die Frauen dominierten. Seine Gemeinde trat sich mittlerweile schon vor den Türen zu Küche und Klo des *La Bahia* auf die Füße. Sein spontaner Auftritt hatte sich rumgesprochen wie ein Lauffeuer. Gerade legte Jonathan mit Dollarzeichen in den Augen den Hörer auf die Gabel.

Scheinbar widerstrebend streifte Florian, die Zigarette lässig im

Mundwinkel, den Gurt von Jaccos Bass über den Kopf. Er spürte alle Augen auf sich gerichtet und die Spannungskurve steigen. Behutsam nahm er einen tiefen Zug, blies den Rauch mit zurückgelegtem Kopf und geschlossenen Augen in einer dünnen Linie unter die Decke und zauberte aus dem Nichts eine schnelle Baßlinie, die das Publikum unvermittelt erwischte und in einen ersten Anflug von Ekstase versetzte. Dann tippte er vorsichtig mit einem Finger an das Mikro, was die Boxen mit dumpfen Plopp-Lauten quittierten.

»Check! Check! ... Okay!« Er trat einen Schritt zurück und widmete sein Augenmerk erstmalig seinen Mitstreitern, die erwartungsvoll an ihren Instrumenten verharrten und ihn beobachteten. Er strich sich die Haare aus der Stirn und beugte sich rüber zum Schlagzeuger und Gitarristen, um kurz einige Titel abzusprechen. Sie nickten nur. Sie kannten seine Stücke.

»Okay«, Florian sah rüber zur Theke, »wir fangen an mit einer kleinen Ballade. Fields of heaven ...« Das Publikum johlte auf und signalisierte lautstark Einvernehmen. »Manche haben sie vielleicht schon mal gehört«, der Raum erbebte von wissendem Lachen, »die anderen können's sich ja erklären lassen.«

Er gab den Einsatz, und schon rollte sein Baß los, während er die Augen halb schloß und das Publikum im Takt zu wippen begann. Langsam näherten sich seine Lippen dem Mikrofon, und er hauchte die ersten Worte hinein. Von der Theke spürte er Rebeccas Strahlen, bevor er es sah. Ihre Augen leuchteten, als müßten sie ein stillgelegtes Bergwerk in einen Ballsaal verwandeln.

Florian schloß die Augen ganz, ließ seine Finger über den Hals des Basses laufen, und die Welt stand still. Er spielte einen Song nach dem anderen, ohne sie anzusagen, seine Zuhörer erkannten sie sowieso nach spätestens zwei Takten. Und immer drehte es sich um das meist besungenste Thema der Welt und die größte Krankheit und Wonne auf Erden, und immer endete es tieftraurig, aber so romantisch, daß nicht nur die Augen der Damen im Publikum glänzten. Die Zeit stand still.

Eine Rückkopplung riß ihn zurück. Irgend jemand war über das Kabel gestolpert, das seinem Baß Leben einhauchte. Er öffnete die Augen auf und blickte geradewegs Jonathan in die Pupillen.

»Wir müssen langsam aufhören«, begann der verlegen, »die Nachbarn, du weißt, Moebius ...«

»Wie?« Er wollte es nicht glauben. »Schon Mitternacht durch?«

»Ich bau schon ab! Laß einfach alles stehen!« Jacco sah Florian mit unverhohlener Bewunderung an und ließ sich seinen Bass überreichen. »Wußte gar nicht, daß mein Schätzchen so singen kann ...«

»Du hast dir jetzt mindestens eine Gallone Jack Daniels verdient, Mann!« Eddie haute ihm anerkennend seine Hand auf die Schulter.

Rebecca wartete auf ihn. In den beiden Gläser klingelte leise das Eis.

3:00 Uhr

Während er vor sich hinstarrt, dreht er an dem funkelnden Ring an seinem Finger. — Was wäre, lebten die Menschen nur einen Tag? — Die Menschen gehen sorgsam mit ihrer Zeit um, denn sie dürfen keine Zeit verlieren. Nicht eine Sekunde. — Geburt, Schule, Liebe, Beruf, Familie, Sterben – alles paßt in genau einen Tag. Vierundzwanzig Stunden, keine Sekunde mehr. — Nie wird gezögert. In einem Wimpernschlag fallen gravierende Entscheidungen. Der Mensch lernt einen neuen Menschen kennen, verläßt auf der Stelle einen anderen. Für Sentimentalitäten bleibt keine Zeit. — Wird der Eintagsmensch mit der Sonne geboren, erlebt er genau diesen einen, seinen Sonnenaufgang. Ihr Untergang wird auch seiner sein. Blickt die Sonne erneut über den Horizont, erlebt er es nicht mehr. — Am Ende sitzt er alleine da mit seinen Erinnerungen, die keine sind. Nur Splitter von Ereignissen, die kaum stattgefunden haben. Seine Geburt, seine Schulzeit, seine erste Liebe – tausend Jahre zurück für ihn und in rasender Geschwindigkeit an ihm vorbeigerauscht. Die, die vor ihm geboren wurden, vielleicht eine Stunde vor Sonnenaufgang, sind längst nicht mehr. Und auch er spürt, daß ein neuer Tag sich bereit macht. Er wird nicht auf ihn warten ... — *Sürmond* strahlt die Lichtreklame verführerisch über die zu dieser Zeit kaum belebte Wilhelmstraße. — Einsam huscht ein Lichtstrahl durch das Suermondt-Ludwig-Museum. Kurz hintereinander ruht er für ein paar Sekunden auf den Gemälden, verweilt länger auf dem *David* von Lovis Corinth, wischt dann weiter über die weiß aufflammenden Wände und bleibt an dem dominierenden Ölbild auf der Stirnseite des Raumes haften. — Ein nackter, graubärtiger Mann wird von zwei spärlich bekleideten jungen Frauen umgarnt. Die Blonde im Vordergrund bringt sein Blut mit Rotwein in Wallung. Im Hintergrund brennt eine Stadt lichterloh. Sodom und Gomorrha, verkleidet als Vorkriegs-Dresden. Im Schein des elektrischen Strahlers scheint die rote Ölfarbe Feuer zu fangen, die Flammen lecken an dem alten hölzernen Rahmen. Er senkt die Taschenlampe einige Zentimeter nach links auf das erläuternde Tableau: Otto Dix, *Loth und seine Töchter*, 1939 ... Zischend stößt er Luft zwischen den Schneidezähnen aus. — Er schleicht weiter, läßt den Lichtkegel dann auf dem Gemälde mit der monumentalen Ansicht des Aachener Doms Halt machen. Vom Münsterplatz aus fällt die Sonne auf die Pfalzkapelle, und deren Mauern erstrahlen so hell, wie es vielleicht im Jahre 1853 zum letzten Mal möglich gewesen ist. Im Hintergrund braut sich eine gespenstische, grauviolette Wolkenburg zusammen, so daß zu fürchten steht, Sekunden später lasse der Himmel keinen Stein mehr auf dem anderen stehen. Die letzten Tage des zwanzigsten Jahrhunderts beweisen das Gegenteil. Der Dom steht immer noch, mittlerweile aber trägt er schwarz. — Das Zifferblatt der Uhr an seinem Handgelenk flackert. Unruhig hastet er weiter durch die düsteren Räume. Er atmet heftig und wirft seinen Kopf in den Nacken. Über ihm funkeln unbewegt die Sterne, nur durch das Glasdach von seinem Körper getrennt. Die Verbindung zum Himmel flößt ihm neue Kraft ein. Seine Augen suchen jeden Winkel des Alls ab, soweit es der Ausschnitt im Dach zuläßt. Obwohl er nichts sicher erkennen kann, beruhigt sich sein Atem, und er senkt den Blick. Mit jedem Schritt wächst seine Kraft. Er schaut hinab auf die Beekstraße, die, von den Straßenlaternen matt belebt, grau vorankriecht zu einem Rendezvous mit dem Kaiserplatz. Noch einmal hebt er seine Augen, und für einen Wimpernschlag glaubt er, des großen Leuchtens angesichtig zu sein. Sanft lächelnd durchquert er die Hallen. Nichts wird ihn jemals aufhalten in dieser Zeit. — Und dann findet er sie. Drei an der Zahl, stehen sie auf einem kleinen hölzernen Sockel. Sehen dem Besucher geradewegs in die Augen. Allesamt mit verklärtem Blick aus Holz geschnitten im 18. Jahrhundert. Allesamt heilig gesprochen. Katharina, Agatha und Barbara. Er umkreist sie einmal und schnaubt verächtlich durch die Nase. Eine der drei erstarrten Figuren hält ihm etwas entgegen. Eine goldene Schüssel, die sie an ihre schmale Hüfte stemmt. Ihre abgeschnittenen Brüste liegen darin. Rundlich und wohlgeformt und lebendiger als all die drei hochverschnürten, schmallippigen Frauen zusammen. Er schaut ihr noch einmal in ihre zum Himmel gewandten Augen, während sich seine mit salzigem Wasser füllen. Die Märtyrerin ergibt sich ihm mit jeder Faser ihrer Seele. — Du wirst überleben, flüstert er heiser. — Gut getarnt hinter der bröckelnden Mauer des Nachbargrundstückes sieht er auf seine Uhr, richtet den Blick dann wieder starr auf die Glasfront gegenüber und zählt jeweils mit einem Kopfnicken die Sekunden mit. Exakt zur programmierten Zeit verfärbt sich das Licht im ersten Stock des musealen Hinterteils fast unmerklich, und ein rötlicher Schimmer zaubert einen Kontrast zur kühlen und sachlichen Schutzmauer. — Fast glaubt er, das Knistern des Papiers zu hören, als es Seite um Seite zu Asche zerstäubt. So viele Besucher haben ihr Dasein auf diesem Trabanten in dem großen, schwarzen Buch festhalten wollen, und in wenigen Augenblicken erinnert nichts mehr an ihre Gegenwart. Sie erkennen nichts. Nichts können sie festhalten, nichts, schon gar nicht ihr erbärmlich kurzes Erdenleben. Aber sie klammern sich daran und haben vor nichts mehr Angst, als die Augen aufzureißen. Sie schleichen durch Museen und ergötzen sich daran, weil sie nur dann spüren und glauben können, selber noch zu leben, sich über die Vergangenheit erhoben zu haben … — Sie verstehen nichts. Homo sapiens sapiens? Nichts. Das große Nichts. Und das versetzt sie in Panik. Vor nichts haben sie mehr Angst, als ihre Chance wahrzunehmen. Die einzige, die ihnen geboten wird. — Sie müssen in die Lehre gehen. — Bei jeder Eintagsfliege …

Marzipan

Samstag, 20. Juni, 9:45 Uhr

Seit sie am Siegel gestartet waren, hatte Heinrich Mann kaum etwas von sich gegeben. Schweigsam trat er in die Pedale und stierte vor sich auf den Asphalt. Stoppek fuhr bereits eine geraume Weile schräg hinter ihm und beobachtete, wie sich der PR-Mann in einem viel zu hohen Gang abquälte. Manns rundgebogener Rücken schaukelte bei jedem Tritt bedenklich von einer Seite zur anderen, seine Waden allerdings sahen nicht so aus, als fahre er zum ersten Mal.

»Die Präsentation scheint ja mächtig auf die Lunge zu drücken!« Stoppek schob sich mit seinem Pinarello neben Manns sündhaft teuren Carbon-Rahmen mit den aerodynamischen Shamal-Felgen.

»Wie bitte?« Mann riß nicht nur den Kopf herum, sondern den ganzen Oberkörper, so daß seine Vordergabel ins Schlingern geriet. »Ach so ...«, er versuchte ein Lächeln und schnaufte. »Eine äußerst ärgerliche Sache. Dazu noch dieser Brand. Im Moment scheint es –«

»Ein Brand?« Stoppek setzte sein dümmstes Gesicht auf.

Mann sah zur Seite, sein Blick war schlagartig hellwach.

»Keine große Sache, aber auf den Produktionsablauf wirkt sich das natürlich nicht gerade förderlich aus. Trotzdem, der Präsentation steht eigentlich nichts im Wege.« Er straffte sich und schaltete erstmalig wieder.

»Was bedeutet in diesem Falle ein ›eigentlich‹?«

»Nichts. Der Präsentation steht nichts im Wege.« Mann duckte sich und hängte Stoppek, der, die Hände oben auf dem Lenker, aufrecht im Sattel saß, mit einem blitzschnellen Antritt an einer Gefällestrecke ab. Hinter einem Zaun verfolgten zwei Kühe, in stoischer Ruhe mit vollen Backen kauend, die rasante Schußfahrt der beiden Männer runter nach Sief.

»Und, wenn ich das fragen darf, wo hat es gebrannt?«

»In einem Umkleideraum. Wahrscheinlich hat eine Mitarbeiterin eine Zigarette nicht richtig ausgemacht. Wirklich keine große Sache.«

»Ist die Übeltäterin schon überführt?«

Mann lachte nur trocken und schüttelte den Kopf, der Überwurf bugsierte die Kette auf den nächsten Zahnkranz, und er rauschte erneut davon. Stoppek hängte sich in seinen Windschatten und schielte auf den hochjagenden Tacho.

»Daß die Präsentation verschoben wurde, hat natürlich nichts mit dem Brand zu tun?« setzte er nach.

»Alle Achtung! Ein zäher Hund!« Mann sah zur Seite und lächelte. »Wird das jetzt ein Quiz? Natürlich hat der Brand nichts damit zu tun.«

»Womit dann?«

»Haben Journalisten denn nie frei?« maulte Mann.

Und schon sah Stoppek die Kette vor sich hüpfen und Mann gen belgischer Sonne enteilen. Stoppek ließ ihn ziehen und sah dem bunten Trikot hinterher, während er die Flasche vom Rahmen zupfte. Es sah nicht so aus, als hätte Mann Lust, weiter auf der Super-Printe rumzureiten. Warum die Firma die vollmundig verkündete Präsentation verschoben hatte, wußte er immer noch nicht. Stoppek nahm einen großen Schluck, verschloß die Flasche wieder und schob sie in die Halterung.

Und was war mit diesen Präsent-Paketen? Glaubte Alpmerz, das verheimlichen zu können? So blauäugig konnten sie unmöglich sein. Ausgerechnet vor dem D-Day, dem Tag ihrer großen Invasion, wenn sie ansetzten, den Markt endgültig zu erobern. Stoppek beschloß, seinen Trumpf lieber noch im Ärmel zu behalten.

Mann legte sich in die Kurve, hielt dabei über die rechte Schulter Ausschau nach Stoppek und nickte breit grinsend nach rechts zum Wegesrand. RETTE DEINE SEELE empfahl der Männergesangsverein 1949 Raeren auf dem Vennkreuz. Der Duft von geschlagenem Holz wehte aus dem Wald zu ihnen herüber.

»Und eine politische Motivation?«

»Häh?« Mann vergaß, den Mund zu schließen und inhalierte dafür Schwärme von Insekten.

»Wegen der Fremdarbeiter ...« Stoppek sauste die Gefällestrecke hinab, und Mann brauchte einige Zeit, um den Anschluß wiederherzustellen.

»Meines Wissens arbeiten in der Saison an die tausend Menschen in der Printenproduktion, allein in Aachen. Vorwiegend Frauen, und fast ausschließlich Belgierinnen und Italienerinnen ...«

»Deren Männer früher in den Kohlegruben in Lüttich gearbeitet haben ... bravo! Gut recherchiert!« Mann saß aufrecht im Sattel und klatschte gönnerhaft. »Und unsere Saisonkräfte kommen größtenteils schon in der dritten Generation zu uns, und jetzt sollen sie urplötzlich politisch motiviert sein?«

Stoppek setzte sich ebenfalls aufrecht. »Gegenfrage: Könnte die Konkurrenz solch schwere Geschütze auffahren, um dem Platzhirsch eins auf den Pelz zu brennen?«

Mann nickte nur vor sich hin, dann schüttelte er den Kopf, griff wieder unten in den Lenker und schaltete. »Ich werde doch nichts gegen die Konkurrenz sagen ...«, und wieder trat er mächtig in die Pedale.

»Klar«, jetzt schüttelte Stoppek den Kopf, »Konkurrenz belebt das Geschäft ...«

10:00 Uhr

Eleonore Walpert wedelte triumphierend mit der Zeitung.

»Ich hatte«, sie räusperte sich, »Pardon, wir hatten mal wieder genau den richtigen Riecher. Die Sache stinkt und strahlt zum Himmel. Selbst unsere Polizei wird für dumm verkauft bei diesen Transporten.« Sie lachte bitter. »Und die armen Beamten müssen diese verteufelten Behälter auch noch beschützen. Als seien die Höllenhunde hinter ihnen her. Dabei sitzen die mitten drin ... Mögen Kastor und Pollux aus dem Schattenreich über sie kommen!«

Magda sah ihre Cousine verständnislos an, aber die tätschelte ihr liebevoll die Schulter und widmete sich wieder der Tastatur. Der Computer brummte vor sich hin, und die beiden alten Frauen betrachteten mit zusammengekniffenen Augen den Brief auf dem bläulichen Monitor.

»Was sagst du?«

»Ich finde«, Magda Savelsberg lehnte sich zurück, »das sieht richtig professionell aus!«

»Ich meine doch nicht das Layout!« Eleonore Walpert hob ihre knochigen Hände theatralisch gen Himmel. »Magda, Magda, du bist wirklich von gestern. Verstehst du wenigstens, was unsere Forderungen sind?«

»So dumm, wie du glaubst, bin ich nicht!«

»Also?« Eleonore Walpert quälte sich ein Lächeln ab. Ganz wie damals, als sie noch Lehrerin gewesen war und die Schüler auch nicht schlauer waren als heute.

»Die sollen damit aufhören!« triumphierte das kleine Energiebündel neben ihr.

»Das ist zwar sehr vereinfacht ausgedrückt«, Eleonore Walpert schüttelte lächelnd den Kopf, »aber wunderbar ... Dann werden es sogar unsere Freunde von der Bahn verstehen ...«

Sie gab den Befehl zum Drucken.

»Laß mich mal rechnen ...«, sie tippte mit dem Zeigefinger den Takt auf ihre vorgestülpte Unterlippe, »Montag müßte reichen, eigentlich auch noch Dienstag. Aber dann mußt du den Brief spätestens einwerfen. Dann haben sie noch genügend Zeit.« Sie sah ihre Cousine eindringlich an. »Hast du verstanden? Spätestens Dienstag!«

11:00 Uhr

Es raschelte. Zwei dunkle Augen sagten den schwarzen Zeichen ade, und ein geflochtener Zopf lugte hinter der Zeitung hervor.

»Möchtest du den Sportteil haben?« Rebeccas Kopf kam zum Vorschein.

Florian klappte die Lokalseiten gewissenhaft zusammen, gähnte ausgiebig und reckte sich.

»Ist denn was Besonderes drin?«

»Na, hör mal! Brasilien hat gespielt!«

»Ach so«, gähnte er aufs neue, »und hier hat es gebrannt.«

»Wo denn?« fragte Rebecca mit wenig Begeisterung.

»In irgendeiner Printen-Fabrik.«

»In welcher?« Rebecca riß ihre Zeitung runter.

»Weiß ich nicht mehr«, Florian blätterte die Seiten erneut auf, um den Artikel zu suchen. »Ah ja, hier«, seine Finger huschten über die Zeilen, »bei Alpmerz.«

»Ach so. Das weiß ich schon. Trotzdem …« Rebecca beugte sich über den Tisch. »Darf ich mal?« Und schon hatte sie die Zeitung in der Hand.

»Von wem weißt du das denn?« Florian goß neuen Kaffee in Rebeccas Tasse.

»Von Felix.« Schon überflogen ihre Augen die Bleiwüste.

»Was hat der denn damit zu tun?«

»Er schreibt einen Artikel über deren neueste Ausgeburt, die Marzipan-Printe, die … warte mal …«, ihre Augen wanderten über den Aufmacher des Lokalteils. »Das steht hier nicht, ist aber auch egal. Auf jeden Fall passieren da merkwürdige Dinge. Es sind vergiftete Printen im Umlauf.«

»Du und deine kriminelle Phantasie!« Florian griff über den Tisch und streichelte Rebeccas Wange. Ehe sie den Mund zu einem Protest öffnen konnte, setzte er nach. »Apropos Paket. Haben wir nicht auch eins bekommen? Du hast doch gesagt –«

»Richtig!« Schon war Rebecca mit wehendem Alemannen-Trikot aus der Küche.

Mit Hilfe des Brotmessers machte sie kurzen Prozeß, schlitzte die dicke Pappe an der Längsseite auf und öffnete die Kiste. Ihre Hände verschwanden in den Tiefen, wühlten, förderten Staumaterial zutage und kamen endlich mit einem schweren, in bunte Tücher gewickelten Gegenstand wieder zum Vorschein. Florian wischte ein paar Teller, Tassen und die Käsekiste beiseite, und sie legte das unförmige Etwas auf den Tisch.

»Möchtest du?« fragte Rebecca.

»Ladies first!«

Rebecca begann das Tuch zur Seite zu schlagen, und darunter kam ein anderes ans Licht. Ihre Finger wurden immer ungeduldiger. Plötzlich sprang es ihnen wie ein Blitz in die Augen. Es glänzte und schimmerte, denn die Sonne strahlte wie ein Bühnenscheinwerfer genau auf den Tisch.

»Sie ist schön!« sagte Rebecca, und ihre Finger glitten über das golden schimmernde Metall der Skulptur. Florians Finger gesellten sich dazu und fischten einen Zettel darunter hervor.

»Von Nico ... aus Indien ...« Er glättete den Brief ein wenig. »Eine Liebesgöttin!«

Die Göttin lächelte sanft, und Rebecca konnte weder ihre Finger noch den Blick von ihr losreißen.

»Hey, die hat ja deine Figur!« Florian legte prüfend seine Rechte an die Göttin und dann ganz vorsichtig seine Linke auf Rebeccas göttliche Halbkugel.

Das Scheppern der Wohnungstür störte die Idylle. Vom Flur her hörte man das sanfte Surren der Ritzel, dann stand Stoppek in der Tür.

»Hallo Fremde, habt ihr noch Kaffee auf dem Feuer?« Er schien trotz seines klebrigen Outfits allerbester Laune, ließ sich auf einen der Stühle fallen und griff nach hinten in eine der Taschen des Trikots, um den auf dem Rückweg im Hauseter *Minipri* erstandenen Tabak herauszuangeln. Dann verharrte er einen Moment und sah auf die Figur. Ähnlich wie Florian wenige Sekunden zuvor verglich er die hervorstechendsten Merkmale der Göttin mit denen Rebeccas, wenngleich ohne Zuhilfenahme der Hände. »Also enthielt das Paket nicht die Printen des Todes.«

»Mittlerweile steht übrigens auch in der Zeitung, daß es bei Alpmerz gebrannt hat.« Rebecca nickte zu dem Packen zerlesenen Papiers auf dem Tisch hinüber.

»Ach ja?« Stoppek verrenkte sich neugierig den Hals. »Schreiben die Kollegen auch, wann es gebrannt hat?«

»Um kurz nach drei, steht hier.« Florian tippte auf den Artikel.

»Genauso habe ich das auch gehört«, murmelte Stoppek, »komisch. Irgendwie paßt hier nichts zusammen. Alpmerz verschiebt die Präsentation, obwohl es erst in der Nacht brennt –«

»Die Präsentation ist verschoben?« unterbrach Rebecca ihn.

»Ja, sie ist schon am Donnerstagnachmittag gecancelt worden, und nachts darauf brennt es dann. Kommen die Printen dazu, die alte Damen aus den Socken hauen. Und wo wir schon dabei sind ...« Stoppek zündete endlich seine Zigarette an und sah Rebecca für einen Moment in die Augen. »Dieser mysteriöse Unbekannte, der mich zuerst fast überfahren und mir dann hier einen übergebraten hat.«

Rebecca warf ihren Zopf über die Schulter. »Du hast immer noch keine Ahnung, wer das gewesen sein könnte?«

Florian sah abwechselnd von einem zum anderen. »Hier in der Wohnung? Davon weiß ich ja gar nichts.«

»Ich bin noch nicht dazugekommen, es dir zu erzählen.« Rebecca sah ihn entschuldigend an.

Stoppek setzte sich auf. »Kann es nicht sein, daß es jemand auf Nico abgesehen hat? Immerhin wohne ich gerade in ihrem Zimmer, und es war ziemlich dunkel, als Phantomas an meinem Hinterkopf angeklopft hat.«

Rebecca drehte an ihrem Zopf, ihre Füße wippten unter dem Tisch. Und wenn es sich mal wieder um einen ihrer ungebetenen Verehrer handelte? Von dem Brief mit dem ewigen ›F‹ wollte sie gar nicht erst reden. »Gehen wir gleich zum Konzert?« lenkte sie ab. Keiner der Herren widersprach.

*

Die Sonne bedeckte sich noch immer schamhaft mit einem schmuddeligen Tuch, aber nur noch vereinzelt klatschten Tropfen auf die Mauerstraße.

Es war alles mehr als merkwürdig. Heute mittag beim Open-air im Kàrman-Forum hatte sie noch gedacht, Barbara komme jeden Moment um die Ecke, mit einem himmlischen Lächeln um den riesigen Mund und noch größeren Pupillen. Aber sie blieb wie vom Erdboden verschluckt. Egal, wen Rebecca gefragt hatte, keiner wußte irgend etwas.

Sie strich sich eine Strähne aus der Stirn, schob den Schlüssel ins Schloß und öffnete langsam die Tür zu Barbaras Wohnung. Wohl war ihr nicht dabei. Endlich aber zahlte es sich aus, daß Barbara ihr damals den Schlüssel aufgeschwatzt hatte. Sie drückte die Tür hinter sich ins Schloß und stand einen Moment vollkommen regungslos in Barbaras vollgepfropftem Miniflur.

Vorsichtig betrat sie das Ein-Zimmer-Wohn-Schlaf-Koch-Apartment. Es wirkte beinahe aufgeräumt. Oder abgeräumt, durchzuckte es Rebecca, als ihr Blick auf dem großen Nichts über dem Schrank ruhte.

Dort, wo sonst immer der monströse Überseekoffer bis knapp unter die Decke ragte, auf den Babs so stolz war. Rebecca öffnete den Kleiderschrank, und eine annähernd vollkommene Leere gähnte ihr entgegen. Sie schob einen Stuhl unter die alte Vitrine vor dem großen Eßtisch und stieg vorsichtig darauf. Sie öffnete die rechte Tür mit dem angeschlagenen Milchglas und kramte eine Weile im Innern des alten Möbels, bis sie das alte Zuckertöpfchen in den Händen hielt. Angeblich ein Erbstück von Barbaras Oma, die auch immer ihre Schätze darin aufbewahrt hatte. Rebecca nahm den rundlichen Porzellendeckel ab ... Da lag er. Fein in Silber gewandet ruhte ein beachtlicher Klumpen allerfeinster Rauchware in seinem Tresor.

Barbara würde ohne ihre Schatzkiste nirgendwo hingehen. Niemals.

Rebecca stellte das Töpfchen zurück an seinen angestammten Platz und stieg vom Stuhl. Während sie ans Fenster trat und in den Hinterhof mit seinen bröckelnden Mauern schaute, betasteten ihre Fingerkuppen beiläufig die Erde in dem großen Papyrustopf auf dem breiten Fensterbrett. Die Erde fühlte sich an wie die Aschenbahn im Waldstadion. Barbara hatte sich nie darüber beschwert, daß sie ihren Papyrus, den Rebecca ihr letztes Jahr als Ableger geschenkt hatte, im Sommer jeden Tag gießen mußte. Sie liebte sein satt leuchtendes Grün, weil es für sie das Leben schlechthin symbolisierte.

In der Ecke der Fensterbank blinkte der Anrufbeantworter. Rebecca drückte die Playback-Taste. Während die Kiste unendlich langsam zurückspulte, trommelte Rebecca gegen die Fensterscheibe. Mit einem Piepsen begann die Wiedergabe.

»Guten Morgen, meine schwarze Perle von Afrika! Zeit aufzustehen!« Es folgte eine kleine Pause. Dann: »Hier ist Hotte, du Schlafmütze ... gib's zu, du liegst noch im Bett und willst mir weismachen, du weilst schon unter den Lebenden, hast dich unter die Workaholics gemischt ...« Offenbar hatte Hotte an dieser Stelle die Hoffnung aufgegeben, Barbara doch noch an die Strippe zu bekommen. »Wie auch immer ... es ist ein wunderbarer Samstagmorgen, die Luft ist erfüllt vom lieblichen Duft der entzückendsten Blumen. Wahrscheinlicher aber ist, daß sie bei Zentis eine Sonderschicht schieben und neue Belfrutta für Michael Schuhmacher kochen ... Wir haben jetzt ... keine

Ahnung, der Wecker ist stehengeblieben ... Wir sehen uns spätestens bei *Jin Jin*! Amandla!«

Es piepte erneut, und die Plapperkiste verstummte. Rebeccas eigener Anruf war überspielt; Barbara mußte ihn demnach irgendwann gestern noch abgehört haben. Aber dann hätte sie sich doch gemeldet ...

Auf einmal wollte Rebecca Menschen um sich haben, das Leben spüren, laut und schwitzend. Jedenfalls wollte sie nicht in die Werkstatt, obwohl sie den Ruf bis auf den Karlsgraben hören konnte. Zuerst aber mußte sie Barbaras kleines Buch mit allen Adressen und Telefonnummern ihres privaten Mikro- und Makrokosmos finden. Sie fand es auf Anhieb, und ohne Zeit zu verlieren, nahm sie den Hörer ab und tippte die erste Nummer ein.

»Hallo?« Den Namen verstand sie nur undeutlich. »Ja, ich bin eine Freundin von Barbara ...« Es dauerte ein wenig, bis am anderen Ende der Groschen fiel. »Genau die. Du arbeitest doch mit ihr zusammen. Wann hast du sie denn zuletzt gesehen?«

»Bei dem Brand ...«

»Vorher oder nachher?«

»Ich glaube, danach auch, aber ich würde nicht meine Familie darauf verwetten ...«

So weit ging auch keine der anderen Frauen, die Rebecca an die Strippe bekam. Einige behaupteten zwar, Barbara nach dem Brand bei Alpmerz noch auf der Schicht gesehen zu haben, andere dagegen erzählten das genaue Gegenteil.

Einziger und unumstrittener Fakt war, daß Barbara verschwunden blieb. Aber es gab ja immerhin noch die andere Schiene. Barbaras Leben hinter der Theke oder dem Mischpult. Rebecca wählte eine Nummer im Pontviertel, und schon tutete ihr das Besetztzeichen in den Ohren. Sie wiederholte die Prozedur noch drei mal, dann knallte sie den Hörer auf die Gabel. Da blieb nur hinfahren.

Traniger Modergeruch schwappte ihr entgegen. Sie hätte sich nicht gewundert, nach einem Schritt bereits von dickem Nebel eingehüllt zu sein.

Obwohl der *Malteserkeller* erst kürzlich komplett renoviert worden war, gewann die Feuchtigkeit der Fundamente bereits wieder den

Kampf gegen die frisch aufgetragene Farbe. Spätestens nach drei Wochen konnte sich kein Mensch an die alljährliche Rundumsanierung des Jazz-Clubs erinnern. Hier konnten noch so radikale Veränderungen stattfinden – es blieb immer alles beim alten. Ebenso wie das Gerücht, in diesem Jahr sei der *Malteserkeller* ultimativ am Ende: finanziell wie künstlerisch. Aber selbst verschollen geglaubte Gäste der ersten Generation tauchten immer wieder auf, um sich an die feuchten Wände zu lehnen und über den Untergang des Abendlandes zu sinnieren.

Mit der feuchten Wärme waberten Rebecca kalte Techno-Beats entgegen. Unüberhörbar nicht Barbaras Stil. Vielleicht hatte sie wenigstens Thekendienst. Rebecca durchschritt die Stahlzarge und sah in das gähnende Gewölbe. Hinter der Bar leuchtete ein gelbes Shirt, das offenbar die Sonne in die Gruft locken sollte. Aakea zupfte gelangweilt mit der linken Hand an einem ihrer Zöpfe, mit der anderen drehte sie ein Glas über der Spülbürste. Von Barbara keine Spur.

»Willst du Klementine Konkurrenz machen?« Rebecca enterte die VIP-Loge neben dem Eingang. Aakea drehte sich um und strahlte das Lächeln der Erlösung.

»Herzlich willkommen in unserem Etablissement, Gnädigste! Hat Sie der legendäre Ruf des Jazz in die heilige Grotte gelockt?« Bevor Rebecca ablehnen konnte, öffnete Aakea eine Flasche Sekt. »Auf den ersten Gast!«

»Merci!« Rebecca prostete ihr zu. »Barbara ist nicht da, oder?«

Aakea schüttelte den Kopf. »Am Freitag wieder … Heute reichen wir den Ohren, ja, wie nennen wir das denn heute?« Sie schielte auf die Wand neben Rebecca. »Flava Dub Nut Gangsta Mix …« las sie von dem kühn layouteten Plakat ab.

»Und du weißt auch nicht, wo sie jetzt ist?« Rebecca wollte die Hoffnung nicht aufgeben.

»Nein, keine Ahnung. Ist sie nicht auf Schicht?«

»Eben nicht.« Rebecca schüttelte den Kopf. »Und gestern waren wir verabredet, da ist sie nicht gekommen. … By the way, hast du eben telefoniert?«

»Nö …« Seelenruhig beschäftigte sich Aakea mit ihrem Glas.

»Ein permanenteres Besetzt-Zeichen habe ich noch nie gehört.«

»Was sonst, wenn der Hörer daneben liegt?« Aakea grinste Rebecca an. »Immer, wenn ich quasi alleine hier bin, ruft so ein Schwachkopf an und sülzt mir was vor … Du kennst das ja.«

»Dafür bekommen sie hinter jeder Theke die Hilfe einer echten Expertin!«

Rebecca schlürfte ihren Sekt. Aakea war keine große Hilfe. Niemand wußte etwas. Dabei war Barbara praktisch jede Nacht auf Achse.

Allmählich, und auf magische Weise mit dem kleinen Zeiger der großen Uhr verbunden, füllte sich der Keller. Aakea begann hinter der Theke aufzuleben. Rebecca lächelte ihr noch einmal zu, dann rutschte sie vom Barhocker und machte sich auf den Heimweg.

Die Wohnungstür stand einen Spalt breit auf. Sicher hatte Jack Daniels sie wieder mal geöffnet.

»Jaydee?« Rebecca lauschte in die Stille. »Wo steckst du?«

Sie ging durch die ganze Wohnung und sah in jeden Winkel, in dem sich Jaydee gerne versteckte. Merkwürdig, sie hatte um diese Zeit immer Hunger und tat so, als könne sie sich vor Schwäche kaum noch auf den Beinen halten.

Zuletzt ging Rebecca zu Stoppeks Zimmer. Die Tür stand weit auf, das Telefon schimmerte bläulich und erleuchtete den Raum mit einem diffusen Schein. Sie machte das Licht nicht an, um nicht das Gefühl zu haben, rumzuschnüffeln. Schritt für Schritt setzte sie ihre Füße weiter in den still und leer daliegenden Raum.

Mitten im Raum, direkt unter Lampe. Rebecca näherte sich vorsichtig und streckte langsam ihre linke Hand aus. Ein Schauer lief ihr über den Rücken, und mit einem Mal wurde ihr unendlich kalt.

Sie atmete schwer aus und ging rückwärts zurück. Ihre rechte Hand tastete nach hinten ins Leere. Ein leichtes Zittern lief durch ihren Körper, und sie lehnte sich an den Türrahmen. Dann drückte sie auf den Lichtschalter, die Augen auf die Zimmermitte gerichtet … und hielt sich die Hand vor den Mund.

Unter der Lampe baumelte Jaydee. Ihr Kopf in einer Schlinge, schlaff hing ihr Körper nach unten. Unendlich lang bis zu dem schwarzweißgescheckten Schwanz. Starr drehte sie leicht um die eigene senkrechte Achse.

Rebecca preßte die Hände mit aller Kraft vor den Mund und konnte ihre Augen dennoch nicht losreißen. Sie traute sich nicht, den Blick zu heben und auf den Kopf der erhängten Katze zu sehen. Bevor sich ihr Blick vollkommen trübte, sah Rebecca etwas an Jaydees Schwanz baumeln ... ein Blatt Papier ... automatisch versuchte sie, die Buchstaben darauf zu entziffern ...

»LETZTE WARNUNG AUS LÜBECK«

Ein Blitz durchzuckte den Nachthimmel, und sein gleißendes Licht warf blendendweiße Flecken auf Jaydees langgestreckten Bauch. Die grünen Augen starrten Rebecca für Sekunden an, dann krachte der Donner mit mächtigem Grollen ins Zimmer.

23:15 Uhr

In der Stadt war die Hölle los.

Diesmal aber war es nicht nur das allwöchentliche Chaos, das die Bewohner und die aus der Umgegend per Bussen und subwooferdröhnenden Autos Zugereisten veranstalteten. Es ließ sich auch nicht einfach auf den Sommer und die in den Himmel sprudelnden Hormone schieben. Diesmal sorgte ausgerechnet die meistgepriesene Fähigkeit der Menschheit für deren animalischste Auswüchse: Kultur! Kultur in all ihren Aufführungen und Spielarten wie Musik und Theater, gepaart mit Bierzelten, Straßenausschank und selbst nächtens noch frühsommerlichen Temperaturen. Vom Katschhof als Epizentrum schwappte all das wie eine unkontrollierbare seismographische Störung über die gesamte Stadt und war selbst noch in den verschlafensten Randgebieten zu spüren.

Stoppek suchte einen Pfad durch die schwitzenden menschlichen Leiber im *Domkeller*. Millimeter um Millimeter tastete er sich vorwärts. Es war leichter, ein frisches Bier in die Hand gedrückt zu bekommen, als auch nur ein Schnapsglas voll wieder loszuwerden.

Mit einem Bier in der Hand schob er sich zurück und erreichte gerade die Tür, als sich einige Neuankömmlinge an ihm vorbei ins Innere der Kneipe drängten und dadurch den Blick auf eine zusammengekauerte Gestalt in der Ecke freigaben. Heinrich Mann saß auf der Bank und starrte in sein Glas. In seinem schwarzen Anzug hob er sich kaum von dem dunklen Holz ab und wirkte auch um keinen Funken lebendiger.

»Wer ist gestorben?« Stoppek stellte sein Glas vor Mann auf den Tisch.

Mann hob den Kopf unendlich langsam und glotzte aus glasigen Augen ins Nichts. Es dauerte eine halbe Ewigkeit, bis Stoppek so etwas wie rudimentäres Erkennen in den Zügen des Printen-Sprechers ablesen konnte. Er wedelte unsicher mit der rechten Hand und deutete damit neben sich auf die Bank. Stoppek nahm die Einladung an.

»Meine Frau und mein Sohn sind weg ...«, Manns Stimme hatte viel von ihrem eleganten Schwung eingebüßt. »Weg!« Er machte eine heftige Bewegung, und Stoppek rettete gerade noch sein Glas. »Weg, zu den Schwiegereltern ...«

»Sie ... du hast Familie? Das ist doch großartig!«

»Ganz großartige Scheiße ist das ...«

»Also, ich könnte mir keine leisten, Familie, meine ich ...«

»Ich mir auch nicht. Nicht mehr. Sagt Sylvie ...« Mann angelte nach seinem Glas und trank es in einem Zug leer.

»Zahlt Alpmerz so schlecht?«

»Quatsch! Aber die zahlen in Geld.« Mann sah Stoppek in die Augen. »Was ich brauche, ist Zeit. Alles andere ist Armut.«

»Dann nimm dir doch Urlaub.«

Mann lachte nur verächtlich und schüttelte den Kopf.

»Urlaub? Jetzt? Wo im Werk alles drunter und drüber geht?«

»Ich dachte, es seien nur geringfügige technische Problemchen?«

»Sind es auch.« Durchs Manns Körper ging ein Ruck, und er straffte sich. »Ich muß los.« Etwas unsicher stand er auf seinen Beinen, aber seine Gesichtszüge hatte er bereits wieder eisern im Griff.

»Morgen ist Sonntag«, versuchte Stoppek freundlich zu widersprechen, in der trügerischen Hoffnung, doch noch etwas herauszubekommen. Die Gelegenheit schien günstig wie vielleicht nie wieder.

»Doktor Strombach erwartet mich morgen ...«

»Am Sonntag?«

»Eben drum! *Sie* müßten doch wissen, daß für Journalisten das Wort ›Sonntag‹ nicht existiert.«

»Für Journalisten schon ... aber vielleicht nicht für Kettenhunde.« Den zweiten Teil des Satzes allerdings sprach Stoppek lieber in sein Glas.

1:30 Uhr

Seine Augen fixieren den geschliffenen Stein, und seine Finger drehen den Ring im immer gleichen Rhythmus von links nach rechts. — Was wäre, lebten die Menschen in einer Welt mit festgelegter Zukunft? — Der Mensch funktioniert – präzise wie ein Uhrwerk. Jede noch so winzige seiner Bewegungen ist festgelegt. Es gibt keinen Millimeter Spielraum. — Und niemand ist für irgend etwas verantwortlich. Es gibt kein Gut und kein Böse. Die Menschen sind Zuschauer ihres eigenen Lebens. Sie können sich über sich selbst wundern, aber sie können nichts ändern. Dazu fehlt ihnen die Freiheit. Ein Mensch kann sein Gegenüber lieben – er kann seinen Mitmenschen töten. — Wenn die Zukunft schon festgeschrieben wäre... — Im Tierpark im Drimborner Wäldchen huschen kleine Schatten aufgeregt von Gitter zu Gitter. Mit jedem Rascheln breitet sich die Unruhe weiter aus, springt von einem Käfig zum nächsten über. Erste Warnschreie gellen in den Nachthimmel, der die Stadt wie in einem schwarzen Sack gefangenhält. — Die kreisrunden Augen des Uhus auf dem Ast fixieren einen großen, aufrecht stehenden Schatten, der einen Moment wie ein Baum auf dem vom Regen immer noch nassen Weg wurzelt. Der Kopf des Uhus dreht sich langsam mit, die Augen weichen nicht von dem Schatten, der sich lauernd und lautlos außerhalb des Käfigs vorwärtsschleicht. — Bei den Raubkatzen bleibt er erneut stehen. Ein verhaltenes Fauchen quält sich durch den Maschendraht. Aus der Höhle unter einem umgelegten Baumstamm blitzen bernsteinfarbene Augen. Er gleitet langsam in die Hocke, bis er auf gleicher Höhe ist und die Augen des Servals fixieren kann. — Ihr schlaft ja gar nicht, flüstert er einschmeichelnd. Ist das die einzige Stunde des Tages, die ihr bei vollem Bewußtsein erlebt? Oh, pardon! — Er lacht in sich hinein. — Ihr seid ja angeblich sogar ein Drittel eures Lebens wach ... oder war es ein Viertel? Wie ist es denn, die Zeit zu verschlafen? Ihr macht euch wohl keine Sorgen um die Ewigkeit? — Er federt in die Höhe und sieht auf die dreieckigen Ohren herab. Sein Atem schlägt heiß an den Maschendraht. — Ich bin gesandt worden, um euch den ewigen Schlaf zu bringen ... — An der dem Tierpark zugewandten Seite der weißen Villa auf der Höhe leuchtet es in die Nacht. ICH ... DU ... WIR ... Rot-Blau-Grün. Nur wenige Schritte entfernt plätschert der Beverbach an der alten Fabrik im Grüntal vorbei. — Ein mächtiges Krachen und Brodeln erfüllt die Nachtluft, als die Flammen von den Strohballen auf die alten, morschen Balken übergreifen und an ihnen in die Höhe züngeln, als wollen sie rauf zu den Göttern in den unbelebten Himmel. — Er steht in sicherer Entfernung, senkt den Kopf langsam wieder in die Horizontale. In seinen Augen brennt sich das Bild fest, das er geschaffen hat. Seine Lippen zucken. — Man fällt nicht mehr auf, indem man etwas aufbaut – sondern indem man etwas zerstört. Ruhm und Ewigkeit erntest du nur, wenn du destruktiv tätig bist. — Egal, was sie dir sagen – glaube ihnen kein Sterbenswort. Sie lügen alle. Ob geschrieben, gesprochen, gesendet, gedruckt ... Erst loben sie dich hoch in den Himmel, bis du am Ende selber daran glaubst, fliegen zu können – und währenddessen legen sie ihre geschliffenen Skalpelle zurecht, heben kichernd bereits dein Grab aus und präparieren alles für deinen haltlosen Absturz. — Die Feuersäule leuchtet weit über die Stadt in den Himmel. In der Nachbarschaft werden die ersten Rolladen vor den Fenstern hochgezogen. Im Schlafanzug und mit verschlafenen Augen starren die Menschen aus ihren Einfamilienhäusern in den roten Himmel. Beißender Rauch dringt langsam in die Schlafzimmer und bedroht ihren irdischen Besitz. Das Telefon der Feuerwehr steht keine Sekunde still, selbst als bereits die erste Sirene in die Nacht gellt.

Orangeat

Sonntag, 21. Juni, 7:00 Uhr
Hinter der dicken Stahltür mit der Aufschrift CHAN SHAOLIM SI – KAMPF-KUNST-SCHULE rührte sich nichts. Seit über einer Stunde saß Rebecca regungslos mit verschränkten Beinen, die Füße gekreuzt auf den Innenseiten der Oberschenkel ruhend, die Handrücken auf den Knien, Daumen und Zeigefinger zu einem O verschweißt, auf dem kühlen, glatten Parkett der alten Fabrikhalle. Vor ihr stand eine weit geöffnete Tasche aus geflochtenen Weiden, an deren Seiten Räucherstäbchen feine Rauchsäulen in die Luft steigen ließen. An den nackten Wänden hingen Schriftrollen mit chinesischen Zeichen, und durch ein aufgeklapptes Oberlicht drang das aufgeregte Gezwitscher einiger Vögel. Sicher hatte eine Katze sie aufgeschreckt.

Langsam hob Rebecca die Augenlider um einige Millimeter und ließ das Tageslicht durch die Pupillen schlüpfen. Der Atem segelte über den Gaumen an der Zungenspitze entlang durch die Schneidezähne hindurch und fand seinen Weg zurück in die Welt. Einen Augenblick herrschte vollkommene Stille in der Halle, dann atmete Rebecca tief durch die Nase ein und erhob sich, wobei der weiße Stoff des Anzuges unter dem geknoteten schwarzen Gürtel knarrte.

Sie stand mit halbgeschlossenen Augen in der Mitte der Übungshalle, die Füße schulterbreit voneinander entfernt, die Hände lose an den Hüften.

Ihr Schrei zerriß die sonntägliche Ruhe, und ein Fuß durchstieß die Morgenluft, gefolgt von einer starr nach vorne schießenden Faust, während ihr Gegenstück in eben dergleichen Geschwindigkeit unter der Achselhöhle verschwand, um sofort darauf mit der vorderen Faust die Position in immer schnellerem Wechsel zu tauschen, bis ihr der Schweiß bereits in die Augen lief. Sie wirbelte herum und trat Horden imaginärer Gegner abwechselnd vor die Stirn oder in die Weichteile, ganz egal, ob sie von vorne, hinten, links oder rechts auftauchten. Jeder Schlag mit Handkanten, Ellbogen oder Fäusten, jeder Tritt mit Ferse oder Fußballen wurde begleitet von einem geräuschvollen Ausatmen, das alleine jedes Hindernis an eine der dicken Wände geschmettert hätte.

Und ebenso abrupt wie sie losgelegt und die Schwerkraft für Sekunden überwunden hatte, beendete Rebecca ihre Kata und versank wieder in tiefer Meditation. Allein ihr Atem erfüllte das Dojo und erinnerte an die Anstrengung der vergangenen Minuten.

Sie würde dieses Ritual noch einige Male wiederholen, wenn es Zeit dazu war.

Sie war bereit.

Immer, wenn man etwas verliert, gibt es noch etwas, das man verlieren kann. Aber das spielte jetzt keine Rolle mehr. Manchmal muß man bereit sein, alles aufzugeben. Zumindest muß man die Möglichkeit des Nicht-Seins annehmen. Die Angst davor überwinden. Die Angst vor der Angst.

Vielleicht waren die Samurai die letzten, denen das gelungen war. Vielleicht auch nur die ersten Menschen.

9:10 Uhr

Stoppek ließ sein Rad von der Schulter gleiten und schob es durch den Flur ins Zimmer. Vorsichtig lehnte er den Renner an die Wand und bückte sich, um die Zahnkränze in Augenschein zu nehmen. Die letzten Kilometer auf dem Rückweg nach Aachen hatte ihn ein ungesundes Knacken zwischen dem sechsten und siebten Gang nervös gemacht. Sicher nur Dreck oder Splitt, hoffte er. Sehen konnte er aber nichts, da die dunklen Vorhänge den Raum in einen kühlen Halbschatten versenkten.

Als er die langen Tuchbahnen schwungvoll zur Seite zog und die morgendliche Sonne hereinließ, raschelte etwas in seinem Rücken, und er entdeckte im Faxgerät unter dem Schreibtisch ein einzelnes Blatt. Er hatte keine Ahnung, wie lange es bereits auf seinen Empfänger wartete. Da er sich nicht entsinnen konnte, was der Knigge zum Briefgeheimnis bei Faxen schrieb, warf er einen Blick darauf. Auch diesmal fehlten sowohl Anschrift als auch Absender. Und wieder wirkte es wie ein Songtext.

»Who is the clown? Who is the fool?

Which one knows he is blamed and which one is last in the game?

I can hear the voice, why can't they?

I am glad, I wasn't born into your world.

It would be sad to be born into a world, that does not believe in love anymore.

I am not wrong!

They say they understand me, but I can't stand to be understood.

I 'd like more people to like me,

but they can never understand, why I don't belong to anyone.

Who am I? I am all of you.

I belong to everyone, because I belong to no one.

In my world there is no time. Time is being born and dying.

Beyond time is living without being afraid,

without trying to catch someone or run away from something.

You can't get away from alone. You have to be alone before you can find other people.

You can't hold on to life. You can only touch it.

How old is forever? When is to old to hope?

You're tired and I am not. You live against time and I have time to live.

In my world nothing has always been, so nothing will always be.

In my world we can still believe in hope.

If you believe in forever, you build a wall around the now.

What is, is always changing. If it isn't, than we are dying.

I live in an ocean of time, where the past is lost in the future.

There is time for everything. There is time to love, to hope, to change …«

Stoppek runzelte die Stirn. Vielleicht konnten Rebecca oder Florian etwas damit anfangen.

»Hast du gerade was vor?«

Er schreckte hoch, und im gleichen Augenblick sah ihn Rebecca auf eine Weise an, daß er sich beherrschen mußte, sie nicht sofort in den Arm zu nehmen. »Wie siehst du denn aus? Was ist los?«

»Jemand hat Jaydee erhängt. Hier. In deinem Zimmer.« Rebeccas Stimme war tonlos.

»Wie bitte? Was soll das denn heißen, ›erhängt‹?« Stoppek verstand nichts.

Rebecca erzählte ihm mit tonloser Stimme von ihrer Entdeckung in der letzten Nacht. »Ich will im Moment nicht alleine sein«, schloß sie, »schon gar nicht in der Wohnung.« Sie sah auf den Fußboden.

»Was ist mit Florian?« fragte Stoppek sanft.

Sie zuckte die Achseln. »Der mußte nach Belgien, irgendeinen kranken Freund besuchen.« Sie lächelte beinahe. »Er kann mit so etwas überhaupt nicht umgehen. Als ich mir im Training mal den Arm gebrochen habe, ist er schon fast ohnmächtig geworden … Und jetzt das mit Jaydee … Er sagt immer, sie sei mein Kindersatz …« Sie atmete aus und drehte sich auf dem Absatz rum. »Komm. Laß uns fahren.«

Stoppek hatte keine Ahnung, wohin, aber die Gewißheit, daß er mit Rebecca überall hinfahren würde – trotz oder wegen Jaydee.

»Da war übrigens wieder ein Fax …« Er wedelte mit dem Blatt, das er immer noch in der Hand hielt. Vielleicht würde sie das etwas ablenken.

Rebecca warf einen Blick darauf, überflog die Zeilen und runzelte die Stirn wie kurz zuvor Stoppek. Dann nahm sie es, faltete es zusammen und stopfte es achtlos in ihre Jacke.

»Sicher kann Florian sich darauf einen Reim machen …« Sie drückte Stoppek einen Helm und eine verschnürte Tasche in die Arme.

In der Stadt fuhr sie gesittet, und Stoppek begann sich allmählich hinter ihr zu entspannen. Seine Beine wurden mit jedem Kilometer lockerer, bis Rebecca die Himmelsleiter erreichte und den Gasgriff abrupt aufriß. Sein Magen machte einen Satz, und seine Arme drückten Rebecca für einen Moment die Luft aus dem Brustkorb. Offenbar aber atmete sie bereits keine Luft mehr, und mit jeder Kurve, die sie der Eifel näherbrachte, neigte sie die Norton in steilere Winkel, als wolle sie den Asphalt streicheln.

Er schloß die Augen. Lieber gemeinsam mit einer Frau durch die Himmelstür treten als alleine verrückt werden, hämmerte er sich krampfhaft ein. Etwas in ihm aber wurde lauter: Nicht schon wieder!

Mit einem Mal nahm das Grollen der Maschine ab, und die Kurven verwandelten sich in traumhaft schöne, endlos dahingleitende Geraden. Gänzlich unpassende und doch vertraute Geräusche drangen, seltsam gedämpft, wie durch Watte, in Stoppeks Ohren. Er verstand erst nichts, aber er genoß dieses sehr warme, anheimelnde Gefühl.

»Hast du eine Pistole bei dir oder freust du dich einfach nur, so nah bei mir zu sein?«

Erst jetzt bemerkte Stoppek, daß Rebecca angehalten hatte und mit ihm sprach. Hektisch löste er seine Umklammerung und räusperte sich verlegen.

»Es ist nur, weil … damals fing es auch so an …«

»Was war damals?« Sie sah ihn fragend an.

Stoppek zog es vor, nicht zu antworten. Statt dessen sah er sich um. Sie standen unmittelbar vor dem Ortsschild von Mützenich.

»Hier stammt Jaydee her«, erklärte Rebecca, »und darum kehrt sie auch hierhin zurück.«

Sie nahm die verschnürte Tasche und stapfte los. Stoppek folgte ihr auf immer noch unsicheren Beinen.

An einem kleinen Hügel mit einem sonderbar geformten Stein machte Rebecca zum ersten Mal wieder Halt. Sie sah sich um und ließ ihren Blick über die spärlichen Bäume gleiten.

»Das ist Kaiser Karls Bettstatt«, sagte sie, und es klang, als spräche sie mit sich selbst – oder mit Jaydee. Sie legte eine Decke auf den überdimensionalen, wie zu einem Sessel geformten Steinbroken und bettete die tote Katze vorsichtig darauf. Noch einmal strich sie ihr sanft über den Kopf, dann zog sie schniefend die Nase hoch und begann, bedächtig mit einem kleinen Klappspaten zu graben.

9:45 Uhr

Langsam schlug Barbara die Augen auf. Sie schloß sie sofort wieder und wiederholte den Versuch in schnellerer Folge mehrmals. Immer das gleiche Bild: SCHWARZ ... nichts sonst, keine einzige Farbe, nicht einmal ein mattes Grau kroch hervor.

Sie überlegte, welcher Tag heute sein könnte. Etwas anderes hatte sie nicht zu tun, und sie hatte nicht die leiseste Ahnung, wie lange sie schon hier war.

Der letzte Tag, an den sie sich zu erinnern glaubte, war ein Donnerstag oder Freitag gewesen. Die Sonne hatte sich noch nicht verabschieden wollen, als sie zur Schicht gegangen war. Aber irgendwann war urplötzlich die Dunkelheit über sie hereingebrochen, im gleichen Moment, als sie diesen schwarzen Mann gesehen hatte. Eine schwarze Maske war das letzte, was ihre Augen gespeichert hatten. Immer wieder raste die Maske auf sie zu, und sie konnte ihr nicht ausweichen, so sehr sie auch die Augen aufriß. Nichts als Schwärze um sie herum.

Bin ich plötzlich blind? fragte sie sich. Aber sie hatte mal gelesen, selbst Blinde sähen eher Graustufen, aber kein Schwarz. Ihre Augen aber sahen, daß alles um sie herum schwarz war. Wenn es nur Licht gäbe!

War sie auf einem Horror-Trip unterwegs, aus dem es kein Entrinnen gab? Schweiß lief ihr in die Augen, und mit der freien Hand wischte sie fahrig über ihr Gesicht.

»Ich heiße Barbara«, sagte sie laut und versuchte, ganz ruhig zu sprechen, aber ihre Stimme klang merkwürdig dumpf in dem Raum, so als würde ihr Verließ sie langsam schlucken. Erst ihr Augenlicht, ihre Bilder, dann ihre Sprache, zuletzt sie selbst. Sie zitterte, und sie war nicht sicher, ob ihre Aussage den Tatsachen entsprach und einer Überprüfung bei Tageslicht standhielt.

»Was ist, wenn ich mich im Spiegel sehe und plötzlich weiß bin? Was ist, wenn ich mich nicht wiedererkenne?« Sie schlug mit der Faust gegen eine Wand, die seltsam zurückfederte und jeden Laut schluckte.

Aber einmal hatte sie etwas gesehen. Weiß. Ein strahlendes Weiß hatte sie geblendet, und sie hatte die Augen schließen müssen. Wann war das gewesen? Geräusche waren plötzlich im Raum gewesen. Ein Scharren wie von Tierfüßen. Sie war beinahe ohnmächtig geworden, und dann war ihr ein scharfer Geruch in die Nase gestiegen. Jetzt erinnerte sie sich, daß sie ihre Hände zur Abwehr heben wollte, aber keine Kraft mehr gehabt hatte. Sie mußte geschlafen haben, denn als sie wach wurde, hatte sie diesen Pelz im Mund, und ihr Bein stieß gegen etwas. Eine Flasche, die mit einem dumpfen Geräusch umkippte, und daneben lag etwas Weiches, Längliches, das, als sie es vorsichtig unter die Nase hielt und daran schnüffelte, süßlich roch, nach Banane.

»Wenn ich nur wüßte, ob Tag oder Nacht ist ...«

11:45 Uhr

»Nichts ist mehr, wie es war«, sagte Rebecca, nachdem Stoppek ihr an Kaiser Karls und Jaydees Bettstatt eine Zigarette gedreht hatte. »Alles verändert sich, so ist das Leben – aber es wird nicht unbedingt besser, die guten Sachen gehen, die schlechten kommen ... Manchmal wünsche ich mir, es wäre so leicht wie in den Soaps im Fernsehen. Nach einer halben Stunde ist alles wieder okay, so als erwachst du aus einem häßlichen Traum ...«

Ungefähr zwei Stunden lang waren sie durchs Venn gestapft, Rebecca meist vorneweg und Stoppek mit seiner leuchtenden Regenjacke hinterher. Bis eben hatte Rebecca geschwiegen und ihre Augen trotzig auf den Boden geheftet. Seine Augen dagegen hatten die letzten Minuten ununterbrochen den Himmel im Visier gehabt. Zunehmend dickere Wolken formierten sich über ihren Köpfen und sorgten für eine Verfinsterung der Sonne. Mit jedem Schritt spürte er, wie die frühsommerliche Wärme, mit der sie in Aachen gestartet waren, dem ewigen

Winter des Venns wich. Hier war es immer mindestens fünf Grad kälter.

Die ersten Tropfen klatschten dick und trotz aller Befürchtungen überraschend plötzlich auf die Köpfe der beiden einsamen Wanderer. Rebecca ging vier Schritte lang weiter, ohne etwas zu bemerken, dann stoppte sie und richtete sich abrupt auf.

»Oh, shit!«

»Das war zu erwarten ...«

»Ach ja? Warum hast du denn nichts gesagt, wenn du so wetterfühlig bist?« fauchte sie Stoppek an.

»Du sahst so ... ich wollte dich nicht stören ...«

»Entschuldige!« sagte sie. »Tut mir leid. Es war schön, daß du einfach da warst und ... nichts gesagt hast. Mir geht es auch schon wieder besser.«

Sie lächelte sogar ein wenig, dann schaute sie sich eilig nach allen Seiten um, während Stoppek seine Jacke bis oben zuknöpfte.

»Noch mal shit! Ich fürchte, ich weiß nicht mehr, wo wir sind ...« Sie hob die Hände und lächelte etwas unbeholfen.

Auf dieses Geständnis schien der Himmel gewartet zu haben, und sofort demonstrierte er, wer auf dieser Erde das Sagen hatte. In Sekundenschnelle wuchsen Pfützen auf dem Weg, der dadurch immer mehr in der Landschaft aufging und zusehends verschwand.

»Komm!« rief Rebecca, streckte eine Hand nach Stoppek aus und zog ihn auf einen einzelnen Baum mit mächtigem Blätterdach zu.

Sie hockten sich eng an den Stamm, aber der Regen erwischte sie auch dort. Stoppek spürte, daß Rebecca zitterte, und er knopfte seine Jacke auf und legte sie ihr um die Schultern. Den Arm zog er gleich wieder zurück, obwohl er sich an eine ähnliche Szene aus seiner frühesten Jugend erinnerte. Auch da hatte er seine Jacke um seine fröstelnde Angebetete gelegt und den Arm versuchsweise gleich mit. Sie hatte nicht protestiert, sondern ihren Kopf mit den langen Haaren auf seine Schulter gebettet, wogegen auch er nicht protestiert hatte, auch wenn er dadurch unter Starkstrom gesetzt worden war, weil er nicht wußte, wie es nun weitergehen sollte. Sie hatte es gewußt, und damit hatte ihm seine Jacke zum ersten richtigen Kuß verholfen. Den Geschmack hatte er bis heute gespeichert, ein wenig nach Bier, Rauch und einer sehr geheimen, unnachahmlichen Rezeptur, nach Mensch, nach Erwachsenwerden …

»Wenn das nur eine Stunde so weiterschüttet, können wir den Rückweg vergessen«, stellte Rebecca nüchtern fest.

»Wieso? Ich bin zwar kein guter Schwimmer, aber nasse Füße bringen mich nicht um …«

Sie lächelte ihn mitleidig an. »Du warst noch nicht oft im Venn, oder? Das ist anders als euer Strand an der Ostsee. Hier kannst du nämlich ganz locker verschwinden, und wenn du Glück hast, erschreckst du Jahre später harmlose Wanderer als Moorleiche … immerhin gut konserviert für die Ewigkeit.«

Ein Frösteln überfiel jetzt auch Stoppek. Er atmete heftig aus und fingerte seinen Tabak aus der Jacke.

»Wenigstens können wir jetzt gefahrlos rauchen. Vielleicht kommt ja der Förster und schimpft uns aus.«

»Woran erkennt man den wahren Optimisten?« Rebecca zwirbelte an einem ihrer Zöpfe und grinste Stoppek auffordernd an.

Er zuckte mit den Achseln und verkrümelte den Tabak auf seinen nassen Schuhen.

»Er läßt eine Party steigen, wenn es am allerschlimmsten um ihn steht!«

Während Rebecca sich vor Lachen ausschüttete, grinste Stoppek nur gequält.

»Ist das von dir? Ich meine, deine Lebensphilosophie?«

»Sagen wir mal, es ist eine Unterabteilung.«

»Und was sagt der Mount Everest deiner Philosophie, also deine oberste Oberabteilung?«

»Ich hab schon verstanden, danke!« Rebecca schaute jetzt ganz ernst aus ihrer feuchten Wäsche. »Sei!«

»Was?«

»Sei! Ganz einfach. Und zwar jetzt.«

»Toll. Ganz toll. Das stammt sicher von der Oberphilosophin Kate Moss oder diesem Unterhosenfabrikanten, stimmt's?« Stoppek schmiß die traurige Karikatur einer Zigarette in die auf ihn zulaufende Pfütze.

»Und was soll ich jetzt gerade sein? Außer naß?«

»Was glaubst du denn?«

»Das liebe ich noch mehr: Eine Frage mit einer Gegenfrage zu beantworten! Das ist die hohe Schule.« Er stand auf, setzte einen Schritt nach vorne, und augenblicklich reichte ihm das Wasser bis zum Knöchel. »Jedenfalls werde ich nicht einer sein, der hier sitzt bis zum Sankt-Nimmerleins-Tag und wartet, daß die Titanic ihn abholt!«

Entschlossen machte er drei Schritte vom Baum weg.

»Das solltest du nicht tun«, sagte Rebecca ruhig.

»Ach, und warum nicht?« Stoppek funkelte sie an und ging rückwärts weiter, bis er plötzlich aufschrie.

»Darum!«

Stoppek war bis zum Knie eingesunken und hatte Mühe, sein Bein wieder aus dem Loch zu ziehen, ohne sich dabei für immer von seinem Schuh zu verabschieden.

»Du hast Glück, daß du zwei Füße hast.« Rebecca beobachtete das Schauspiel interessiert, machte aber keinerlei Anstalten, ihre sichere Position aufzugeben. »Wenn der andere auch erst im Morast steckt, hast du keine Chance mehr ...«

Auf quietschenden Sohlen kehrte Stoppek zurück und ließ sich neben Rebecca auf die Baumwurzel gleiten.

»Sorry«, murmelte er.

»Wofür?«

»Das nächste Mal höre ich sofort auf dich.«

»Wow! Solltest du der erste Mann sein, der lernfähig ist?«

»Nein, aber ich liebe Leute, die ihren Humor nicht verlieren.«

Ihn nicht zu verlieren, wurde ihnen allerdings nicht leicht gemacht, denn weder die Sonne zeigte sich, noch beendeten die dicken Wolken ihr klatschendes, kaltes Bombardement.

Stoppek blinzelte mehrmals unauffällig zur Seite, aber Rebecca war weit weg. Ihm schien alles immer sinnloser. Sein Arbeitsurlaub in Aachen, sein halbherziger Job, sein Leben in den letzten Jahren – dieses endlose Rumhocken im absaufenden Venn.

Das dagegen hatte schon wieder Stil. Zumindest Rebecca hatte ihn und verlieh der Warterei beinahe so etwas wie Glanz. Stoppek beneidete die vor Feuchtigkeit triefende Frau neben sich um ihre Perspektive. Offensichtlich wurde für sie ein gänzlich anderer Film gespielt, und er hätte gerne durch ihre schimmernden Augen gesehen, ein wenig mit der Zungenspitze in ihrem Gefühlshaushalt gekostet. Und mit einem Mal wußte er, daß er mit ihrer Hilfe ein Stück von dem riesigen Brocken abbauen konnte, der seit Jahren auf ihm lastete und seine Gegenwart lähmte.

»Du weißt doch, daß ich auch eine Norton hatte ...«, begann er unvermittelt.

Rebecca drehte sich um und lächelte ihn an, als sei sie gerade von einem anderen Stern zurückgekehrt. Ihre Augen munterten ihn auf, weiterzusprechen.

»Ich hatte diesen Unfall, und seitdem ist alles anders ...« Stoppek bereute, das Thema angeschnitten zu haben.

»Du warst nicht alleine bei dem Unfall, nicht wahr?«

Stoppek wischte sich eine nasse Strähne aus dem Gesicht. »Ja, stimmt, ich war nicht alleine. Die ... meine Freundin ... meine Ex-Freundin saß hinten drauf, und wir sind seitlich in den Bus von der ASEAG geknallt ...«

»Wie? Hier in Aachen war das?« Rebecca schien jetzt hellwach. »Wann?«

»So vor sieben oder acht Jahren. Danach bin ich dann nach Lübeck gegangen.« Damit wollte er den Deckel wieder über der Vergangenheit schließen. Am besten für immer.

»Moment mal, mein Lieber! Ich lasse mich nicht mit ein paar Knochen abspeisen!« Rebeccas dunkle Augen brannten sich zwischen Stoppeks flatternde Lider. »Was ist mit dir passiert, was mit deiner Freundin?«

»Krankenhaus. Beide.« Stoppek verfiel wieder in seinen Telegramm-Stil, wie immer, wenn es unangenehm und er unsicher wurde.

»Wie lange, weshalb genau und was war danach?«

»Du hättest Journalistin werden sollen.«

»Verschon mich bitte mit deinem Zynismus!« Rebeccas Stimme hatte einen schneidenden Unterton.

»Wenn wir hier sowieso nicht mehr lebend rauskommen, ist es eigentlich auch egal«, murmelte Stoppek, »wozu soll ich den Mist mit ins Grab nehmen?«

»Der Mist scheint dich immerhin so zu verfolgen, daß du seit Jahren wegrennst ...«

»Hallo, Frau Freud, ich bin Triathlet und irgendwann, vielleicht noch in diesem Leben, Iron-Man.«

»Das paßt zu dir! Der eiserne Felix.« Sie strich sanft über sein nasses Knie. »Komm, jetzt zier dich nicht so.«

»Wie war die Frage noch mal?« Aber sofort hob Stoppek entschuldigend die Hände über den Kopf. »Okay, okay! Ich war länger im Krankenhaus als sie, und ich lag sogar angeblich eine Zeit im Koma, was ich natürlich nicht bestätigen kann, weil ich null Erinnerung daran habe. Jedenfalls fehlt mir ein Stück Zeit ... ist irgendwie weg ...« Er strich sich gedankenverloren über den Kopf. »Ja, und sie, sie hatte ein paar Brüche, nichts Kompliziertes, aber ...«, er atmete schwer aus, »damals habe ich gemerkt, daß es mir egal war ...«

»Was war dir egal? Daß sie ein paar Brüche hatte?«

»Nein ... ob wir das überleben. Schon während die Norton wegrutschte, habe ich das gedacht. Beinahe wäre es mir lieber gewesen, als wieder mit dem ganzen Ärger von vorne beginnen zu müssen.« Stoppek schaute Rebecca direkt in die Augen. »Die Beziehung war nicht mehr so ... sie war im Eimer, irgendwann, keine Ahnung, einfach so. Und sie ... sie machte immer Druck, wollte ihren Kopf durchsetzen, anstatt die Augen aufzumachen, hatte nur noch ihre Träume im Kopf von der heilen Familie ...« Er schaffte es, eine Zigarette anzustecken. »Ich hätte uns beinahe umgebracht, und seitdem ist das auch so in meinem Kopf. Ich habe mir immer wieder eingeredet, sie ist tot, tot, mausetot! Ich bin mir nicht mal sicher, was jetzt die Wahrheit ist, jetzt, in diesem Moment. Sagt die Erinnerung die Wahrheit? Oder lügt die Gegenwart so wie die Vergangenheit? Vielleicht ist sie ja wirklich tot ...«

Rebecca sah ihn nachdenklich an und zupfte an ihrer Lippe.

»Liebst du sie noch?«

»Was?« Stoppek schrie fast, verschluckte sich am Rauch und hustete hektisch. »Quatsch! Wie kommst du denn –«

»Also ja!« diagnostizierte Rebecca mit zufriedenem Grinsen. »Und das ist so ungefähr sieben Jahre her, sagst du? Und hast du seitdem noch mal von ihr gehört?«

Stoppek schüttelte nur den Kopf, und Rebecca nickte.

»Ich glaube ... – ach, ist jetzt vielleicht nicht wichtig.« Rebecca fixierte ihn weiter. »Wieso hast du all das ausgerechnet mir erzählt?« fragte sie schließlich.

»Weil du eine Fremde bist. Eine Fremde, die ich aber komischerweise nicht erst seit ein paar Tagen kenne ... zu kennen glaube.«

Eine ganze Weile saßen beide einfach nur da und lauschten auf den Regen. Beide lächelten fast unmerklich und waren sehr bemüht, es den anderen nicht sehen zu lassen. Stoppek glaubte sogar, der Regen lasse nach und der Himmel werde allmählich heller.

Rebeccas Schulter drückte sich an seine, und Stoppek rückte nicht weg, sondern blieb sitzen, als merke er nichts. Allein sein Herz machte einen Sprung, und sein Atem drängelte plötzlich in der Kehle. Rebecca ließ sachte wie eine vom Himmel schwebende Feder ihren Kopf auf Stoppeks Schulter gleiten. Im gleichen Moment ließ er sanft und als sei das vollkommen selbstverständlich seine Finger über ihre Wange streichen.

»Florian macht das fast nie mehr ...«, hauchte sie nach langer Zeit mit geschlossenen Augen.

Einen Moment hielten Stoppeks Finger inne, als warteten sie darauf, zurückgepfiffen zu werden. Aber der Pfiff blieb aus.

»Und wenn ich das bei ihm mache, glaubt er immer, ich will nur mit ihm ins Bett ...« Rebecca lachte durch die Nase.

Aneinandergelehnt saßen sie inmitten der Sintflut und hätten den Platz mit keiner Menschenseele tauschen wollen.

Hinter ihnen knackte etwas, aber das Geräusch drang nicht bis in ihr Bewußtsein vor.

»Rettet ihr euch gerade selbst, Kinder?« röhrte eine Baßstimme in ihr Genick.

Sie sprangen auseinander und rutschten augenblicklich weg. Auf dem Boden liegend drehten sie die Köpfe nach hinten.

Eine riesige, dunkle Gestalt mit Schlapphut über einem stoppelbärtigen Gesicht stand da, auf einen knotigen Stock gestützt. Seine Augen waren nicht auszumachen.

»Petre Ley«, hauchte Rebecca fassungslos und krabbelte auf den legendenumwobenen Waldschrat zu, der ihr helfend eine große Hand reichte. Als Rebecca sich neben ihm aufrappelte, war seine Riesenhaftigkeit plötzlich verschwunden.

Stoppek saß immer noch im Schlamm und verstand nichts. Ganz langsam aber dämmerte ihm, daß sein Drehbuch offenbar nicht vorschrieb, er müsse Rebecca aus den Klauen blutrünstiger Mädchenhändler retten, wozu er auch mitnichten in der Lage war.

Der Mann mit dem über die Knie reichenden dunklen, speckigen Mantel kam sicheren Schrittes auf ihn zu und reichte auch ihm eine Hand. Sie fühlte sich sehr warm und kräftig an, und augenblicklich stand Stoppek wieder auf den Füßen. Und im nächsten Augenblick haute es ihn fast wieder um, denn die Aura des struppigen Schrates erwischte ihn wie ein Yama-tsuki in die Magengrube. Verschmitzte Augen blitzten ihn über einem knorpeligen Ungetüm von Nase an, und aus dem sich immer breiter öffnenden Mund darunter schien es zu dampfen.

»Felix, darf ich vorstellen: Petre Ley!« Rebecca deutete einen Knicks an. »Der Gesandte des Eifeler Himmels!« Dann sprang sie hoch und umarmte den schwarzen Mann. Stoppek wäre lieber in eine Abfalltonne bei *Nordsee* gesprungen, als sich freiwillig diesem Wesen zu nähern, das derart ursprünglich sein Menschsein ausdünstete. »Wir sind gerettet«, jauchzte sie, »wenn es einen gibt, der hier rausfindet, dann er.«

»Und darum hattest du auch alle Ruhe der Welt, hier einfach sitzenzubleiben«, fand Stoppek seine Sprache wieder.

»Mit deiner leuchtenden Jacke waren wir ja fast nicht zu übersehen.« Sie strahlte den Ley an, und der lachte, daß seine großen Ohren wackelten.

»Du hättest mir ruhig was sagen können!« maulte Stoppek.

»Hättest du dann deine Geschichte offenbart? Und außerdem, was wäre gewesen, wenn er uns nicht gefunden hätte?« Rebecca strahlte Stoppek an. »Jetzt freu dich endlich!«

Von einem perfekteren Führer hätten sie sich nicht finden lassen können. Seit Jahren streifte Petre Ley kreuz und quer durchs Venn, schon seit Jahren wurde er immer wieder für tot gehalten, für vermißt erklärt, und dann stand er plötzlich mitten in dem Suchtrupp, der nach ihm ausgeschickt wurde, und bot freundlich seine Dienste an.

»Habt ihr vielleicht 'nen Schnaps?«

Beide schüttelten bedauernd die Köpfe, und der Schrat begann in den Innereien seines Mantels zu wühlen. Nie gekannte Gerüche waberten durchs Venn, dann hielt er triumphierend einen Flachmann in der Hand, schraubte ihn auf und reichte ihn Rebecca. Sie setzte die Flasche mit der undefinierbaren Flüssigkeit an den Hals und wischte sich nach einem ansehnlichen Schluck mit dem Handrücken über den Mund. Ley reichte Stoppek den Flachmann, und der wollte schon abwinken, da spürte er einen Tritt und langte demütig nach der Flasche. Er hatte noch nie zuvor Els getrunken, aber es war eine Offenbarung. Nachdem er den ersten akuten Erstickungsanfall überlebt und das Brennen in den Eingeweiden nachgelassen hatte, war plötzlich eine lang vermißte Wärme omnipräsent.

Und irgendwann hatte der Regen ein Einsehen und verschonte das Venn vor dem Ertrinken.

14:30 Uhr

Ganz wohl war Magda nicht bei der Sache. Überhaupt, das Ganze wuchs ihr langsam über den Kopf. Was dachte Ellie sich nur immer dabei, sie wie ihr Lehrmädchen durch die Gegend zu scheuchen?

Und das alles nur, weil die Polizei im Haus war und Fragen stellte. Schließlich hatten sie doch nichts mit der Sache mit Elisabeth Lammerskötter zu tun! Das wäre ja noch schöner, wenn man sie jetzt am Ende noch verdächtigte! Dabei hatte der Kommissar doch gesagt, sie hätten eine Spur. Nur Ellie, die war natürlich wieder schlauer als die Polizei erlaubte. Glaubte sie jedenfalls.

»Das Paket muß weg. Du weißt schon, Magda! Das Paket! Jetzt, Magda!« Gleich nach dem Mittagessen, Magda hatte gerade ein wenig die Beine hochlegen wollen. Aber sie war sofort losgegangen.

Im Garten angekommen, schloß sie auf. Dann mußte sie sich erst mal setzen. Sie stützte den Kopf in die Hände und versuchte, sich zu konzentrieren. In ihr drehte sich alles. Nur noch Mosaiksteinchen waren da. Und die wirbelten umeinander, ohne jemals anzuhalten. Es ergab einfach kein klares Bild mehr. Ein Puzzle, dem die wichtigsten Ecken fehlten. Paket ... Feuerwerk ... Paket ... Bahnhof ... Feuerwerk ... Polizei ... Ihre Hände kneteten etwas Eckiges, das allmählich seine Form verlor. Sie öffnete die Augen und starrte auf eine zerknüllte Zigarilloschachtel.

»Da werd mer noch janz narrisch!« stöhnte sie, aber ihre Augen fixierten weiter die zerknüllte Packung. Und mit einem Mal durchzuckte sie wieder dieser Blitz, und ein Lächeln breitete sich über ihrem Gesicht aus und glättete alle Falten.

»Sechsundzwanzigster Sechster ...«, murmelte sie, »natürlich!« Und in der Nacht davor sollte das große Feuerwerk steigen. Da, wo niemals Stillstand herrschte. Sie zerrte das Paket unter dem alten Küchenschrank hervor und drückte mit zitternden Fingern ein paar Knöpfe. Sie lachte laut, ohne es zu merken.

Magda Savelsberg freute sich schon darauf, zum Bahnhof zu gehen, der gerade wieder mit großem Aufwand umgebaut werden sollte. »Es muß sich alles ändern, damit es bleibt, wie es ist.« Auch so ein schlauer Spruch, den Ellie ihr eingetrichtert hatte. Und damit es nicht eines Tages zu spät war, mußte man sofort damit beginnen. Magda war nur ein kleines Licht, da machte sie sich nichts vor, aber solange sie noch brannte, konnte sie etwas tun. Nicht für sich. Ihre Uhr lief langsam ab und würde bald stehenbleiben. Das spürte sie jeden Morgen deutlicher. Natürlich sagte sie Ellie nichts davon. Aber noch war sie da, und sie hatte nichts zu verlieren außer diesem bißchen Leben, das vielleicht schon morgen aufhörte. Und womit, außer der Angst vor dem eigenen Tod, konnte man einen Menschen je wirklich besiegen?

16:30 Uhr

»Was machen wir denn hier?« fragte Stoppek überrascht, als Rebecca die Norton zum Salvatorberg hochlenkte, vor einem Haus hielt und den Motor abstellte. »Ich würde ganz gerne mal aus den nassen Klamotten rauskommen.«

»Alles zu seiner Zeit«, säuselte Rebecca mit einem geheimnisvollen Lächeln.

Bevor Stoppek den Helm vom Kopf ziehen konnte, hatte Rebecca bereits geklingelt, und wenig später öffnete sich die Tür einen Spalt. Aus ungefähr einem Meter Höhe linsten zwei Augen hinaus, und dann flog die Tür weit auf.

»Hi Becci!«

»Hi Tessi!«

Teresa warf Stoppek noch kokett einen Blick zu, dann zerrte sie Rebecca ins Haus.

»Ich habe noch jemand mitgebracht!« rief Rebecca in den Flur, und gleich darauf erscholl eine Antwort aus dem Inneren der Wohnung.

»Bin in der Küche!«

Rebecca bedeutete Stoppek mit dem Kopf, ihr zu folgen, und schob langsam die Küchentür auf. Stoppek sah den Rücken einer Frau mit dunklen Locken, die Teig auf dem Tisch ausrollte. Offenbar bereitete sie Pizza vor, denn neben der Spüle lag diverses Gemüse und wartete darauf, zerschnipselt zu werden.

»Und ... wen hast du mitgebracht? Deinen neuen ...« Damit drehte sich Mara langsam um, und mit einem Wimpernschlag erstarrte ihr Lächeln. Sie sah Stoppek an wie einen Geist.

Der stierte nicht minder überrascht zurück und hob unendlich langsam die rechte Hand und zeigte mit dem Finger auf Mara.

»Das ... ich dachte, du ...«

»Bist tot, oder was?« ergänzte Rebecca.

Mara angelte nach einem Geschirrtuch und wischte sich die Finger daran ab.

»Und ich dachte, du bist hoffentlich längst in der Ostsee gefressen worden von deinen blöden Haien!«

»Walen«, verbesserte Stoppek.

»Ihr kennt euch jedenfalls. So viel steht schon mal fest.« Rebecca machte einen sehr zufriedenen Eindruck. »Und warum hast du mir nie von ihm erzählt, meine Liebe?«

»Weil ich ihn aus meinem Leben streichen wollte. Du hast ihn ja früher nicht gekannt.«

Teresa zupfte neugierig an ihrer Mutter.

»Kennt ihr euch schon lange, du und der Felix?«

Mara schnaubte nur, und Stoppek knetete seine Nase.

»Wann haben wir uns kennengelernt, Mara?« hakte Rebecca nach. »Ist das nicht sieben Jahre her, daß du als Modell beim Aktzeichnen im Institut aufgetaucht bist ... mit so einem dicken Bauch?« Sie machte eine weitausholende Bewegung in Teresas Richtung, und die brach sofort in ein prustendes Gelächter aus.

»Warum war die Mama so dick?«

»Ja, das frage ich mich auch«, und damit schob sie den kleinen Lockenkopf vor sich her aus der Küche. »Komm, wir gehen mal raus. Ich glaube, die beiden möchten ein bißchen allein reden ... und rechnen ...« Bevor sie die Tür schloß, drehte sie sich noch einmal um und lächelte ihre Freundin spöttisch an.

»Tschöö, ihr beiden Feiglinge!«

18:30 Uhr

Rebecca hatte auf ihn gewartet und sah ihn fragend an, aber Stoppek schwieg und war völlig durch den Wind auf der Rückfahrt. Wie in Trance stieg er hinten auf die Norton und flog wie ein Beobachter seines eigenen Lebens durch die Zeit. Mit einem Mal hatte er nicht nur eine lebende Ex-Freundin, die er eigentlich nie vollständig hatte verdrängen können, sondern über allem schwebte plötzlich eine sehr lebendige Tochter! Wieso hatte sich Mara nie gemeldet? Und er hatte einen ganzen Ordner voller angefangener und unvollendeter Briefe in seinem Laptop. Nie hatte er auch nur einen einzigen abgeschickt. Und er hatte keine Ahnung, wie es jetzt weitergehen sollte. Konnte das überhaupt weitergehen? Mara, Teresa, Rebecca ...

Stoppek hatte darüber ganz vergessen, daß Rebecca nicht mehr auf ihre schreckliche Entdeckung der letzten Nacht eingegangen war. Kaum aber schloß sie die Wohnungstür hinter sich, irrte ihr Blick auch schon nach rechts zum Tatort.

»Warum tut einer so etwas?«

Es klang nicht wirklich wie eine Frage, und Stoppek glaubte nicht, daß es irgendeine wie auch immer geartete Antwort gab, die Rebecca akzeptierte.

Florian kam aus der Küche und nahm Rebecca hölzern in den Arm. Sie schniefte ein wenig, löste sich dann aber und schob ihn zurück in die Küche.

Auf dem Tisch lag immer noch das anonyme Bekennerschreiben, das an Jaydee gehangen hatte wie die Identitätszettelchen am Zeh der Leichen in der Pathologie.

»Letzte Warnung aus Lübeck ...«, murmelte Rebecca mit starrem Blick. »Wer, verflucht noch mal, hat in Lübeck etwas getan, was ... ach...« Sie wühlte in ihrer Jacke und brachte ein welliges Blatt zutage. »Schau dir das mal an. Vielleicht kannst du ja was damit anfangen. Es ist schon das zweite.« Ohne weiteren Kommentar reichte sie es weiter.

Florian stutzte kurz, als er den ersten Blick auf das Papier warf. Einen Moment sah es tatsächlich so aus, als erkenne er etwas wieder, dann aber schüttelte er den Kopf. Seine Augen schauten schnell über das Blatt hinaus, direkt in Rebeccas Gesicht und dann rüber zu Stoppek.

»Wenn ihr mich fragt, hört sich das nach einem Song an«, sagte er, »und er kommt mir irgendwie bekannt vor«, er faltete das feuchte Blatt wieder zusammen. »Und da ist schon mal eins gekommen?«

»Ja, da stand ähnlich kruder Kram drin.«

22:30 Uhr

Wieder und wieder dreht er den Ring um seinen Finger und sieht lächelnd auf den roten Stein. — Was wäre, blieben die Menschen in der Zeit stehen? — Ein Mensch kommt von einem bestimmten Zeitpunkt seines Lebens nicht mehr los, so als sei dieser Moment mit Leim beschmiert. Neue Menschen treten in sein Leben, aber sie haben keine Chance, ihn aus der Vergangenheit zu befreien. Jeder steht in seiner eigenen Zeit – jeder für sich und für immer alleine. — Wenn die Menschen in der Vergangenheit stehenblieben ... — Das wie eh und je verstimmte Glockenspiel im Rathausturm verklingt, ohne je eine Chance gegen den hundertkehligen Schrei gehabt zu haben, der sich vom Katschhof aus und vom Dom reflektiert über die ehrwürdigen Häuser hinweg seinen Weg in jedes Ohr der Innenstadt bahnt. — Seit Tagesanbruch, wenn nicht schon seit der ersten Ankündigung des Konzertes der umjubelten Girlgroup, liegt die Massenhysterie in der Luft, und nicht nur die Verantwortlichen bei Stadtverwaltung und Polizei haben seit Tagen ihren Heidenrespekt vor diesem Auftritt kaum verbergen können. — Hunderte Teenies drehen gerade vollkommen durch, als der letzte, vierstimmig dahingerotzte Ton in den gigantischen Lautsprechertürmen an den Flanken der Bühne verebbt. Und irgendwann erhört die Gruppe der jugendlichen Eintänzerinnen das Flehen, stolziert mit einem Hüftschwung auf die Bühne zurück, und ihre Fans schlagen die Hände vor die nassen Gesichter und zerschmelzen erneut zwischen den holprigen Pflastersteinen des Katschhofes. Und so fällt es auch gar nicht auf, daß in ihrem Rücken ein rötlicher Schimmer am Flügel des Rathauses sanft und beinahe im Takt der Musik zu tanzen beginnt. — Ein Augenpaar richtet sich in diesem Moment zuerst auf eine Armbanduhr und dann befriedigt auf die züngelnden Flammen an der Seite des Granusturmes. Der Beobachter leckt sich die trockenen Lippen und zieht sich mit leuchtenden Augen, die ihn um nichts vom Rest der Menge unterscheiden, unauffällig zurück hinter die Absperrung auf der anderen Seite. — Bevor er auf der Jakobstraße in namenlose Touristenströme eintaucht, entsteht erste Unruhe unterhalb des Rathauses, Hektik breitet sich in Windeseile aus, und der Feuerschein leckt bereits in den Nachthimmel und überstrahlt die elektrische Bühnenbeleuchtung. Erste Schreie dringen durch die Krämergasse, bevor das allgemeine Chaos die Herrschaft über einen der ersten Höhepunkte des Aachener Kultursommers übernimmt. — Ganz schwach vernimmt er die erste Sirene und verlangsamt seinen Schritt. — Er sieht hinauf in den wolkenlosen Himmel und lächelt. Er kann sie nicht sehen, aber sie sind da. Er weiß es. Er wendet seinen Blick wieder zurück zum Marktplatz. — Mein Feuer wird euch wärmen. Euch und eure wäßrigen Seelen. Friede eurer Asche. Mehr wird nicht zurückbleiben von euch. Eure Zukunft endet gerade, und ihr habt wie immer nichts bemerkt … wie immer und in alle Ewigkeit … Motten seid ihr, sonst nichts, Motten!

Anis

Montag, 22. Juni, 8:00 Uhr
Flammendviolett leuchtete es von der Fensterbank, und ein intensiver Duft von Lavendel schwebte durch den Morgen. Es raschelte in der Küche. Zeitungsseiten standen für einen Moment starr in der Luft. Träge stieg Kaffeeduft vom Tisch auf und vertrieb den Hauch Provence. Stoppek räusperte sich und angelte blind nach der Tasse. Als er sie nicht auf Anhieb fand, ließ er die regionale Bleiwüste sinken.

Die Kollegen überschlugen sich mit ihren Vermutungen, Befürchtungen, Schuldzuweisungen, Beschönigungen und übertrumpften sich gegenseitig in ihrer Ahnungslosigkeit.

»Der Feuerteufel hat wieder zugeschlagen!« machte das sogenannte Boulevard-Blatt Panik, um dann in der Unterzeile gleich noch einen nachzulegen: »Ist Aachen dem Untergang geweiht?«

»Fünf Brände in fünf Tagen«, diagnostizierten die Aachener Nachrichten nüchterner und fragten, was sowieso auf der Hand lag: »Wo brennt es als nächstes?«

Die Aachener Zeitung titelte nicht wesentlich anders. Das Grenz-Echo hielt sich noch vornehm zurück, wohl um die bilateralen Beziehungen zu schonen; dem Kölner Stadt-Anzeiger war das Provinz-Drama ganze zwanzig Zeilen wert, die Rheinische Post erachtete es bislang für vollends unwichtig.

Unisono machten Polizei und Redaktion eine Steigerung der kriminellen Energie aus. Die Brände wurden zusehends größer und hatten über das Wochenende einen Grad der Gefährdung erreicht, der zu einer echten Katastrophe führen konnte. Der Vergleich mit dem großen Aachener Brand drängte sich unwillkürlich auf. Damals, im Jahre 1656, hatte ein Bäcker einschneidenden Einfluß auf das Stadtbild genommen. Von seiner Backstube aus hatte sich das Feuer in unzähligen Funken beinahe einen Tag lang durch Aachen gefressen und die mit Schindeln gedeckten Holz- und Fachwerkhäuser ausradiert.

Heute, über dreihundert Jahre später schlug der Täter stets nachts zu. Zunächst hatte er größere Gefahren für die Bevölkerung ausgeschlossen. Jetzt aber hatte er das im Frühsommer sehr ausgeprägte Aachener Nachtleben als Ziel seiner Anschläge ausgesucht. Wie bei den Bränden davor war der Brandsatz mittels Zeitzünder ausgelöst, und diesmal hatte es den ältesten Teil des Rathauses getroffen, damit auch die an den karolingischen Granusturm geschmiegte ›Postkutsche‹ mit ihrem gerade für Touristen unwiderstehlichen Holzhaus.

Das war offenbar auch die größte Sorge der Stadtväter: Wollte »Der Feuerteufel« Aachen an der Achillesferse treffen und die Tourismusströme abschrecken? Oder warum wählte er ausgerechnet deren beliebtesten Ziele?

Stoppek schüttelte den Kopf. Die Liste der Brandanschläge erhielt jede Nacht neue Nahrung. Angefangen hatte alles mit der Burg Frankenberg, und zuerst hatte man das noch für eine Art Dummejungenstreich gehalten. Aber so sehr man auch die Nachtschwärmer im Park und nebenan im Musikbunker verhört hatte, keiner kam in Frage, und eigentlich traute auch niemand der angesäuselten Bande eine derart präzise ausgeführte Tat zu.

Als nächstes schlug der Brand bei Alpmerz zu Buche. Allerdings paßte er nicht zu seinem Vorgänger, wirkte eher wie ein Versehen oder ein Unfall. Die Polizei verweigerte bisher jedoch standhaft jeden Kommentar hinsichtlich der Untersuchung des Brandherdes.

Im Suermondt-Ludwig-Museum, kurz Sürmond, konnte sich niemand erklären, wie der Eindringling die Alarmanlage überlisten konnte. In Fachkreisen dagegen lächelte man müde über die elektronischen Sicherungsanlagen.

Dann im Tierpark im Dimborner Wäldchen, aber der Brand dort paßte wieder so gar nicht ins Bild, abgesehen davon, daß es wieder Nacht war, als es weithin sichtbar brannte.

Es grenzte schon an ein Wunder, daß beim letzten Anschlag nicht weitaus mehr Menschen betroffen waren. Bei einem Konzert mitten auf dem Katschhof, wo die bei einer Teenie-Band obligate Massenhysterie in der Luft lag, ein Feuer zu legen – die absolute Panik hätte ausbrechen können, dazu kein Durchkommen für Feuerwehr- und Krankenwagen … nicht auszumalen!

Stoppek schob das frische Altpapier beiseite und suchte nach seinem Tabak.

Noch immer schrieben die Kollegen kein Wort von vergifteten Printen. Dabei hatten sich Rebeccas alte Damen das sicher nicht aus lauter Langeweile zusammengesponnen. Aber die Polizei und Alpmerz mauerten. Gab es vielleicht schon eine Serie von Paketen – so wie es eine Serie von Bränden gab? Vorerst gab es nur wüste Spekulationen.

»Und irgendwie gibt es zwischen allem einen Zusammenhang«, murmelte Stoppek, als er sein Feuerzeug unter den Zeitungen wiederfand. Er beschloß, einen Schuß ins Blaue zu wagen.

*

Der PR-Mann machte keinen sonderlich erfreuten Eindruck, als Stoppek unangemeldet bei ihm auftauchte, und seine Laune verfinsterte sich zusehends, als er nach dem Austausch von Höflichkeiten direkt mit der Tür ins Haus fiel.

»Herr Mann, ich habe gesicherte Informationen darüber, daß Ihre Firma Präsent-Pakete verschickt, deren Inhalt den Empfängern, besser: den Empfängerinnen nicht besonders gut bekommt«, bluffte Stoppek, der nur von einem einzigen Fall sicher wußte.

»Davon ist mir nichts bekannt«, sagte Mann mit kühlem Lächeln. »Aber die Idee des Präsent-Paketes an sich ist ausgezeichnet. Ich habe bereits mit Herrn Doktor Strombach gesprochen, ob wir unsere Marketing-Aktion noch aufstocken können.«

»Ich glaube nicht, daß sie dadurch das Vertrauen von Frau Lammerskötter wiedergewinnen können.« Den Namen hatte er bisher als Trumpf im Ärmel gelassen.

Manns Augenlider zuckten kurz, aber dann lächelte er souverän. »Tut mir leid, aber der Name sagt mir nichts … Woher, Herr Stoppek, stammen ihre Informationen?«

»Journalistische Schweigepflicht, Herr Mann, Sie verstehen«, lächelte auch Stoppek, obwohl er das Gefühl hatte, sich überreizt zu haben. Ein schwieriges Spiel mit nur einem blassen Trumpf. »Ich denke aber, die Öffentlichkeit wird sich dafür interessieren, sie hat ja auch ein verbrieftes Recht auf Informationen.«

»Das würde ich nicht empfehlen«, Manns Stimme klang hart, der Spaß schien für ihn vorbei zu sein. »Nur so als Tip unter Kollegen.«

»Nennen Sie mir einen Grund, warum ich nicht darüber schreiben sollte!«

»Kein Kommentar! Tut mir leid, wirklich, aber ich kann Ihnen nichts sagen.«

»Wer dann?«

Mann schwieg hartnäckig. Sein Mund war nicht mehr als ein schmaler Strich. »Ich werde Sie umgehend in Kenntnis setzen, sobald es etwas Wissenswertes gibt.«

»Was macht denn übrigens die Präsentation der Marzipan-Printe, der Marzinte, pardon, wie hieß sie noch gleich?«

»Fastrada. Wie die vierte Frau Karls des Großen, 764 bis 794 nach Christus, Sie erinnern sich«, schulmeisterte Mann, und mit süffisantem Lächeln setzte er nach: »Was machen denn die Vorbereitungen für den Iron-Man?«

»Ich spare noch für den Flug.« Stoppek sah einen Moment aus dem Fenster in einen wolkenlosen, ungetrübten Morgenhimmel. »Herr Mann, ich will mit offenen Karten spielen: Bei mir geht momentan alles drunter und drüber, und es gibt einiges, was ich nicht verstehe oder zuordnen kann …« Er sah Mann in die Augen. »Seit ich wegen der Fastrada-Printe in Aachen bin, geschehen seltsame Dinge. Ich neige bestimmt nicht zu okkultem Kokolores, aber wenn das so weitergeht, bekomme ich Panik, sobald ich den Namen Fastrada nur höre.«

»Ich weiß nicht, was Ihre private Situation mit Fastrada zu tun hat und kann nur sagen, daß es Probleme hinsichtlich der Präsentation gibt. Welche Auswirkungen das allerdings auf Sie haben sollte, das übersteigt meinen Horizont!«

»Seit der avisierten Präsentation gibt es Ärger …«

»Mir scheint eher, daß es Ärger gibt, seit Sie hier sind, tut mir leid, aber ich weiß im Moment wirklich nicht …«

»War ja auch nur so eine Idee.«

Vielleicht hat der Printen-Mann recht, dachte Stoppek, als er sein Rad aufschloß. Vielleicht liegt der Schlüssel gar nicht hier, sondern in meinem Exil in Lübeck. Vielleicht hatte sich der ominöse Fahrer des Kombis deshalb so lange nicht mehr gerührt, um jetzt zum finalen Schlag auszuholen.

15:30 Uhr

Rebecca kam mit Mara in die Wohnung, als Stoppek gerade einen Artikel über die mysteriösen Pakete und Brände auf Diskette abspeicherte und der Drucker die letzte Seite ausspuckte.

»Hat Barbara in der Zwischenzeit angerufen?« fragte Rebecca ohne Begrüßung.

»Nicht, solange ich hier war. Ist sie immer noch nicht wieder aufgetaucht?« Stoppek mußte sich eingestehen, daß er das Verschwinden von Rebeccas Freundin völlig vergessen hatte.

»Nein.« Rebecca sah verzweifelt aus. »Mara und ich haben uns gerade noch mal umgehört. Nichts. Kein Mensch weiß etwas.« Sie schmiß ihren Helm aufs Bett. »Ich bin mir sicher, daß da was passiert ist. Babs würde nie so lange verschwinden, ohne mir Bescheid zu sagen.« Sie knallte ihre Faust gegen die alte Tür.

Stoppek drehte eine Zigarette und reichte sie ihr.

»Rauchst du immer noch das Kraut?« Mara lächelte ihn beinahe an. Das erste Mal.

Das Telefon beendete das nachfolgende Schweigen.

»Ja? Laß gut sein, Immanuel. Sag einfach nur, ob er da ist …« Stoppek lauschte einen Moment, und Rebecca und Mara sahen ihn interessiert an.

»Okay, er ist also nicht in Lübeck, danke … ja, mache ich.« Er legte bedächtig den Hörer auf und versuchte, die neuen Informationen zu verarbeiten.

»Dieser Typ, der mich in der ersten Nacht fast über den Haufen gefahren hat, du weißt schon«, sagte er in Rebeccas Richtung, »ein Kollege von mir hat herausgefunden, wie er heißt: Karl-Heinz Kaliner, wohnhaft in Lübeck, und wahrscheinlich schleicht er wieder hier rum.«

»Was will der denn von dir?« fragte Mara.

»Wenn ich das wüßte, wäre mir wohler.«

»Lübeck ...«, murmelte Rebecca gedankenverloren. Dann klatschte sie plötzlich in die Hände und sprang vom Bett auf. »Wir müssen hier raus, alle zusammen. Laßt uns in die Stadt gehen!« Stoppek öffnete den Mund, aber Rebecca erstickte jeden Protest. »Ich ruf noch schnell Florian im Laden an.« Sie wählte ein paarmal, aber auf beiden Leitungen war besetzt.

Im Domhof waren auf Jahre hinaus alle Stühle und Bänke okkupiert, und das Trio stieg die verwinkelten, hölzernen Treppen bei *Leo van den Daele* hoch. Hier war es angenehm kühl, und sie bekamen sogar einen kleinen Tisch am Fenster in der Ecke.

Stoppek schob seinen Artikel über den Tisch, genau zwischen die Kaffeetassen von Mara und Rebecca. Mara starrte darauf, als sei Papier das neunte Weltwunder. Rebecca zögerte zwei Sekunden, dann machte sie sich über die erste Seite her.

»Du nimmst also die Printen als Aufhänger«, murmelte sie und reichte die Seite an Mara weiter.

»Ich habe in der Firma nach den mysteriösen Paketen gefragt, und der gute Heinrich Mann mauert sehr gekonnt. Jetzt glaube ich erst recht, daß es sie gibt ... und ihre Opfer!«

»Und was hat das alles mit dir zu tun?« Mara ließ die Blätter auf das rauchgeschwärzte Holz des alten Tisches sinken.

»Wenn ich das wüßte!«

»Wir müssen versuchen, ein System zu erkennen.«

»Worin?«

»In allem!« fuhr Rebecca fort. »Da sind auf der einen Seite diese Pakete mit den Printen, den wahrscheinlich vergifteten Printen, auf der anderen Seite die Brandanschläge, und dann verschwinden auch noch Menschen ... zumindest einer – nämlich Barbara.«

»Von wo denn eigentlich?« fragte Mara.

Rebecca räusperte sich. »Barbara hatte an dem Abend, an dem sie verschwand, Nachtschicht, und sie ist sie auch angetreten. Dann brach das Feuer in den Umkleidekabinen aus, alle sind in Panik aus der Fabrik gestürmt. Barbaras Kolleginnen sind sich nicht einig, ob sie auch draußen auf dem Hof stand. Es war einfach zu chaotisch, zu viele Leute, mittendrin der Werkschutz und später die Feuerwehr, und dann sind alle erst mal nach Hause geschickt worden für den Rest der Schicht. Es muß ja schon fast hell gewesen sein.« Gedankenverloren spielte Rebecca mit Stoppeks Zigarettenblättchen.

»Vielleicht hat Barbara ja etwas gesehen ...« Mara kaute auf ihrem Zeigefinger.

»Möglich, jedenfalls ist sie seitdem verschwunden.« Das Blättchen zerriß zwischen Rebeccas Fingern.

»Dann stellt sich die Frage, was oder wen sie gesehen hat.« Stoppek nippte an seinem Kaffee.

»Also hat ihr Verschwinden etwas mit dem Brand bei Alpmerz zu tun«, meinte Mara.

Rebecca ließ ihren Löffel auf den Tisch scheppern. »Und ganz zufällig brennt es seitdem jede Nacht irgendwo in Aachen.«

»Die Presse meint auch, daß hier jemand gezielt vorgeht, und alle fragen sich, was er als nächstes vorhat.«

»Um es auf den Punkt zu bringen: Wo brennt es heute?« Rebeccas Augen blitzten angriffslustig.

Stoppek berührte sie sanft am Arm. »Laßt uns mal Ordnung in das Chaos zu bringen.« Er drehte eines der Blätter um, zückte den Füllfederhalter und begann, vertikale Linien zu ziehen.

»Machst du jetzt eine Liste?« Rebecca sah ihn ungläubig an. »Genau wie Florian.«

»Also«, begann Stoppek ungerührt, »wir haben hier diese ominösen Brandanschläge, dann die nicht minder mysteriösen Printen-Pakete und das Verschwinden von Barbara.«

»Und was ist mit der Sache mit Jaydee? Zählt das etwa nicht? Und die Anschläge auf dich?« Rebecca kaute auf ihrer Unterlippe und sah vor sich hin. »Und die Faxe ohne Absender? Und der Brief mit dem ewigen ›F‹?«

Sie malten Pfeile innerhalb der Liste, versuchten Zuordnungen von

Spalte zu Spalte, strichen wieder und wieder herum und kamen zu keiner Lösung.

»Wenn das alles einer alleine veranstaltet hat«, resümierte Rebecca, »ist er ein absolutes Genie und gleichzeitig vollkommen wahnsinnig. Er hätte es demnach auf ganz Aachen abgesehen, speziell aber auch auf Felix, und zudem mag er weder ältere Frauen noch jüngere noch Katzen...« Sie schüttelte energisch den Kopf. »Never ever!«

»So kommen wir nicht weiter. Ich glaube, es bleibt uns nichts anderes übrig, als uns bei Alpmerz mal gründlich umzusehen.« Stoppek nahm seinen Artikel wieder an sich und faltete ihn energisch zusammen. »Und zwar am besten noch heute.«

21:45 Uhr

Über den Dächern der alten Häuser brauten sich dunkle Regenwolken zusammen und schoben die letzten Ausläufer des Sonnenuntergangs gnadenlos beiseite.

Kaliner strich sich über die stoppeligen Haare. Dann schloß er den Wagen ab, und während er langsam die Bismarckstraße überquerte, schaute er hinauf in den dritten Stock. Hinter keinem der Fenster brannte Licht. Kein Wunder, dachte er, solange draußen noch nicht finsterste Nacht herrscht, sparen die Ökos sicher Strom.

Mit einem kräftigen Ruck drückte er das schwere Portal auf und stiefelte durch bis in den Garten. Hinter dem dicken Baum bezog er Position und legte den Kopf in den Nacken. Auch in den hinteren Räumen brannte kein Licht.

Er steckte sich eine Zigarette an und inhalierte einen tiefen Zug, den er sofort bellend wie ein Seelöwe wieder ausstieß. Mit einer Hand vor dem Mund sah er sich erschrocken um und lauschte. Nichts regte sich.

Er zerrte ein kleines zerfleddertes Notizbuch aus seiner Jacke und blätterte eine Weile darin, bis er seine Eintragung vom 16. Juni wiederfand. »F. erstmalig K.O.« Er grinste und sah noch einmal auf die dunkle Fensterreihe. Entschlossen trat er die glimmende Kippe aus und ging zum Eingang.

»Suchen Sie was?« Eine tiefe Stimme grollte ihm ins Genick, so daß er vor Schreck sein speckiges Notizbuch fallenließ und um die eigene Achse herumwirbelte.

»Nein … das heißt … den Herrn Sistenich suche ich, es geht um sein Auto …«

»Der ist nicht da! Den habe ich wegfahren sehen, schon vor ein paar Stunden.« Sie betrachtete ihn wohlwollend. »Soll ich was ausrichten?«

»Vielen Dank, Frau …« Er bückte sich und angelte nach dem Notizbuch, das aufgeschlagen auf dem dunklen Boden lag. »Aber ich melde mich wieder.« Und schon stapfte er die Treppen runter, viel zu schnell für Frau Hufschmidt.

22:00 Uhr

Er dreht den Ring mechanisch um den Finger, und sein Blick verschwimmt. — Was, wenn die Menschen ohne Gedächtnis lebten? — Eine Welt ohne Erinnerung ist eine Welt ohne Vergangenheit. Eine Welt der Gegenwart. Keiner weiß mehr, wer er gestern war. — Heute, immer heute … kein gestern … — Eine Welt der Gegenwart. Keiner weiß mehr, wer er gestern war. — Eine Frau kommt abends nach Hause und trifft dort einen Mann. Sie sieht ihn zum ersten Mal, er sieht sie zum ersten Mal. Alles ist neu, alles ist aufregend. Der Mann öffnet eine Flasche Champagner und stellt sich vor, obwohl sie den Namen wieder vergessen wird, so wie er den ihren. Sie werden nicht vor dem Fernseher einschlafen an diesem Abend, sondern hemmungslos übereinander herfallen. Vielleicht schon auf dem Sofa, vielleicht erst im Bett. Es wird wieder das erste Mal sein, und keine Vergangenheit wird ihre Leidenschaft im Zaum halten. Keine Erinnerung wird sie blockieren, kein Alter. Die Gegenwart verleiht ihnen unvergeßliche Augenblicke, die bereits im nächsten Augenblick aus ihrem Gedächtnis purzeln. — Langsam streifen seine Finger durch das alte Buch. Beinahe zärtlich liebkost er die fleckigen Seiten, und seine Fingerkuppe zeichnet die Linien der historischen Illustration nach. — Hat er sich unklar ausgedrückt? Nehmen sie ihn nicht ernst? Oder sind ihre Krämerseelen schon durch und durch verpestet von der ewigen Gier nach dem Mammon? — Sie fleddern die Historie zugunsten des Umsatzes und stören die Ruhe der Königin. Sie beuten rücksichtslos die Vergangenheit aus und degradieren sie zu einer Ware, einer Süßware. Sie versuchen, ein profanes Abbild zu schaffen, matschen Wasser, Mehl, Honig, Zucker, Marzipan und einen Sack Gewürze zusammen. — Sie wollen nicht verstehen, daß die Vergangenheit die Gegenwart beeinflußt – immer! Und sie glauben nicht mehr an die Macht der Gefühle. — Sie haben erst einen Teil seiner Forderungen erfüllt! Einen winzigen Schritt sind sie auf ihn zugegangen, mehr nicht. Sie versuchen, ihn unter den Teppich zu kehren. Aber sie haben einen Fehler gemacht, und er wird sie bestrafen. — Sie können Fastradas Rache nicht entgehen. — Sie haben ihre Gegenwart verschlafen. — Noch einmal würde er sie wecken. — Ein letztes Mal vor der Ewigkeit.

22:30 Uhr
Stoppek fuhr langsam auf das Firmengelände zu und schaute sich unauffällig um. In der Pförtnerloge bewegte sich nur die Zeitung mit den Schlagzeilen für Kurzsichtige. Kein Polizeiwagen weit und breit. Nicht mal unauffällig geparkte Fahrzeuge mit diskreten Zivilfahndern konnte er ausmachen. Entweder machten sie sich wirklich keine Sorgen, oder sie hatten andere.

Um so besser, dachte Stoppek und kettete sein Rad außer Sichtweite fest. Auf das Gelände unter der rot leuchtenden Reklame kam er ohne Probleme. In das Gebäude reinzukommen, war schon etwas schwieriger, aber mit etwas Geduld gelang ihm auch das.

Jetzt wollen wir doch mal sehen, was so interessant an diesem Raum ist, in dem es gebrannt hat, dachte er, während er durch die menschenleeren Gänge schlich und die Gurte seines Rucksacks festzurrte. Immerhin wußte er ziemlich genau, wo sich der Umkleideraum befand, Rebecca hatte Barbara schon mal auf der Schicht besucht und ihm den Weg beschrieben.

Vorsichtig drückte er die Klinke herunter und verharrte. Kein Laut. Die brandneue Tür öffnete sich lautlos, und er blieb regungslos, leicht nach vorn gebeugt, stehen. Sein Herzschlag beschleunigte sich, und er versuchte, seinen Atem unter Kontrolle zu halten. Erste Schweißperlen liefen ihm über die Stirn, und er strich eine feuchte Haarsträhne zurück. Die Türklinke fühlte sich an wie ein Eiszapfen, und einen Moment war er versucht abzuhauen. Aber jetzt gab es kein Zurück mehr, sagte er sich, zog die Tür weiter auf und betrat den Raum.

Ein Blitz schoß auf ihn zu, und im gleichen Wimpernschlag sah er nur noch schwarz.

22:40 Uhr

Von den dicht gefüllten Bänken unter den Lichterketten schallte Gelächter durch die offene Tür. Ab und zu gab es im Biergarten sogar einen freien Platz, im Gegensatz zum anderen Ende der Stadt, wo man die Menschen traubenweise von der Straße pflücken mußte.

Bestimmt zum hundertsten Mal schielte Rebecca nach rechts auf die große Uhr im *Dumont*. Sie wurde den Verdacht nicht los, daß das unbarmherzige Zeitmeßgerät sie zum Narren hielt. Noch nie hatte Rebecca so sehr den Zeitpunkt herbeigesehnt, an dem sie endlich die Lichterkette an- und ausknipsen konnte, das Signal, um das grölende Volk aus der Sommerfrische zu vertreiben. Rein in die düstere Halle mit der schwülen, seit Stunden stillstehenden Luft. Dann wären es nur noch ein paar elend lange Stunden bis zum Feierabend.

Kurz vor dem Telefon stoppte sie und griff nach den Zigaretten. Sie würde Florian ja doch nicht erreichen.

»Komm, Schätzchen, such dir 'nen Drink aus! Papa hat die Spendierhosen an ...«

Rebecca drehte die Gläser über die Spülbürste und stellte sie zum Abtropfen auf das Lochbrett. Vor ihrer Nase hing ein breitschultriger Ledernacken an der Theke und grinste sie stier an.

»Ich sag's dir jetzt zum letzten Mal!« fauchte sie ihm ins Gesicht. »Ich trinke nichts mit dir! Also spar dir deine blöden Sprüche!«

»Brauchst du Hilfe?« schleimte sich sofort einer der allnächtlichen Thekenhocker ein, einer von der beinahe geschlechtsneutralen, manchmal nur etwas lästigen Sorte.

Sie schenkte ihm ein Lächeln und schüttelte leicht den Kopf.

»Sie braucht dich nicht, du Clown. Also zisch ab.« Der Ledernacken schnappte nach dem Glas des schmächtigen Kontrahenten, hielt es bedrohlich in die Luft und stellte es dann weit entfernt auf der Theke wieder ab. Weit weg von seinen Camels.

»Ist Florian heute nicht hier?« Er starrte Rebecca aus trüben Augen an und strich sich über seinen Stoppelkopf.

»Siehst du ihn irgendwo?«

»Wo ist er denn? Ich hätte da was für ihn.«

»Wenn ich ihn treffe, kann ich's ihm ja geben.« Rebecca baute sich hinter der Theke auf.

»Geht nicht. Ist was Persönliches.«

»Wenn es so persönlich ist, wundert es mich, daß ich dich noch nie gesehen habe.«

»Ich kenne ihn sozusagen aus einer anderen Welt.« Der Stoppelkopf grinste sie breit an.

»Aus welcher, willst du mir natürlich nicht sagen, oder?«

»Richtig, Schätzchen!« Mitten in seinem unverschämten Grinsen sprang er auf und starrte entgeistert auf seine nassen Hosenbeine, von denen langsam das Bier lief. »Scheiße ...«

»Du hast ausgetrunken?« Rebecca lehnte lässig auf der Theke und tauchte sein leeres Glas mit der linken Hand ins Spülbecken. »Dann darf ich dich bitten, zu gehen. Für dich ist jetzt Feierabend.«

22:50 Uhr

Diesmal wird ihn niemand ignorieren, dafür hat er gesorgt. — Wenn ihr Gedächtnis so kurz ist, kann er ihnen auf die Sprünge helfen. Da kann ihre Reklame noch so schön in die Nacht leuchten, sein Zeichen überstrahlt sie bei weitem. — Und diesmal werden keine Gefangenen gemacht. Es ist nicht seine Schuld, wenn es diesmal Opfer gibt. Bis zur Unkenntlichkeit verkohlt. Und sie werden sicher hoffen, der Feuerteufel selbst liege da in seiner eigenen Asche, sei zu nah an seine selbstgeschaffene Sonne gekommen. Narren! Was wissen sie schon von der Sonne, den Gestirnen? Sie sehen Sterne, weit weg, Lichtjahre entfernt, unerreichbar für ihre armselige Steinzeittechnik. Nichts verstehen sie von der Zeit! — Er löst seinen Blick von den Fenstern, hinter denen rotes Licht zu flackern beginnt, und legt den Kopf in den Nacken. Ein paar vereinzelte Tropfen zerplatzen auf seiner Stirn, einer landet geradewegs in seinem Auge, aber er wendet den Blick nicht vom Himmel. — Noch sieht er sie nicht. Aber sie sind da.

23:10 Uhr

Sein eigenes Husten weckte ihn. Sein Brustkorb schüttelte sich, und Stoppek kam mit schmerzendem Nacken zu sich.

Einen Moment lang wußte er nicht, wo er war. Ein Kindergesicht tauchte für einen Moment aus dem Nebel seiner Erinnerung auf, und er lächelte. Dann sah er die Flammen, die ihn anbleckten.

Panisch sprang er auf, drehte sich zur Seite, um das gleiche Bild präsentiert zu bekommen: Nebel, aus dem Flammen auf ihn zuzüngelten. Auch in seinem Rücken. Er spürte, wie Panik in ihm hochkroch und Pore für Pore von ihm Besitz ergriff.

Er blinzelte und hielt sich die Hand vor die Augen. Inmitten des Qualms glaubte er eine Tür zu erkennen. Er atmete mehrmals schnell ein und aus und sprang mit einem Satz, die Arme schützend vor dem Gesicht gekreuzt, durch die Flammen. Außerhalb des auf- und abzüngelnden roten Ringes japste er kurz nach Luft, dann drückte er die Klinke runter. Die Tür klemmte. Er drückte mit der Schulter dagegen. Nichts. Das Prasseln in seinem Rücken schwoll an, und ein Krachen gesellte sich dazu. Mit aller Gewalt warf er sich gegen die Tür. Außer Schmerzen in der Schulter gewann er nichts hinzu. Stoppek hustete, und Tränen stiegen ihm in die Augen.

»Geh auf, du Mistding! Ich will raus!« schrie er und rüttelte an der Klinke, während er in der Rückwärtsbewegung resignierend zu Boden glitt. Die Tür schwang lautlos auf. Er riß den Kopf hoch, starrte auf den Ausweg und ließ langsam die Klinke los.

Als habe er jahrelang nur für diesen einen Lauf trainiert, spurtete Stoppek durch die Gänge der Fabrik.

»Hey! Halt!« Wie vom Erdboden ausgespien tauchte der gedrungene Mann vom Werkschutz plötzlich vor ihm auf. Und eine Sekunde später, nach einem Body-check, lag er auch schon auf dem Boden, und Stoppek verschwand wie Edwin Moses mit Riesensätzen in der Nacht.

Koriander

Dienstag, 23. Juni, 10:02 Uhr
»Der Feuerteufel hat diese Nacht wieder zugeschlagen! Und wieder hatte er es auf die traditionsreiche Printen- und Schokoladenfabrik Harry Alpmerz abgesehen. Diesmal aber gibt es einen Zeugen«, verkündete der Radiosprecher auf Kanal 100,1, »ein Wachmann der Firma Alpmerz beschreibt den Täter als sehr groß, schlank, mit längeren Haaren. Zudem soll er einen schwarzen Rucksack getragen haben und ein pfeilschneller Läufer sein ...«

Stoppek wechselte auf *Eins Live* und grinste. Mit der Täterbeschreibung konnte die Polizei alle Sportvereine durchkämmen und Hürdenläufer verhören. Der einzige Zeuge aber saß am Frühstückstisch und massierte seinen Nacken, den pochenden Beweis dafür, daß er dem Feuerteufel sehr nahe gekommen war. Aber auch er hatte nichts gesehen, was ihm im Moment weiterhalf. Schwarz, das war alles, an das er sich erinnern konnte. Und an diesen lodernden Ring. Und an seine Angst. Die Angst vor einer der urzeitlichsten Errungenschaften des Menschen: FEUER. Warum schlug der Feuerteufel erneut bei Alpmerz zu? Dazu offenbar an der gleichen Stelle? Er wollte ihnen damit doch etwas sagen!

Stoppek prüfte den Luftdruck im Vorderreifen. Es war mal wieder Zeit, eine kleine Trainingsrunde zu drehen, um den Kopf freizubekommen. Nur darauf zu stehen, half nicht mehr.

In der kleinen Kapelle der heiligen Catharina von Siena würde er eine Kerze anzünden. Oder lieber gleich zwei oder drei. Man konnte ja nie wissen.

10:45 Uhr
Er drückt seine Faust so fest in die andere Hand, daß die Gelenke knacken. Er nimmt es nicht wahr, sondern starrt nur auf die Liste, die

vor ihm auf dem Tisch liegt. Fast alle Zeilen sind fein säuberlich mit dicken, roten Balken ausgestrichen. Nur ganz unten liegen noch ein paar Wörter blank auf dem Papier. — Nicht mehr lange, murmelt er und hat bereits den Stift in der Hand. Eher beiläufig sieht er aus dem kleinen Fenster auf die Straße, und sein Atem stockt für den Bruchteil einer Sekunde. — Direkt in der unscheinbaren Einfahrt, nur wenige Meter von der kleinen Hütte entfernt, steht ein Wagen. Er wendet umständlich und fährt schließlich langsam weiter. — Er atmet erleichtert aus. Hektisch dreht er an dem Ring, bevor er den Schlüssel aus seiner Hosentasche wühlt und nach unten geht, um den Keller zu checken.

11:05 Uhr
Ihr nackter Ellbogen stieß an das kühle Rohr, und es gab einen hohlen Ton, der abrupt erstickte. Barbara erwachte. Trotz geöffneter Augen blieb es dunkel, aber sie erschrak deshalb nicht mehr. Im Traum hatten eben noch, so glaubte sie zumindest, Farben um sie getanzt. Mittlerweile war sie sicher, mit geschlossenen Augen mehr zu sehen.

Sie ließ erneut die Lider über die Augäpfel gleiten und lauschte. Die Stille war von einer gnadenlosen Absolutheit.

Wieviel Uhr mag es sein, rätselte sie. Tag oder Nacht? Noch immer hatte sie kein Mittel gefunden, die Zeit zu messen. Und sie bezweifelte, ob sie ihrer inneren Uhr trauen konnte. Irgendwann war sie sehr müde gewesen, und die Augen waren ihr permanent zugefallen. Obwohl es von den Bildern her keinen Unterschied machte, ob sie geöffnet oder geschlossen waren, verstand der Körper das Schließen stets als Signal, und ihr Bewußtsein stieg mit jedem Atemzug tiefer hinab.

Die Handschelle an ihrer linken Hand schmerzte, und sie bewegte sich hektisch an der Wand hin und her. Mit einem Mal ertönte ein schleifendes Geräusch, gleich darauf ein dumpfer Aufprall. Sie war gegen irgend etwas getreten. Barbara lauschte. Kein Mucks war zu hören. Ihr lief ein Schauer über den Rücken, und sie drückte sich enger an die Wand. »Ich habe eine Chance«, murmelte sie. Mit der freien Hand tastete sie auf der glatten Fläche herum. Ihre Fingerspitzen berührten etwas Kühles, Metallenes. Eine Stange.

12:20 Uhr
Die Glocke schlug an und riß Rebecca aus dem Halbdämmer, in dem sie sich befunden hatte, seitdem Stoppek in die Bismarckstraße zurückgekommen war und von seinem knappen Entrinnen aus dem brennenden Raum bei Alpmerz erzählt hatte. Sie hätte in der Nacht gerne noch mit Florian gesprochen, aber der war mal wieder nicht da, vermutlich mit den Vorbereitungen für das Konzert am Dreiländerpunkt beschäftigt. Genervt quälte sie sich zur Wohnungstür.

»Das habe ich beim Treppenputzen gefunden.« Frau Hufschmidt, mit Schrubber und Eimer bewaffnet, hielt Rebecca eine kleine Plastikkarte unter die Nase.

»Was ist das?« Rebecca studierte die EC-Karte und war mit einem Mal hellwach. Sie konnte ihre Überraschung gerade noch vor der neugierigen Nachbarin verbergen. Auf der Karte war natürlich kein Foto. Aber ein Name: Karl-Heinz Kaliner. »Ich glaube, die gehört einem Bekannten von mir, aber wie –«, setzte sie an.

»Na, bei Ihnen geht es ja seit neuestem zu wie im Taubenschlag.« Frau Hufschmidt versuchte, einen Blick an Rebecca vorbei ins Wohnungsinnere zu werfen. »Ständig neue Besucher. Man weiß gar nicht mehr, wer hier eigentlich wohnt, lauter fremde Gesichter –«

»Wann soll der denn hier gewesen sein?« unterbrach Rebecca den Redeschwall des Hausdrachens.

»Gestern um exakt zehn Minuten nach zehn.«

»Da war ich arbeiten.« Rebecca drehte die Karte in der Hand.

»Wenn Sie nicht sicher sind, ob Sie ihn kennen«, Frau Hufschmidt grapschte nach der Karte, »nehme ich sie zurück!«

»Nein, nein.« Rebecca zog schnell die Hand weg. »Wie sah er denn aus, der Besucher?«

»Oh!« Frau Hufschmidts kurzsichtige Augen begannen zu glänzen. »Ein stattlicher junger Mann war das, sehr stattlich.«

»Also dick?«

»Nein, nein! Kräftig, sehr kräftig. Der arbeitet sicher richtig, in einem anständigen Beruf.«

»Dann weiß ich Bescheid!« Rebecca lächelte die Blockwartin entwaffnend an. »Vielen Dank! Ich kümmere mich darum, daß er sie zurückbekommt und nicht ohne Geld dasteht«, und schnell schloß sie die Wohnungstür.

»Der Lübecker«, murmelte sie, während sie mit der Plastikkarte auf ihren Handrücken klopfte. »Jetzt bist du dran, du Schweinehund.«

Rebecca zögerte einen Moment, dann ging sie in die Küche. Sie setzte sich an den Tisch, und begann, einen auffälligen Zettel für den Glaskasten des Frankenberger Info-Punktes zu schreiben. Sicherheitshalber würde sie gleich auch noch eine Anzeige schalten unter der Rubrik »Gefunden.« Wenn dieser Kaliner noch in der Nähe der Bismarckstraße war – und davon ging sie aus –, würde er sich melden.

Sie ging zum Telefon und wählte Maras Nummer.

*

Auf der kleinen Bühne, eingerahmt von den Bäumen des höchsten Punktes der Niederlande, stand eine Frau, das Mikrofon mit beiden Händen eng umfaßt. Mit geschlossenen Augen sang sie eine jazzige Linie, zu der ihr Pferdeschwanz im Takt über die Schulter wippte. Hinter ihr jagten die Finger eines rothaarigen Mannes über den Hals einer Gitarre. Er saß weit vornübergebeugt auf einem Barhocker und sah aus, als kippe er jeden Moment seiner Partnerin in die langen Beine.

Nicht weit entfernt von dem Duo auf der Bühne erklangen Orientierungsrufe einer freiwilligen Odyssee. Zwischen den dichten, mehr als mannshohen Buchenhainhecken des Labyrinths irrten Pärchen getrennt voneinander umher und versuchten, wieder zueinanderzufinden. Um sich immerhin aus der Ferne sehen zu können, mußte wenigstens einer von ihnen erst einmal den hölzernen Aussichtsturm in der Mitte erreichen.

Die *Eurogeniale* hatte ganze Völker heraufgelockt zum Dreiländerpunkt oder Drielandenpunt oder Trois Bornes, und die euregionale

Kultur feierte sich selbst, abseits des offiziellen und hochbezahlten Kultursommers der Kaiserstadt. Alternativ und umsonst.

Rebecca saß an einen dicken Baum gelehnt und nippte an einem Fläschchen Jupiler, während in einer Schale neben ihr die Fritten unter der rot-weißen Soße dampften. Ein Zitronenfalter landete auf ihrem Schuh und trippelte aufgeregt über den roten Stoff. Von Florian mal wieder keine Spur. Er und seine Jungs hockten wahrscheinlich bereits neben der Bühne und warteten auf ihren Auftritt, auf den wiederum mindestens die Hälfte aller Besucher wartete. Aber natürlich war die Abfolge der einzelnen Gigs kurz vor Beginn umgestellt worden, so daß jetzt eigentlich keiner, einschließlich des Organisationskomitees, mehr wußte, wann wer dran war.

Rebecca schaute auf das Plakat gegenüber und grinste. Danach hätte sie die Combos, die ihre Instrumente schon weggepackt und dafür gegen Bierflaschen eingetauscht hatten, erst in zwei oder drei Stunden hören müssen. Aber hier oben gingen die Uhren anders, wenn es überhaupt welche gab. Und diesmal sollte das Programm bis tief in die Nacht dauern. Ob man nun bei Sonnenschein oder mit Bühnenbeleuchtung unter dem Sternenhimmel auftrat – was spielte das für eine Rolle.

Noch hatte sich Kaliner nicht gemeldet. Aber die Angel war ausgelegt, und irgendwann würde er nach dem Köder schnappen. Sie konnten nur hoffen, daß der Lübecker nicht im Besitz einer Sammlung von Scheckkarten war.

22:55 Uhr

Die Dunkelheit lag über ihr wie ein Deckel. Ein ekliger, scharfer Geschmack breitete sich in Barbaras Mund aus. Ihre Zunge rieb über den pelzigen Belag der Zähne. Sie beugte sich nach vorne und tastete mit den Fingern den kahlen, nackten, enttäuschend leeren Boden ab. So lang sich Barbara auch machte, ihre linke Hand bekam nichts mehr zu fassen. Die Stange war unter ihren Fingerspitzen weggerollt. Sie biß sich auf die Lippen.

»Diese verdammten Handschellen!« fluchte sie mit Tränen der Ohnmacht in den Augen und schüttelte den Kopf so heftig, daß ihre linke Kreole gegen die Heizung stieß und klirrend auf den Boden fiel. Sie also auch noch, dachte Barbara resignierend. Die rechte mußte sie irgendwo vorher schon verloren haben.

Auf einmal schoß Barbara eine Idee durch den Kopf. Ihre Finger begannen zu zittern. Nicht mal, als Rebecca ihr die silbernen Schmuckstücke geschenkt hatte, war sie auch nur annähernd so aufgeregt gewesen.

23:05 Uhr

Noch einmal dreht er den Ring und folgt dem rubinrot blinkenden Stein mit den Augen. — Was wäre, lebten die Menschen in einer Zeit mit drei Dimensionen? — Alles ist gleichzeitig möglich. Die Zeit ist dreidimensional wie der Raum. Immer gibt es drei Möglichkeiten, alle zur gleichen Zeit. — Auf der ersten Achse geht ein Mann in eine andere Stadt und lebt dort mit einer Frau zusammen. Vom Fenster aus kann man bei gutem Wetter das Meer sehen. Bei schlechtem Wetter hört man das Tuten der Schiffe. Die Frau bewundert ihn und hält ihren Geliebten für ein Genie. Er weiß, daß er das nicht ist, aber das Leben kann so sehr bequem sein. — Auf der zweiten Achse bleibt der Mann in der Stadt, weit weg vom Meer. Die Frau, mit der er zusammenlebt, hält nichts von Genies und auch nichts vom Geld. Das Leben mit ihr kann hart, aber sehr spannend sein. — Auf der dritten Achse lebt der Mann an einem Ort, den er nicht kennt. Es gibt keine Frauen. Es gibt nicht einmal Männer. Und erst recht keine Probleme mit der Zeit. — Alle drei Achsen existieren gleichzeitig, alle Ereignisse geschehen gleichzeitig. Mit jeder Entscheidung entsteht eine neue Welt mit den gleichen Darstellern. Warum nicht alle drei Möglichkeiten gleichzeitig leben? Drei Leben in einem … — Die roten Zahlen des Displays blinken, als er es unter die alte Holzkiste schiebt. Nur zwei Meter entfernt parkt ein Jeep auf breiten Reifen. — Danke für die Mithilfe, sagt er, besser konnte es nicht kommen. — Gedankenverloren dreht er an dem Ring, *ihrem* Ring, dann zieht er ihn behutsam vom Finger. Noch einmal drückt er ihn an seine Lippen, dann legt er ihn als Krönung auf die Kiste. In wenigen Minuten wird er dahinschmelzen und seine Zauberkraft für immer verlieren.

Er seufzt, dann beißt er sich auf die Lippen. — Er wird ihnen jetzt den klassischen Knockout versetzen. — Sie werden nichts mehr verstehen, alle ihre Spekulationen in den Reißwolf schieben. Dabei müßten sie nur ein klein bißchen logisch denken! Aber sie halten lieber an alten Strategien fest und versuchen, ihr Gesicht zu wahren, selbst wenn ihnen alles um die Ohren fliegt. — Bei dem Menschengewimmel sieht jeder jeden, und doch bekommt keiner irgend etwas wirklich mit. Hier braucht er nicht einmal eine Maske. — Die Uhr piept zum vorbestimmten Zeitpunkt. Er sieht noch einmal an dem stählernen Wahrzeichen hoch und sucht den Himmel ab. Irgendwo zwischen den schwarzen Wolken warten sie. Noch nie hat er sich ihnen so nahe gefühlt. Gedankenverloren dreht er an seinem Finger, bis sein Bewußtsein langsam zurückkehrt und er realisiert, nun für immer ohne Ring zu sein. Dann geht er seelenruhig, mit einem Lächeln auf den Lippen. — Sich in Raum und Zeit zu entfernen, ist vorerst leichter zu Fuß. Am Viergrenzenweg wartet der Citroen auf ihn. — Der erste, der die flammende Lichtsäule sieht, glaubt noch an ein gigantisches Feuerwerk, das die Veranstalter als Krönung des Konzerts geheimgehalten haben. Aber dann kommt plötzlich Bewegung in die glückstrunkenen Scharen. Panik springt von einer Gruppe zur nächsten über, und erste Entsetzensschreie gellen über den Dreiländerpunkt. — God verdome! DER TURM BRENNT! — Und als habe der Himmel nur auf dieses Stichwort gewartet, öffnet er in diesem Moment alle Schleusen und beendet das Open-Air-Festival mit einer Wasserbombe. Mittendrin flackert unwirklich der metallene Aussichtsturm. Und dann, mit einem Donnerhall, explodiert der Tank des Jeeps, und mit den Flammen schießen Autoteile zwischen die flüchtenden Menschen, die nun wieder zurückdrängen und die Nachströmenden umrennen. Auf dem glitschigen Boden fallen sie übereinander, jeder für sich, von Völkerverständigung und Verbrüderung keine Spur mehr. Jeder versucht, sein Auto, sein Motorrad, sein Fahrrad, seinen Kinderwaen zu erreichen, nur um damit auf den schmalen Serpentinen heillos ineinanderzukrachen. — Für welche Richtung sie sich auch entscheiden, sie haben keine Chance, wenn sie sich nicht die Zeit nehmen, in Ruhe abzuwarten. Je näher sie der Zeit auf die Pelle rücken, desto erbarmungsloser spielt sie ihnen das Ende ihrer Zukunft vor.

Nelken

Mittwoch, 24. Juni, 4:07 Uhr
Aufgeregtes Hupen drang in Rebeccas Ohren, und sie drehte unruhig den Kopf auf dem Kissen hin und her. Ihr Bewußtsein mühte sich vergeblich, aus dem erschreckend realen Traum zurückzufinden: Autos hupten wild durcheinander, Menschen schrien, alle suchten einander, niemand fand irgendwen wieder, keine Spur von Florian, und auch den Rest von *Moebius und die Romantischen Stinkfinger* hatte das Chaos verschluckt. Zuletzt sah sie einen kleinen, staubigen Waldweg, über den ihre roten Schuhe stolperten, weg von dem krachenden Feuer, weg von dem flackernden Turm.

Langsam gewann ihr Bewußtsein die Überhand, und ihre Augenlider begannen zu flattern, während sie erleichtert aufstöhnte. Florians Kopf lag auf ihrer Schulter, und er verursachte seltsame Geräusche in ihrem Ohr. Sie wühlte sich vorsichtig unter seinem schlaftrunkenen, heißen Körper hervor. Er brummelte vor sich hin wie ein kleines Kind. Jetzt ortete Rebecca das aufdringliche Geräusch.

»Ja, hallo?«

»Becci!«

»Barbara!« Mit einem Satz schoß Rebecca aus dem Bett, und vor lauter Freude glitt ihr fast der Hörer aus den feuchten Fingern. »Wo bist du? Was ist passiert? Ich hab mir solche Sorgen gemacht! Wenigstens bist du wieder da! Weißt du –«

»Hey!« unterbrach Barbara den Redeschwall. »Vielleicht darf ich auch mal was sagen?«

Rebecca zuckte zusammen, denn Florians Hand lag plötzlich auf ihrer nackten Schulter. Mit einem halbgeöffneten Auge blinzelte er sie an.

»Barbara ist wieder da!« jauchzte sie und verpaßte ihm einen Kuß, so daß er gleich wieder in die Kissen zurückplumpste. Rebecca tappte aufgeregt mit dem Telefon über die Dielen. »Wo, um Himmels willen, warst du?«

»Wo war sie denn?« echote Florian mit aufgerissenen Augen.

»Kann ich vielleicht auch mal wieder etwas zu eurer Talkshow beitragen? Ihr könnt mir ja euren Fragenkatalog rüberfaxen«, knurrte Barbara. »Wenn ich wüßte, wo ich war, wäre mir auch wohler. Ich bin hundemüde, klatschnaß von dem verdammten Regen ... und überhaupt ...«, sie atmete schwer aus. »Paß auf, ich weiß, es klingt abenteuerlich, aber irgend jemand hat mich entführt und in ein dunkles Loch eingesperrt. Stell dir einfach einen Tunnel bei Nacht vor und mich mittendrin.«

»Ich hab so was geahnt ... hast du denn irgendwas oder irgendwen erkennen können?«

»Nein, wie gesagt, es war ständig dunkel.«

»Wovon hast du gelebt, ich meine, hattest du zu essen?« Rebecca konnte nicht aufhören, die Verschollene mit Fragen zu löchern.

»Ich hatte Bananen und Plastikflaschen mit Wasser, großzügig, was? Und für die Entsorgung gab es einen Eimer ... Ich kann dir sagen, ich bin froh, endlich wieder Porzellan unter mir zu haben. Und in meinem Bett zu schlafen ... Becci ... sei mir nicht böse, aber ich muß mich jetzt erst mal aufs Ohr hauen.«

»Ja, sicher. Ruh dich aus. Aber melde dich morgen wieder!«

Rebecca legte auf und fiel erleichtert über Florian her und knebelte ihn mit ihren Lippen.

10:00 Uhr

»Meine Damen und Herren! Ich darf Sie recht herzlich zu unserer kurzfristig anberaumten Pressekonferenz begrüßen«, eröffnete Strombach die Sitzung, »und ich darf mich schon jetzt für Ihr reges Interesse bedanken.« Er zupfte kurz an seinem Bart und schaute von der Mitte des Tisches aus auf die ihm gegenüber postierten Journalisten. »Ich hoffe, es bestätigt sich nicht wieder die alte Binsenweisheit unseres Medienzeitalters: Only bad news are good news ...«

Stoppek verdrehte die Augen und grinste Pit Mandelarzt aus der ersten Reihe zu. Nach seinem Geschmack war er in den letzten Tagen oft genug bei Alpmerz gewesen. Wenn es nach seinem Schlafbedürfnis ginge, könnte er auf diese Pressekonferenz, zu der ihn Mann heute morgen telefonisch zitiert hatte, gut und gerne verzichten. Aber diesmal würde es sicher Ungeheuerlicheres zu verkünden geben als nur den Präsentationstermin einer neuen Marzipanprinte. Zumindest schloß Stoppek das aus der Anwesenheit der riesigen Jounalistenschar, die sich um ihn herum drängte. Offensichtlich hatte sich die gesamte Schreiberzunft der Euregio im eilends für diese Pressekonferenz umgeräumten Saal versammelt. Man durfte also gespannt sein. Und Strombach kam auch gleich zur Sache.

»Wir sehen, auch auf Anraten der Polizei, den Zeitpunkt für gekommen, mit Ihrer Hilfe an die Öffentlichkeit zu treten.« Der Bedeutung seiner Worte bewußt, wartete Strombach, bis absolute Ruhe eingekehrt war, um die Bombe platzen zu lassen. »Die Firma Alpmerz wird erpreßt.«

»Seit wann?« schoß es sofort aus dem Auditorium.

»Lassen Sie mich bitte fortfahren. Ich denke, all ihre Fragen werden dann beantwortet.«

Mehrstimmiges Gemurre setzte ein, aber Strombach sprach unbeirrt weiter: »Die Firma Alpmerz als einer der großen Arbeitgeber der Region und europaweit drittgrößter Produzent von –«

»Herr Doktor Strombach«, wurde er unterbrochen, »das wissen wir doch alles! Erzählen Sie endlich, was der Erpresser fordert, seit wann, wo und wie er mit seinen Forderungen an Sie herangetreten ist und womit er Sie unter Druck setzt!«

Allgemeine Zustimmung erscholl, und Strombach entschied nach einem Blick auf seinen PR-Mann, der eifrig Notizen machte, sich dem Diktat der W-Fragen zu beugen. Diese Breitseite würde nicht unbeantwortet bleiben.

»Punkt eins: Wir wissen zur Stunde noch nicht, wer der Erpresser ist. Punkt zwei: Seine Forderungen sind nicht restlos klar –«

»Womit erpreßt er sie?«

»Das steht hier nicht zur Debatte und ist zu diesem Zeitpunkt auch bereits als erledigt zu betrachten.«

»Ist es nicht vielmehr so, Herr Doktor Strombach«, wurde er jetzt von Stoppek trotz Mikro übertönt, »daß Pakete mit dem Logo und Absender Ihrer Firma verschickt wurden und daß Sie –«

»Woher haben Sie das?« herrschte Strombach ihn an.

»Das steht im Moment nicht zur Debatte«, versetzte Stoppek schneidend, und ein abrupt einsetzendes Schweigen der Kollegen untermalte die solidarische Mauer des Unmutes. Strombach zupfte an seinem Bart und sah sich kurz nach Hilfe um, aber Mann verweigerte den Gehorsam und bekritzelte lieber das Geschäftspapier mit Hieroglyphen.

»Und ist es nicht so«, fuhr Stoppek in die Stille hinein fort, »daß Sie es nicht für nötig gehalten haben, die Öffentlichkeit rechtzeitig darüber zu informieren und dadurch Schlimmeres zu verhindern?«

»Wir haben auf Anraten der Polizei hin abgewartet, ob –«

»Ob jemand stirbt?« Stoppeks Augen verengten sich. »Es ist ja auch beinahe dazu gekommen.«

Strombach atmete tief ein und setzte an: »Es ist eine bewährte Taktik, den Erpresser hinzuhalten und ihn somit zu Fehlern zu zwingen.«

»Und damit auch Menschenleben zu riskieren!« erscholl erneut Protest gegen diese Blockadestrategie.

»Die Taktik ist doch absolut schiefgegangen, geben Sie das doch endlich zu!«

»Da muß ich Ihnen entschieden widersprechen!« Strombach gewann wieder Oberwasser. »Der Erpresser hat sich nämlich erneut gemeldet, und die Sonderkommission der Polizei hat ihn dadurch weiter einkreisen können.«

Einen Scheiß haben sie, dachte Stoppek. »Wieso dann diese Pressekonferenz, wenn Ihre Taktik so erfolgreich ist? Glauben Sie, er bekommt jetzt kalte Füße, wenn er hört, ihm ist eine Sonderkommission auf den Fersen?«

In das allgemeine Gelächter hinein erwiderte Strombach: »Er hat es so gewünscht.«

Augenblicklich herrschte wieder Schweigen.

»Der Erpresser hat diese Pressekonferenz gewünscht?« fragte Pit Mandelarzt ungläubig. »Wozu denn, verdammt noch mal?«

»Er verlangt, daß wir Ihnen hiermit offiziell erklären, die Produktion auf der Stelle zu stoppen.«

»Die gesamte Produktion?«

»Nur die Printen-Produktion.«

»Ist er von der Konkurrenz?«

»Das haben Sie gesagt«, lächelte Strombach etwas gequält.

»Ja, aber warum macht einer so etwas? Hat er sich mal die Zähne damit ruiniert? Das ist doch alles ausgemachter Blödsinn!«

»In exacto verlangt der Erpresser, daß wir unsere neueste Kreation stoppen«, Strombach wischte sich den Schweiß von der Stirn und schloß kurz die Augen, »unsere avisierte Präsentation der Marzipan-Printe ... die Fastrada.«

»Au Hur! Der Typ ist irre!« entfuhr es Stoppeks Nachbarn.

»Damit liegen Sie nicht ganz falsch«, nahm Strombach den Ball auf, »und Sie können sich vorstellen, daß dieser Umstand die leidige Angelegenheit nicht gerade ... wie soll ich sagen ... simplifiziert.«

»Und die Brandanschläge?« kam ein letzter journalistischer Versuch, Licht in das Chaos zu bringen. »Was ist damit?«

»Die haben allem Anschein nach nichts damit zu tun«, sprang nun PR-Mann in die Bresche, »zumindest nicht alle. Das heißt, nur die, die auf unserem Gelände verübt worden sind, beziehen sich wohl auf die Fastrada-Printe. Die anderen stammen vermutlich von Nachahmungstätern oder sind purer Zufall.«

»Nur mal angenommen«, nahm Mandelarzt den verworrenen Faden wieder auf, »Sie versprechen hier und heute, diese Marzipan-Printe nicht auf die Welt zu bringen – glauben Sie, damit ist die Sache für den Erpresser erledigt?«

»Wir hoffen es zumindest, und die Polizei geht mit einer fast hundertprozentigen Wahrscheinlichkeit davon aus.«

»Und schnappen die den Erpresser dann auch?«

»Zum aktuellen Stand der polizeilichen Ermittlungen darf ich Ihnen keinerlei Auskünfte erteilen.« Mann hob bedauernd die Schultern.

»Um es noch einmal auf den Punkt zu bringen, sozusagen zum Mitschreiben für alle«, hakte Stoppek nach, »Sie gehen davon aus, daß die Brände aufhören und auch keinerlei vergiftete Printen mehr verschickt werden.«

»Davon gehen wir und die Polizei aus«, nickte Strombach mit treuem Blick auf die Meute.

»Und wir dürfen Sie entsprechend zitieren, ja?«

»Das dürfen Sie. Für weitere Detailfragen steht Ihnen Herr Mann zur Verfügung. Ich persönlich darf mich für heute bei Ihnen bedanken.«

Damit verließ Strombach die Bühne, und der größte Teil der Medienvertreter verschwand ebenfalls.

*

»Da bist du ja endlich!« empfing Rebecca Stoppek in der Bismarckstraße und zerrte ihn an beiden Armen zu sich heran.

Stoppek räusperte sich und starrte in ihre glänzenden Augen. Vorsichtig löste er einen Arm und strich ihr sanft über die Wange.

»So lange war ich doch gar nicht weg –«

»Barbara ist wieder da! Und er hat angerufen!«

Rebecca baute sich triumphierend vor ihm auf, und der zweite, für ihn vollkommen jeglichen Sinn entbehrende Satz hallte im Flur nach. Und um seine Blamage zu komplettieren, stand plötzlich Florian neben Rebecca und schaute auf Stoppeks Hand.

»Er hat angerufen«, echote Stoppek und versuchte, seine Hand unauffällig aus der Affäre zu ziehen.

»Ja, Kaliner, der Typ, der es auf dich abgesehen hat. Er hat seine Scheckkarte hier vor dem Haus verloren!«

Stoppek nickte, aber er fühlte sich im falschen Film. Alles war doch in bester Ordnung. Barbara war wieder da, dazu noch ein Typ mit einer Scheckkarte. Nur Florian stand irgendwie im Weg.

»Er hat bei Mara angerufen«, Rebecca strahlte ihn an. »Und gleich haben wir ihn! Ist das nicht genial?«

Florian sah weitaus weniger begeistert aus. »Ich weiß wirklich nicht, was du dir davon versprichst.« Er legte einen Arm um ihre Hüfte und versuchte, sie in sein Reich zu lotsen. »Sollten wir nicht lieber –«

»Von wegen!« Rebecca duldete keine Widerrede. »Wir fahren am besten mit deinem Wagen, okay?« Sie hakte die beiden Kerle unter und schleifte sie in den Hausflur. »In einer halben Stunde ist er da ... und dann Gnade ihm Gott! Ich erzähle euch unterwegs den Rest.«

So langsam war auch Stoppek wieder am Start. »Ich habe auch ein paar Neuigkeiten für euch. Auf der Pressekonferenz bei Alpmerz war die Hölle los.«

11:48 Uhr

Mara öffnete die Tür und zog das Trio gleich über die Schwelle. Rebecca warf noch schnell einen Blick die Straße entlang, dann schloß sie die Haustür und schob Mara in die Küche. »Du setzt dich hier hin! Von da hast du den Eingangsbereich voll im Blick, und ihr –«, sie packte die beiden männlichen Nebendarsteller in ihrem persönlichen Action-Streifen an den Ärmeln und zerrte sie aus der Küche.

»Du machst dich, bis es klingelt und er in der Falle ist, hier unsichtbar«, damit schob sie Florian in den Kellerabgang neben dem Eingang und schloß die Kellertür hinter ihm, »und du beziehst Stellung auf dem oberen Treppenabsatz!« Sie wies Stoppek mit ihrer Linken nach oben. »Du bist doch Läufer, da kannst du jetzt mal deinen Trainingsstand demonstrieren.« Sie öffnete noch einmal die Kellertür. »Wenn Mara die Küchentür schließt, und sie wird sie sehr laut schließen, ist das das Zeichen für euren Einsatz. Ihr kommt dann an der anderen Seite rein.«

»Und wenn er versucht, über die Terrasse abzuhauen?« wagte Stoppek eine vorsichtige Kritik am Einsatzbefehl.

Rebeccas linke Faust schoß durch die Luft und stoppte kurz vor Stoppeks Kopf, und im gleichen Atemzug landete die andere um Haaresbreite vor seinen Weichteilen. »Dann bekommt er die Rache der Samurai zu spüren!« Ihre Augen begannen zu glühen. Zum Glück hatte sie ihr Schwert im Dojo gelassen.

Die Klingel an der Tür ertönte, und sie sahen sich erstaunt an. Florian schaute auf seine Uhr, und Rebecca schloß lautlos die Kellertür, bevor sie Mara heranwinkte und sich selbst in den hinteren Teil der Wohnung davonschlich.

»Ich komme!« Mara schaute sich nervös im Flur um. Nichts deutete darauf hin, daß sie alles andere als alleine war. Sie öffnete langsam die Tür. »Ja? ... Ach du bist es.«

»Ich wollte fragen, ob Teresa zu Hause ist«, quengelte eine Kinderstimme los. »Ich bin nämlich eigentlich krank, aber mir ist so langweilig.«

»Das tut mir leid, Sarah, aber die Teresa ist bei ihrer Oma.«

»Kann ich nicht bei dir auf sie warten?«

»Nein, wirklich nicht!« Mara schob den kleinen Quälgeist zurück vor die Tür. »Ich bekomme gleich Besuch, und du gehörst ins Bett! Ich schicke Teresa nachher zu dir, okay?«

Mit einer unübersehbaren Schnute zog die Nachbarstochter Leine. Mara drückte die Tür ins Schloß und ließ ihren Kopf dagegengleiten.

»Pfff ... Die hat mir gerade noch gefehlt.« Sie drehte sich um. »Habt ihr's alle mitgekriegt? Blinder Alarm!«

»Schrei doch noch lauter!« rügte Rebecca aus dem Hintergrund.

11:50 Uhr

»Ich werde das Gefühl nicht los, daß Sie mir nicht glauben!« Barbara wurde langsam wütend. »Und was ist das hier?« Sie reckte ihre linke Hand über den Tisch. Ein blaurot gefärbter Ring umfaßte ihr Handgelenk.

»Die Handschelle«, konstatierte der vernehmende Kriminalist.

»Und was meinen Sie, woher das stammt? Vielleicht von einem Sado-Maso-Freak?« Drei Stücke Zucker plumpsten der Reihe nach in den Kaffee, und als Barbara den Löffel in die Hand nahm, zitterte er. »Sorry«, sie tröpfelte Milch in die schwarze Brühe und stach mit der Löffelspitze hinein, »aber ich bin eine lausige Zeugin.« Sie rührte langsam, und die weißen Tropfen schwirrten als hellbraune Spiralen durch den schwarzen See, bis sich allmählich eine homogene Farbe einstellte. »Das einzige, woran ich mich erinnere, ist ein Mann in Schwarz, der mich in ein schwarzes Loch gepackt und mit Handschellen an irgend etwas gekettet hat.« Sie legte den Löffel neben die Tasse und schaute auf. »Und manchmal, dreimal, glaube ich, war es hell, sehr hell... wie eine Lampe im Verhör... und dann konnte ich erst recht nichts sehen.«

»Schön, schön«, murmelte der Kriminalbeamte und schraubte zum zehntenmal den Kugelschreiber auseinander, »aber Sie konnten sich schließlich befreien, dank Ihres Ohrringes, und sind dann geflüchtet. Wo waren Sie denn zu diesem Zeitpunkt? Wie sah das Haus aus, die Straße?«

»Ich wollte nur weg. Ich hatte eine Scheißangst, daß der Typ zurückkommt. Da habe ich mich nicht getraut, Licht anzumachen, außerdem habe ich sowieso keinen Schalter gefunden.« Barbara zog geräuschvoll die Nase hoch. »Irgendwo war eine Tür und eine Treppe, und dann bin ich nur noch gerannt, bis mich diese Frau im VW mitgenommen hat. Draußen war es stockdunkel, es hat wie verrückt geregnet. So kann es eigentlich nur in Aachen schütten, so bösartig und ohne Ende ...« Barbara blinzelte durch den saftiggrün leuchtenden Papyrus auf der Fensterbank hindurch in die Sonne. »Es war aber nicht Aachen.«

»Irgendwie müssen Sie aber doch an den Ort gekommen sein«, beharrte der Ermittler, »vermutlich mit einem Auto. Können Sie sich nicht erinnern?«

»Nein. Ich habe diesen Maskierten bei Alpmerz gesehen, und das war's dann... Filmriß. Sie können es gerne mal mit Hypnose versuchen, vielleicht hat mein Unbewußtes ja mehr mitbekommen.«

»Zuerst versuchen wir es mit den anerkannten Methoden«, grinste ihr Gegenüber. »Aber es war ein männlicher Täter, da sind Sie sicher?«

»Mein Gott, wie denn? Ich hab ihm nicht zwischen die Beine gegriffen!«

»Hat er denn nichts gesagt?«

Barbara schwieg in ihren Kaffee.

»Schön, halten wir fest: Zielperson wahrscheinlich männlich, schwarze Gesichtsmaske, Zielort wahrscheinlich außerhalb Aachens, Flucht zu Fuß –«

»Ich habe das Gefühl, es war in Belgien.«

»Wieso?«

»Das hört sich jetzt blöd an«, Barbara zwirbelte in ihren Dreadlocks und vermied jeden Augenkontakt. »Aber da waren komische Lichter am Himmel.«

»Na bitte, dann haben Sie also doch etwas gesehen!«

»Vielleicht ein… ein Ufo?« Entschlossen richtete sie sich auf. »Aber es muß abgestürzt sein, jedenfalls sah es aus wie ein Feuer … es war riesig groß und ganz lang, so als wäre es direkt in die Erde gekracht«, Barbara knetete einen Moment ihre Nasenwurzel, »nein, eher ist es in den Wald gerast, oben auf dem Berg.«

Der Ermittler stutzte einen Moment und sah seinen Kollegen an. »Der Brand am Drielandenpunkt«, murmelte er, »ich glaube, Sie haben den brennenden Turm gesehen …«

11:57 Uhr

Die Klingel schlug erneut an. Der Klang tönte lange nach. Die erste Runde hatte soeben begonnen.

Mara atmete mit geschlossenen Augen mehrmals tief ein und aus, dann federte sie von ihrem Küchenhocker hoch.

Sie öffnete die Haustür einen Spalt und sah in ein breites, gewinnend lächelndes Gesicht.

»Frau Undine? Kaliner, mein Name, wir hatten telefoniert …«

»Ja, ja, natürlich!« Sie wischte die Locken aus der Stirn und öffnete einladend die Tür.

»Wenn es Ihnen nichts ausmacht«, er lächelte erneut wie ein Zeuge Jehovas, »ich habe nicht viel Zeit. Vielleicht können wir das ganz schnell erledigen? Und was den Finderlohn angeht …«, er zückte seine Brieftasche, »ich bin Ihnen wirklich sehr dankbar, denn ohne Plastikgeld, na, Sie wissen ja, wie das ist!« Er lachte laut, und Mara spielte perfekt mit.

»Ich muß erst mal schauen, wo ich Ihre Scheckkarte überhaupt hingelegt habe«, sie fuhr durch ihre Haare und ging in die Küche. »Das kann einen Moment dauern, aber kommen Sie doch rein!«

Karl-Heinz Kaliner sah sich vor der Haustür um, dann trat er in den Flur, schloß die Tür sorgfältig und folgte Mara. Seine so sonnig Laune schien etwas verhagelt.

Kaum stand er in der geöffneten Küchentür, zog Mara ihn leichthin in den Raum und drückte seinen massigen Körper auf einen Stuhl. »Ich muß mal an den Schrank dahinter«, säuselte sie und schloß die

Küchentür mit aller Wucht. Kaliner zuckte zusammen und sprang wieder auf, aber Mara drehte sich um und schenkte ihm ihr Sonntagslächeln.

»Es dauert nicht lange!«

Kaliner begann sich gerade wieder zu entspannen, als die Küchentür lautlos aufging.

Florian trat als erster über die Schwelle, gefolgt von Stoppek. Beide bauten sich links und rechts von der Tür auf und verschränkten die Arme vor der Brust. Mara atmete hinter Stoppeks Schulter hörbar erleichtert aus.

»Wen haben wir denn da?« Florian strahlte Kaliner an. »Hat der Arme seine Karte verloren? Böse, böse ...«

»Hey, was soll der Scheiß?«

»Ich glaube, das erklärst du uns lieber, Freund Klein-Kaliber!«

Kaliner starrte erst Stoppek an, dann wanderte sein Blick zu Florian. »Ihr seid ja zwei!« stammelte er verwirrt.

»Was du nicht sagst.« Florian kostete seine Überlegenheit aus.

»Seid ihr Brüder?«

»Hast du was an den Augen?« Florians Miene verfinsterte sich schlagartig.

»Du hast einen Doppelgänger.« Kaliner sah Florian an und deutete mit dem Kopf zu Stoppek. »Jedenfalls, wenn man ihn nur alleine sieht... Der sieht genauso aus wie du!«

Auch Stoppek war erschüttert. Er und ein Doppelgänger! Er hatte sich stets für einzigartig gehalten, selbstredend auch für unersetzbar, nicht austauschbar, und, wenn er ganz ehrlich war, eigentlich auch für unsterblich.

»Schön, für deine Blindheit kannst du vielleicht nichts, obwohl es in einem deiner früheren Leben sicher einen Grund dafür gibt«, Florian war die Rolle des Großinquisitors auf den Leib geschneidert. »Bleiben wir im Hier und Jetzt: Was sollte der ganze Terror?«

Kaliner starrte Stoppek an. »Aber du warst das doch in dieser Kneipe, oder? Ich hatte schon ziemlichen Tidenhub ...«

»Lenk nicht ab!« unterbrach Florian. »Wozu der ganze Terror?«

»Du hast es gerade nötig!« Kaliner wollte aufstehen, aber Florian war mit einem Satz bei ihm und drückte ihn zurück auf den Stuhl.

»Langsam habe ich die Schnauze voll von dir! Also: Was sollte das Ganze? Und schön der Reihe nach!«

»Na gut«, Kaliner seufzte und sackte auf dem Stuhl zusammen, »also erstens ...«, mit einem Satz stand er im Raum und knallte Florian seine Faust in den Magen, »du kannst mich mal!« so daß der mit offenem Mund zusammenklappte. Das Nordlicht blitzte Stoppek kurz in die Augen, dann schoß er zur anderen Tür hinaus.

Wie aus dem Nichts stand Rebecca plötzlich vor Kaliner. Er schien für einen kurzen Moment beeindruckt. Jedenfalls blieb er tatsächlich stehen.

»Komm, Mädchen, laß mich durch. Ich will dir nicht weh tun.« Er ballte seine großen Fäuste.

»Versuch doch mal, mir was zu tun!« Rebecca stand lächelnd im Raum, die Knie leicht gebeugt, die Arme lässig herunterhängend.

»Ist das 'ne Aufforderung oder 'ne Drohung?«

»Das weiß man immer erst hinterher!«

Die beiden funkelten sich abwartend an.

»Miststück!« Mit hocherhobenen Pranken stürzte sich Kaliner auf die zierliche Gestalt vor der geöffneten Terrassentür. Und mit einem eleganten Satz tauchte Rebecca zur Seite weg und knallte ihre Fußspitze seitlich gegen seine Kniescheibe. Er knickte ein, und schon wirbelte Rebecca im Sprung herum und traf ihn rücklings genau auf den Punkt zwischen den Beinen. Kaliner plumpste wie ein Sandsack auf den Teppich und stöhnte.

»So viel zu dem Miststück!« Rebeccas Atem floß zischend durch ihre Schneidezähne.

Mühsam rappelte Kaliner sich hoch und versuchte, sein linkes Bein auszustrecken, während er das Knie befühlte.

»Jetzt markier hier mal nicht den sterbenden Schwan!« Florian massierte immer noch seine Brust.

»Fangen wir also noch mal ganz von vorne an.« Rebecca wischte eine widerspenstige Strähne aus der Stirn.

»Also gut«, begann Kaliner, »ich wollte ihm einen Denkzettel verpassen.«

»Wem?«

»Na ihm!« Er sah Florian an, und alle Anwesenden runzelten synchron die Stirn.

»Und darum fährst du mich über den Haufen?« Stoppek sah sich wieder im Blumenkübel.

»Das war eine Verwechslung.« Kaliner massierte sein Knie.

»Und was hat Florian –«

»Vor allem, was sollte das mit Jack Daniels?« unterbrach Florian, und Rebecca nickte.

»Kenn ich nicht«, nuschelte Kaliner, »ist 'ne Whiskeymarke, oder?«

»Letzte Warnung aus Lübeck«, Rebecca knallte ihm ihre Faust ins Sonnengeflecht, und ihm blieb die Luft weg, »das müßte dir doch was sagen, oder?«

Kaliner schüttelte prustend den Kopf und hob abwehrend einen Arm. »Ich gebe zu, daß ich ihm da«, er deutete auf Stoppek, »eins übergebraten habe, aber den hier meinte. Und ich habe ein paar Faxe geschickt, damit er aufhört ...«

»Womit, zum Donner?« Rebecca baute sich erneut bedrohlich vor ihm auf.

»Mit meiner Frau –«

Florian sprang auf und knallte ihm eine. »Der tickt doch nicht ganz sauber!«

»Moment mal!« Stoppek stellte sich vor Kaliner. »So kommen wir nicht weiter. Das sind ja Junta-Methoden.« Beschwichtigend hob er die Arme. »Wenn ihr so weitermacht, gesteht er gleich den Mord an John F. Kennedy.«

Florian setzte sich wieder, und Rebecca nahm auf der Armlehne des Sessels Platz. Mara schüttelte nur den Kopf.

»Was war jetzt mit deiner Frau?« setzte Rebecca zögernd nach.

»Glaubst du dem Typen etwa?« Florian starrte sie an.

»In dieser Kaschemme hat er auch mir so etwas erzählt«, erinnerte sich Stoppek.

»Ihr kennt euch? Das wird ja immer besser!« Florian sprang aus dem Sessel.

»Quatsch. Wir standen zufällig nebeneinander an der Theke und waren beide ziemlich breit. Und irgendwas hat er von seiner Frau erzählt.«

»Seine Frau interessiert mich nicht!« brüllte Florian los. »Ich will endlich wissen, wieso dieses Ekelpaket Jaydee umgebracht und Barbara entführt hat ...«

»Was habe ich?«

»Und was ist mit den Brandanschlägen?«

»Ihr ... ihr spinnt doch! Alle zusammen!« schrie Kaliner. »Ich sag überhaupt nichts mehr! Ihr seid doch komplett irre!«

»Erzähl das der Polizei«, unterbrach Mara seinen theatralischen Auftritt.

»Gute Idee.« Rebecca angelte nach dem Telefon. »Das war's dann wohl.«

*

Für Rebecca, besonders aber für Florian schien der Fall erledigt. Bei Stoppek aber wollte die große Erleichterung nicht einsetzen.

Er schüttelte den Kopf. »Warum um alles in der Welt soll Kaliner diesen ganzen Wahnsinn veranstaltet haben?«

»Das ist ja wieder typisch!« herrschte Mara ihn an. »Bist du immer noch nicht von dem Trip runter? Mußt du wieder an allem zweifeln? Dabei geht doch sonst alles an dir vorbei! Aber wehe, wenn sich einmal alle einig sind! Einmal nur, dann kommt Felix Stoppek, der furchtlose Denker, und zertrümmert alles mit seinem metaphysischen Zweifel.«

Rebecca hatte vielleicht als einzige mitbekommen, was in Stoppek vorging und ihm nicht recht einleuchtete.

»Ich hab da noch was für dich.« Sie gab ihm ein Stück Papier. Es war eine Todesanzeige.

»Kenn ich nicht ...«

»Nicht der Name! Drüber der Spruch!«

Es gibt die, die mit offenen Augen träumen. Und die, die mit geschlossenen Augen leben ...

»Behalt es. Vielleicht hörst du dann endlich auf, vor deiner Vergangenheit wegzulaufen. Sonst läßt sie dich nie mehr los.«

Kaum hatte die Polizei den Mann aus Lübeck im Auto verfrachtet, fuhr das Trio zusammen mit Teresa in den Hangeweiher, Alpträume mit Chlorwasser abwaschen. Geborgen im sonnengewärmten Wasser. Auf dem Rücken treibend oder das Becken mit kräftigen Armzügen durchpflügend.

Wasserscheu wie Stoppek war, zog er seine vier Wände um sich vor. Jetzt, auf dem Futon in der leeren Wohnung, nahm er den Wisch aus dem Hemd, überflog ihn noch einmal und ließ ihn achtlos auf die Dielen flattern.

Jeder hat seine Art, mit der Vergangenheit zu leben. Was bleibt schließlich übrig vom Leben außer einem Mosaik aus Erinnerungen, die nicht zusammenpassen wollen? Jeder biegt und knetet sie, bis sie ein Bild ergeben. Eine Geschichte, die man für sein Leben hält. Vielleicht auch nur halten möchte. Und daraus führt ein vorgezeichneter Weg in die Zukunft. Vorgezeichnet alleine durch unsere eigenen Wünsche und Manipulationen, die mögliche Abzweige auf dem Weg mit Barrikaden verstellen.

Das Blaulicht lotste Stoppek zurück auf den schmalen Grat, den wir Gegenwart nennen.

»Ja? ... Immanuel!«

»Dein Freund aus Lübeck –«

»Ist gerade hier in Aachen verhaftet worden. Du kannst dich also wieder zurücklehnen.« Stoppek öffnete den Tabaksbeutel.

»Interessant, aber vielleicht ist es für dich auch nicht uninteressant, daß der gute Herr Kaliner eine Frau hat.«

Stoppek zerriß das Blättchen.

»Bist du noch dran, Mann?«

»Ja, ja, klar ... erzähl weiter!«

»Sie hat ihren Namen und ihre Wohnung behalten, sie wohnt nicht immer mit ihm zusammen, darum bin ich erst jetzt auf sie gekommen.«

Stoppek brach die Rauchwarenproduktion ab. »Er hat etwas davon erzählt, daß Rebeccas Freund Florian sich an sie rangemacht hat.«

»Und?«

»Der lacht nur darüber, und Rebecca glaubt ihm sowieso alles, fürchte ich.«

»Höre ich da so etwas wie Eifersucht?« Immanuel kicherte. »Weilst du wieder unter den Lebenden, Mann? Aktion Askese beendet?«

»Blödsinn!« Stoppek zerstörte erneut ein Blättchen und beschloß, zukünftig auf fertige Zigaretten umzusteigen. »Erzähl lieber, was mit Madame Kaliner ist.«

»Nichts ... hübsch ist sie und der Göttergatte ständig unterwegs ... Paßt alles für ein kleines Doppelspiel, eine verhängnisvolle Affäre, wie Hollywood es nennen würde.«

»Noch ist ja keiner gestorben. Außerdem geht es hier um zwei männliche Hauptdarsteller.«

»Frag doch einfach Florian!«

»Damit ich sofort meinen Seesack packen kann, spinnst du?«

»Ist dein Bier.«

Stoppek ließ den Hörer langsam auf die Gabel gleiten und saß einen Moment regungslos auf dem Futon. Dann sprang er entschlossen auf und begann, seine Unterlagen und Notizen der letzten Tage auf dem Schreibtisch auszubreiten.

Er warf das Laptop an und versuchte ein weiteres Mal, schreibend Licht in das Chaos zu bringen und ein System in das Mosaik.

Zimt

Donnerstag, 25. Juni, 10:05 Uhr
Es war kein Tag für Pessimisten. Die Optimisten frohlockten. Kein einziges Feuer diese Nacht. Nicht einmal ein Papierkorb hatte gebrannt, und niemand war mit seiner Zigarette im Bett eingeschlafen. Das einzige, das brannte, war die Sonne.

Stoppek wechselte von den Lokalnachrichten auf einen anderen Sender.

»Tja, Mister Stoppek, da ist ja jetzt mindestens eine Flasche fällig!«

»Die ich gerne bereit bin zu zahlen, wenn der Wahnsinn damit wirklich ein Ende hat.«

»Glaubst du's immer noch nicht?« Rebecca sah ihn an.

»Ich glaub's gerne, wirklich.« Stoppek hob beschwörend die Hände.

Florian brütete derweil über einer ellenlangen Liste, die er mit einem Arm abschirmte.

»Was wird das denn?« Rebecca beugte sich neugierig über seine Schulter.

»Gar nichts«, Florian legte die Zeitung über die Liste, »wenn du mich nicht in Ruhe läßt!«

»Madredeus!« Rebecca kickte einen Basketball durch die Küche. »Wieso sind denn plötzlich alle zu Geheimnisträgern mutiert?«

»Wer hat denn morgen Geburtstag?« Florian zog die Augenbrauen hoch und musterte Rebeccas Darstellung der beleidigten Leberwurst.

»Ah so ...« Sofort strahlte sie wieder mit der Morgensonne um die Wette und drängte sich mit einem wohligen Seufzer an ihn. Ihre nackten Arme schlangen sich um seinen Hals, und sie gurrte wie ein liebestoller Taubenschlag. »Sollen wir nicht noch ein bißchen ...«

»Auf keinen Fall! Gar kein bißchen.«

So schnell aber gab Rebecca nicht auf. »Ich kann ja mal im *Dumont* fragen, ob einer der Herren –«

Stoppek räusperte sich verlegen. »Soll ich vielleicht lieber außer Haus frühstücken, wenn ihr …«

»Kommt gar nicht in die Tüte!« bestimmte Florian. »Nur weil Madame Pompadour von ihren Brüdern wahrscheinlich das halbe Leben auf Händen getragen wurde, ist sie noch lange nicht die Prinzessin des Viertels.«

»Wie romantisch!«

»Seit wann verstehen Thekenschlampen was von Romantik?«

Mit süffisantem Lächeln sahen sich beide tief in die Augen, und Stoppek kratzte sich verlegen am unrasierten Kinn.

Kurz darauf entschwand das Traumpaar mit unterschiedlichen Zielen.

*

»Ich glaube«, murmelte Stoppek, während er das Zigarettenpapier mit der Zungenspitze benetzte, »die Sache ist noch nicht ausgestanden.«

»Und heute brennt es wieder«, murmelte Rebecca, die vom Einkaufen zurück in die Küche kam und Stoppek gar nicht zugehört hatte. Erstaunt drehte sie sich zu ihm um, als sie sich selber hörte, und Stoppek grinste, während er die Zigarette in Brand steckte.

»Wußtest du, daß die Cetaceen, also Wale und Delphine«, er blies den Rauch in Rebeccas Richtung, »durch eine besondere Hirnregion miteinander kommunizieren, so daß alle im gleichen Augenblick das gleiche wissen?«

Rebecca stellte die Taschen auf den Tisch und sah ihn an. »Und wir haben diese Gabe gerade erlernt, oder was?«

Stoppek zuckte nur mir den Schultern. »Wäre doch nicht das Schlechteste.«

»Spielst du jetzt den Weisen aus dem Meeresland?«

»Schön, daß du es so wunderbar rational nimmst.« Ehe Rebecca protestieren konnte, hob er eine Hand. »Warte! Ich erzähle dir mal eine Geschichte, okay?«

Rebecca begann, die Lebensmittel in den Kühlschrank zu räumen. »Nur zu, ich liebe Geschichten.«

»Also«, begann Stoppek, »ein Vater fährt mit seinem Sohn im Auto. Sie kommen auf einen Bahnübergang. Mitten auf den Schienen stirbt der Motor ab. Der Vater versucht alles, aber der Motor macht keinen Mucks. Ein Zug kommt näher. Der Vater dreht und dreht am Zündschlüssel. Zum Flüchten ist es zu spät. Vater und Sohn sitzen in der Falle. Der Zug erfaßt den Wagen. Der Vater ist sofort tot. Der Sohn ist lebensgefährlich verletzt und wird ins Krankenhaus eingeliefert. Alles ist bereit für die Notoperation. Das Chirurgenteam steht bereit. Der OP ist bereit. Plötzlich eine Stimme aus dem Hintergrund: ›Ich kann nicht operieren! Das ist mein Sohn!‹«

»Was soll das denn?« Rebecca sah Stoppek wütend an, der nickte aber nur mit dem Kopf. »Wird es jetzt parapsychologisch?«

Stoppek hätte um ein Haar den Beweis angetreten, daß er alle Zeit der Welt hatte, besann sich aber noch eines Besseren.

»Es war die Mutter!« Triumphierend sah er Rebecca an. »Der Chirurg ist die Mutter! Der Chirurg ist also eine Chirurgin –«

»Ja, ja!« unterbrach ihn Rebecca. »Das habe ich jetzt auch begriffen.«

»Sei nicht sauer«, sagte Stoppek sanft, »meinst du, ich wäre drauf gekommen?«

»Und was, bitteschön, möchtest du mir damit sagen?«

»Einerseits, andererseits ...« Stoppek wiegte sich langsam hin und her, bis er den Takt des Reggae aus den Boxen gefunden hatte. »Wir leben alle in einem Tunnel. Jeder steckt tief drin in seinem eigenen Realitätstunnel. Wir haben uns so stark an bestimmte ›Normalitäten‹ gewöhnt, daß wir es gar nicht mehr merken. Wir sind es beispielsweise gewohnt, daß Chirurgen Männer sind ... selbst du.«

»Du – als Frau, wolltest du sagen?« Rebecca sah ihn giftig an, knetete aber nachdenklich ihre Haare. »Und welche neue Idee hast du jetzt auf Lager, nachdem du die intellektuellen Scheuklappen abgestreift hast?«

Stoppek räusperte sich und setzte sich aufrecht an den Tisch. »Könnte es nicht vielleicht sein, daß der Typ aus Lübeck die Wahrheit gesagt hat?« Rebecca starrte ihn an. »Was zum Beispiel Florian angeht«, fuhr er fort. »Wie lange kennst du Florian eigentlich?«

»Ich glaube, ich spinne!« Rebecca stemmte die Hände in die Hüften. »Willst du jetzt etwa Florian ans Zeug flicken?«

»Ich frage nur, ob du wirklich alles von ihm weißt.«

»Stellst du dir das unter einer Beziehung vor? Dann wundert es mich nicht, daß du ...« Sie lachte kurz auf und ließ den Satz mitsamt Stoppek in der Luft verhungern.

Stoppek, der sich verdammt unbehaglich in seiner Haut fühlte, tigerte durch die Küche, die Hände tief in den Hosentaschen vergraben. Rebeccas Kohlenaugen durchbohrten seinen Rücken mit ihren Blicken, er spürte das überdeutlich und fischte gedankenverloren etwas aus der Tasche und drehte es zwischen seinen Fingern.

»Was hast du da?« Rebeccas Blick saugte sich an seinen Fingern fest, so daß Stoppek verwirrt an sich hinabsah.

»Ach, das? Hab ich gefunden.«

Sie riß ihm den silbrig schimmernden Ohrring aus der Hand. »Wo hast du den gefunden?«

»In Florians Auto.«

»Natürlich! In Florians Auto!« Ihre Augen glühten gefährlich. »Und das soll ich jetzt glauben? Weißt du, was ich glaube –«

»Auf der Fahrt zu Mara«, unterbrach Stoppek, »da hat mich was in den Hintern gepiekst, als ich mich auf den Rücksitz gesetzt habe.«

»Und das fällt dir jetzt ein, ausgerechnet jetzt? Wie passend!«

»Wieso? Was ist damit? Ist das deiner?«

»Diese Kreole«, Rebeccas Stimme durchschnitt die schwüle Luft, »habe ich Barbara zu ihrem letzten Geburtstag geschenkt. Zwei Stück, um genau zu sein. Und genau diese Kreolen hat Barbara seitdem immer getragen ... immer, verstehst du, also auch an dem Tag, an dem sie verschwunden ist!«

»Dann könnte das bedeuten, daß –«

»Dann bedeutet das, daß ich dir absolut nichts glaube!«

»Aber wenn du eins und eins zusammenzählst ...«

»Dann komme ich auf drei! Wie war das mit dem Realitätstunnel?«

»Wenn du mir nicht glaubst, dann ruf doch Barbara an und frag sie. Oder besser noch: frag Florian!«

»Das hast du dir schön ausgedacht! Florian ist den ganzen Tag unterwegs für den Gig im Autonomen Zentrum heute nacht!« Rebecca schnaubte wütend durch die Nase. »Aber auch wenn er hier wäre, würde ich ihn nicht danach fragen! Da kannst du Gift drauf nehmen!«

11:07 Uhr

Rebecca saß seit ungezählten Minuten bewegungslos im Lotussitz auf dem Bett. Ihre Augen waren geschlossen, und die Augäpfel hatten aufgehört, unter den Lidern zu flattern. Sanft umschlossen ihre Hände einen Stapel abgegriffener Tarot-Karten.

Sie atmete laut und vernehmlich aus, als sie die Augen öffnete. Sie hatte sich lange auf die Frage konzentriert. Was sagten ihr die Karten am Vortag ihres dreißigsten Geburtstages?

Sorgfältig breitete sie die bunten Bilder mit dem Rücken nach oben vor sich aus. Erneut schloß sie für einen Moment die Augen. Dann begannen ihre Fingerspitzen über die glatten Oberflächen zu tasten. Als ihr linker Zeigefinger magnetisch angezogen wurde, nahm sie die Karte, das Bild immer noch verborgen, beiseite. Wieder senkte sie die Lider und konzentrierte sich. Ihre Wimpern zuckten noch eine Weile und beruhigten sich dann zusehends.

Als sie sechs Karten ertastet hatte, legte sie die übrigen auf einen Stapel und ordnete die sechs Erwählten zu einem Stern auf dem roten Stoff. Die Mitte ließ sie offen und deckte die Karten behutsam auf. Ohne die Bilder zu betrachten, zählte sie nur die einzelnen Zahlen darauf zusammen und bildete die Quersumme. Die dazu passende Karte suchte sie aus dem Stapel und legte sie in die Mitte des Sterns.

Erst jetzt betrachtete sie die Bilder eingehend.

Alle Karten lagen aufrecht, nur die Welt stand auf dem Kopf. Das erste große Dreieck bildeten die Gerechtigkeit (VIII), der Narr (0) und die Priesterin (II), das zweite der Tod (XIII), die Welt (XXI) und der Gaukler (I). Der Gerechtigkeit stand also der Gaukler gegenüber, dem Narr die Priesterin und dem Tod die Welt. Mittendrin regierte im roten Mantel die Löwenbändigerin als Symbol der Kraft.

Rebecca ließ die Symbole keinen Wimpernschlag aus den Augen, während die Finger ihrer rechten Hand nach dem dicken, zerlesenen Buch angelten. Sie hatte kein besonders gutes Gefühl dabei. An einer beliebigen Stelle schlug sie das Buch auf.

»Warnt vor«, las sie halblaut, »Unbedachtheit, Überschätzung der eigenen Kraft, vor Versäumen des richtigen Zeitpunktes, vor Verdrängung der Sexualität wie vor fesselnder Befriedigung, vor Verführung, vor Perversionen. Vor Operationen, vor Feuersbrunst ...« Sie ließ das Buch langsam auf ihre Knie sinken und sah auf das Bild. Die Löwenbändigerin mit dem roten Mantel. Eine liegende Acht schmückte ihren Hut.

Unendlichkeit.

14:30 Uhr

Stoppek hörte die Haustür ins Schloß fallen und sah vom Laptop auf.

»Deine Treue und Gutgläubigkeit in allen Ehren, Frau van der Meer«, murmelte er, während er barfuß über die kühlen Dielen in die Küche ging. Sofort hüllte ihn der schwere Lavendelduft ein. Das Telefonbuch hatte er schnell gefunden, aber irgendwo flogen bestimmt auch ein paar Flyer von Florian und seiner Band rum. Stoppek fand jede Menge bunter Zettel und endlich auch den von *Moebius und die Romantischen Stinkefinder*. Die Namen der Bandmitglieder waren von einem Layouter aberwitzig verunstaltet worden, und es dauerte eine Weile, bis er sie alle entziffert hatte.

Der erste Name war nicht im Telefonbuch registriert, und Stoppek blätterte weiter.

»Treffer!« murmelte er, während er die Nummer eintippte.

»Ja ... hallo?«

»Felix Stoppek hier. Ich bin der, der gerade bei Florian Sistenich wohnt ...« Nichts deutete darauf hin, daß am anderen Ende der Leitung irgendein Verstehensprozeß in Gang kam.

»Bei Moebius ...«

»Yeah, Moebius!« Ein Husten knallte in Stoppeks rechtes Ohr.

»Genau. Ihr wart doch letztens auf Tour in Norddeutschland ...«

»Yeah! War 'ne rattenscharfe Tour! Abgrundtief geile Gigs und blonde Bräute!« Der Typ war eindeutig völlig zugeknallt.

»Moebius wollte da für mich 'nen kleinen, coolen Deal erledigen ...«

»Der hatte was anderes zu erledigen«, eine dreckige Lache tönte in Stoppeks Ohr, »mehr zu erlegen! Echt 'ne scharfe Schnecke, nicht mal blond ...« Das schien ihn jetzt nachdenklich zu stimmen.

»Und da war er die ganze Zeit, oder was?«

»Bei der wär ich auch die ganze Zeit geblieben. Die hatte aber auch ein paar –«

Bevor sich sein Gesprächspartner zu sehr in die Metaphysik verlor, hakte Stoppek nach. »Und bei der ... bei der Frau war Moebius dann jede Nacht?«

»Keine Ahnung. Ich wär da gewesen ... Aber meinste, die hätten mich ins Bett gelassen?« Er lachte wieder dreckig, verbunden mit einem prächtigen Husten.

Stoppek legte auf. Es war Zeit, endlich diese sagenumwobene Frau zu erreichen, Kaliners Frau. Bisher hatte nie jemand abgehoben.

Er tippte die zehn Zahlen, die Immanuel für ihn recherchiert hatte, und lauschte dem Tuten des Freizeichens.

»Ja bitte?« Eine tiefe, erotische Stimme.

»Schönen guten Tag, Stoppek, mein Name. Gut, daß ich Sie endlich erreiche!« log er.

»Ich war ein paar Tage verreist, wieso?«

»Ihr Mann ist hier in Aachen verhaftet worden.« Er ließ den Satz langsam an die Ostsee treiben. Er hörte förmlich, wie er dort einschlug. Sie atmete scharf. »Sind Sie noch da?«

»Ja ...« Sie fing sich nur mit Mühe. »Aber was ... wieso denn? Sind Sie von der Polizei?«

Stoppek überhörte die Frage geflissentlich und schwieg.

»Das mußte ja so kommen«, stöhnte sie schließlich. »Hat er wieder Mist gebaut?«

»Ihm werden einige ... Delikte zur Last gelegt. Brandanschläge beispielsweise.«

»Brandanschläge? Und ich dachte schon, er hätte meinem ...«, sie zögerte einen Moment, aber mittlerweile schien ihr wohl alles Taktieren sinnlos, »meinem Liebhaber was getan.«

»Einem gewissen Florian Sistenich?« schoß Stoppek den Pfeil ab.

»Ja. Warum rufen Sie mich an?«

»Wir wissen noch nicht alles, und dazu brauchen wir Ihre Hilfe.«

»Am Telefon? Sind Sie wirklich von der Polizei?«

»Wollen Sie Ihrem Mann helfen?« kam Stoppek ihr zuvor. »Ihm werden einige ziemlich üble Dinge zur Last gelegt ... unter anderem Entführung.« Er ließ den Satz erneut einen Moment einwirken. »Ich persönlich bin allerdings von seiner Unschuld überzeugt ... im großen und ganzen.«

»Wie kann ich ihm denn helfen? Brandanschläge und Entführung ...«

»Wie lange kennen Sie Herrn Sistenich?«

»Seit ein paar Wochen, wir haben uns auf einem Konzert kennengelernt.«

»In Lübeck?«

»Ja, Hein war gerade wieder unterwegs zu irgendeiner Messe.«

»Haben Sie noch irgendwelche Dinge von Herrn Sistenich bei sich in der Wohnung?«

»Der läßt ja alles rumliegen!« Sie schien nach irgendwas zu kramen. »Hier sind zum Beispiel ein paar Textblätter ...«

»Kann es sein, daß Ihr Mann die auch gesehen hat?«

»Oh Gott, ja. Kann sein ...«

Jetzt wußte Stoppek endlich, woher die mysteriösen Faxe stammten: Karl-Heinz Kaliner, genannt Hein, hatte sie als Warnung an Florian geschickt. Florians eigene Texte aus seinem Lübecker Liebesnest. Aber Rebecca würde natürlich kein Wort von Florians Doppelleben glauben. Und jetzt war sie, genau wie ihr promiskuitiver Liebhaber, schon wieder auf und davon.

»Sagen Sie, war Herr Sistenich in der Nacht von Mittwoch auf Donnerstag, also vom 17. auf den 18. Juni, bei Ihnen?« Einen Versuch war es wert, dachte Stoppek, und schon pfiff es ihm aus dem Exil kalt ins Ohr.

»Ich denke, das geht am Telefon jetzt doch zu weit! Bitte laden Sie mich zu weiteren Details schriftlich vor.«

Es krachte in Stoppeks Ohr, dann war der Draht nach Lübeck gekappt. Unruhig begann er durch die Wohnung zu tigern. Er war sich noch immer nicht sicher. Lag es vielleicht an der Hitze, den hörbar hochkochenden Hormonen? Wollte er Florian nur was ans Zeug flicken?

Er sehnte sich plötzlich nach einer Dusche. Das war einer der wenigen Nachteile des kurzen Aachener Sommers: Meist ließ er sich lange bitten, aber wenn er sich dann mal zu seinen Jüngern herabließ, schwitzten sie alleine schon vom Luftholen. Irgendwo mußte noch ein sauberes Hemd sein. Stoppek wühlte in dem Stapel neben dem Schreibtisch, und plötzlich segelten ein paar Zettel vor seine nackten Füße.

Mit schräg gelegtem Kopf überflogen seine Augen die Kritzeleien. Er konnte von seiner Höhe aus nur die jeweils ersten Buchstaben der Wörter am linken Rand erhaschen. Die Initialen schrieb er gewohnheitsgemäß in riesigen Lettern, und diese entwickelten vor seinen Zehen gerade ein sonderbares Eigenleben. Und mit einem Mal zündete es mit einem »Klick!« in seinem Hirn.

Er glitt auf die Knie und hob ein Blatt mit zittrigen Fingern auf. Es war die Liste, die er zusammen mit Rebecca und Mara inmitten des dunklen Holzes bei *Leo van den Daele* angelegt hatte ...

B urg Frankenberg
A lpmerz
S uermondt-Ludwig-Museum
D rimborner Wäldchen
G ranusturm

BASDG ... Das ergab keinen Sinn. Stoppek spürte, wie sein Herz zu rasen begann. Er stand kurz vor dem heiligen Gral, das spürte er. Es las sich wie ein zurückgelassenes Kreuzworträtsel, das man im Zugabteil findet und das bereits ein Unbekannter zur Hälfte gelöst hat. Leider aber sind bestimmte Wörter darin falsch, und somit ergibt sich am Ende doch kein Lösungswort. Es sei denn, man überprüft jede Lösung noch einmal. BASDG ... Und wenn man statt Drimborner Wäldchen einfach Tierpark einsetzte? Dann bekam man ein ›T‹ für das ›D‹: BAST. Und hatte nun der Granusturm oder die Postkutsche gebrannt? BASTP... Was sollte das werden? Bastpuppe? Bastrock? Bastard?

Stoppek strich zum x-ten Male das Papier glatt. Das waren erst fünf Brände. Seitdem hatte der Feuerteufel bereits zweimal wieder zugeschlagen: noch mal bei Alpmerz und am Baudoin-Turm oben am Dreiländerpunkt. Das ergab das zweite ›A‹ und ein ›B‹. Oder etwa ein ›T‹? BASTPAB...? BASTPAT...?

Stoppek trommelte auf die Schreibtischplatte. Irgend etwas stimmte nicht. Vielleicht ergab es aber auch überhaupt keinen Sinn, und dieses Scrabbeln war pure Zeitverschwendung.

Er sah aus dem Fenster in die Hinterhöfe und schüttelte den Kopf.

»Da ist guter Rat teuer«, murmelte er vor sich hin, und in dem Moment glaubte er erneut zu hören, wie eine Weiche in seinem Hirn umgelegt wurde. »Rathaus!« Er lachte laut auf und drehte sich wieder zu seiner Liste um. Rathaus, nicht Granusturm oder Postkutsche! Einen Moment später rutschte sein Lächeln wieder ab. BASTRAT... Am liebsten hätte er den Zettel zerknüllt, zerrissen, zerfetzt, vom Erdboden getilgt, statt dessen atmete er tief durch und schloß die Augen.

»Letzter Versuch!« betete er vor sich her. »Bastrat, Bastrat, Bastrat ...« Mit einem Mal sah er den Brief, der vor seiner Nase geschwenkt wurde. In Rebeccas Händen. Auch dieser Text hatte keinen Sinn ergeben. Denn alles hatte mit dem gleichen Buchstaben begonnen. Eine Eselsbrücke, die sie nicht hatten überqueren können ... Faraoh, Faraoh ... Stoppek riß die Augen auf und starrte auf den Schreibtisch. »FASTRADA!«

Seine Augen suchten die erste Zeile. Natürlich: *F*rankenberg! Und unten: *D*reiländerpunkt!

Als nächstes müßte es an einem Ort mit ›A‹ brennen! *A*LPMERZ!

Und wenn das alles nicht kompletter Zufall oder Blödsinn war, dann war das der letzte Brand!

Stoppek hastete zum Telefon und tippte Manns Durchwahl ein.

*

»Felix!« Heinrich Mann kam ihm schon auf dem Flur entgegen. Mit einem Mal duzte er Stoppek wieder. Was ein kleiner Tip doch alles bewirkte!

»Hallo, grüß dich!« Er drückte dem Kollegen von der anderen Seite die Hand. »Ich habe die Kombinationen noch mal ausgedruckt und die Altpapierkiste nach den Zeitungen der letzten Woche durchforstet.«

»Komm rein!« Lässig wischte Mann ein paar Aktenordner beiseite, und Stoppek breitete ein Konvolut von Papier auf dem Schreibtisch aus. »Wenn das stimmt, was du vermutest, dann gebührt dir der Pulitzer-Preis!«

»Ach weißt du, ich habe ganz gerne meine Ruhe …«

Gemeinsam gingen sie noch einmal alle Brände der Reihe nach durch, schnitten die Zeitungsartikel aus und legten sie auf einen großen Stapel.

»Was hat dieser Typ nur gegen unsere Marzipan-Printe?« Mann schüttelte den Kopf.

»Keine Ahnung. Aber aller guten Dinge sind drei, und ein ›A‹ fehlt ihm ja noch für sein feuriges Gesamtkunstwerk.«

»Bevor ich unsere Geschäftsleitung und die Polizei samt Feuerwehr informiere«, Mann klopfte Stoppek auf die Schulter, »möchte ich dir noch etwas zeigen!« Er lächelte wie das Christkind persönlich. »Sozusagen als Zeichen meiner Wertschätzung. Du bist der erste, der sie zu sehen bekommt.«

Stoppek schaute ihn nur verständnislos an. »Wen bekomme ich zu sehen?«

»Wen wohl?« Mann grinste breit und zog ihn aus dem Büro. »Fastrada!«

»Ich dachte, die gibt es noch gar nicht …«

»Offiziell, Felix, offiziell …«

Mann führte ihn durch lange Flure, die mit jedem weiteren Meter intensiver nach Bedeutung rochen. Vor einer Tür aus edlem Holz machte er Halt und tippte einen Code in die Tastatur im stählernen Rahmen. Stoppek runzelte die Stirn.

»Das ist das Allerheiligste!« eröffnete Mann mit bedeutungsvoller Stimme. »Beinahe der Tresor.« Die Tür schwang ohne einen Laut auf, und er drückte auf den Lichtschalter. Strahler entflammten an der Decke und hüllten den fensterlosen Raum in gleißendes Licht. Mann durchschritt den Raum und schob eine spanische Wand beiseite.

Eine riesige, schwarzlackierte Kiste baute sich vor ihnen auf. Sie stand wie ein Monolith aufrecht vor der nackten weißen Wand und beherrschte augenblicklich den Raum. Stoppeks Kehle schnürte sich mit einem Mal zusammen, und er räusperte sich hinter vorgehaltener Hand. Auch Mann wirkte plötzlich sehr ernst und schritt andächtig auf das Objekt zu.

Als er seitlich davor stand, sah er Stoppek kurz an. Dann betätigte er einen für Stoppek unsichtbaren Mechanismus, und der Deckel schwang ohne einen Laut auf. Stoppek wich einen Schritt zurück, derart lebendig starrten ihn die Augen aus der Kiste an. Die Figur mußte an die zwei Meter groß sein, und hätten nicht ein paar Mandeln ihre äußere Hülle geschmückt, Stoppek hätte sie für ein leibhaftiges Wesen gehalten. Besonders vor dem durch die Strahler entflammten feuerroten Tuch, mit dem der Innenteil ihres Sarges ausgeschlagen war.

Er atmete hörbar aus, und Mann grinste. »Beeindruckend, nicht wahr? Darf ich vorstellen: Ihre königliche Hoheit … Fastrada!«

Stoppek schüttelte den Kopf und konnte seinen Blick doch nicht von ihr wenden.

»Sehr publikumswirksam, oder? Ich hatte so geniale Pläne für die Präsentation. Dabei ist es nur Mehl, Wasser, Zucker und noch ein paar geheime Zutaten – aber spannender als das WM-Finale!«

Langsam traute sich auch Stoppek näher ran.

»Sie riecht gut … und dieses Rot …«

»Rot war schon immer die Königin der Farben«, dozierte Mann mit stolzgeschwellter Brust. »Purpur war stets das Zeichen der Macht, schon bei Karl dem Großen. Und dem gemeinen Volk drohte zeitweise die Todesstrafe, wenn es das Sakrileg beging, sich an der Farbe der Mächtigen zu vergreifen.« Mann strich vorsichtig über das edle Tuch, mit dem die Kiste ausgeschlagen war.

»Schön«, murmelte Stoppek ergriffen.

Mann betrachtete die riesige Printen-Königin wohlwollend wie eine neue Geliebte, dann riß er sich los und klappte den Deckel vorsichtig wieder zu.

»Ich habe da noch ein paar Informationen über die edelblütige Dame.« Schon drückte er Stoppek eine rot leuchtende Alpmerz-Tüte voller Material und Proben in die Hand und schob ihn damit hinaus auf den Flur.

»Jetzt muß ich aber die Sicherung unserer Trutzburg vorbereiten!«

16:29 Uhr

Mit starrem Blick sucht er den Himmel ab. Außer ein paar Cirruswolken gibt es nicht viel zu sehen. Die Kühe nebenan auf der Weide kauen, als sei die Zeit für sie nicht existent. Ihre dunklen Augen strahlen die Ruhe aus, die er jetzt braucht. — Einen Moment senkt er den Blick, dann spürt er, wie die Gelassenheit langsam von ihm Besitz ergreift. Er pflückt einen Grashalm und schiebt ihn sich zwischen die Lippen. — Noch einmal sieht er nach oben, dann ebnet er mit seinem Schuh den sandigen Boden der Einfahrt. Aus dem Gebüsch am Rand des Weges zerrt er einen abgebrochenen Ast, mit dem er auf die soeben erstellte Tafel zu schreiben beginnt ... FASTRAD... Mit etwas Abstand fügte er dann ein größeres ›A‹ hinzu, das er mit einem Kreis einrahmt. — Als er den Kopf wieder in den Nacken legt, schiebt sich am Himmel gerade eine der Wolken beiseite, und es zeigt sich endlich. — Silbrig glänzt seine Außenhülle in der Sonne. Nicht rosa wie beim ersten Mal. Völlig bewegungslos verharrt es dort oben. Es ist nicht ein Laut zu hören, der auf einen Motor oder ähnliches hindeutet. Die Kühe beginnen plötzlich zu muhen und unruhig zu werden. Selbst die, die zuvor noch im Mittagsschlaf vor sich hingedöst haben, springen auf und suchen die Nähe der anderen, bis sie sich schließlich angstvoll in einer Ecke am Zaun sammeln. — Er läßt das scheibenartige Gebilde keinen Moment unbeobachtet. Er wartet auf ihre Anweisungen. Ein feiner violetter Strahl tritt aus dem Objekt und kommt langsam auf ihn zu, bis er ihn schließlich vollkommen einhüllt. Die Kühe blöken panisch und reißen fast den Zaun aus dem Boden. — Das Objekt schießt nach links und verschwindet augenblicklich mit einer Geschwindigkeit, neben der eine Rakete wie ein Zeppelin gewirkt hätte. Seine Flugbahn beschreibt ein riesiges ›Z‹.

17:30 Uhr
Stoppek blätterte lustlos durch das bunte Werbematerial und rieb sich gähnend die Augen. Gerade wollte er alles schon wieder zurück in die Tüte stopfen, da blieb sein Blick an einem Bild hängen.

Ein bärtiger Mann stand da, und ihm zu Füßen lag eine Frau …

Im Nu war Stoppek hellwach. Seine Augen suchten nach der Bildunterschrift.

Kaiser Karl und Fastrada, tatsächlich! Und er hatte das schon einmal gesehen. Aber wo?

Er stand auf und ging durch den Raum, bis er auf dem Flur stand. Und da wußte er es wieder: Florian! Bei ihm hatte er diesen altertümlichen Stich gesehen und sich keinen Reim darauf machen können.

Schon öffnete er die Tür gegenüber, und sein Blick schweifte über die Wand. Es war die exakte Kopie der Kopie, die da bei Florian an der Wand hing.

Stoppek blätterte jetzt aufgeregt durch die Unterlagen, die Mann ihm mitgegeben hatte, bis er auf eine historische Abhandlung stieß. Er überflog die Zeilen, und langsam nahm Fastrada vor ihm Gestalt an. Sie mußte nicht nur eine sehr schöne Frau gewesen sein, die Karl tüchtig den Kopf verdreht hatte, sondern vor allem auch eine äußerst intrigante. Außer bei Karl war die Trauer am Hof dann auch nicht allzu groß gewesen, als Fastrada im Jahr 794 das Zeitliche segnete. Da soll sie immer noch sehr schön gewesen sein und noch keine dreißig Jahre alt.

Eine Printe nach dieser Dame zu benennen, war keine so gute Idee. Ein tödlicher Irrtum. Beinahe glaubte Stoppek, sie im Hintergrund lachen zu hören. Wahrscheinlich gefiel ihr das Spiel, das sich im Moment um sie drehte.

Der alte Stich war nicht koloriert, und so stellte sich Stoppek die seit zwölfhundert Jahren tote Dame blond vor. Mit Zöpfen und dunklen, funkelnden Augen … Und nicht mal dreißig Jahre alt. Und der treue Ehemann in steter Sorge. Dabei ebenso stetig auf Reisen mit seinem Harem … Karl und Florian … Fastrada und Rebecca …

Unruhig rutschte Stoppek auf dem Stuhl hin und her und suchte nach der Nummer von Mara. Als er sie endlich aufgestöbert hatte, tippte er hastig die Zahlen in die Tastatur und wartete. Nach zweimaligem Läuten nahm sie ab.

»Mara? Hier ist Felix! Weißt du, wo Rebecca steckt?«

»Gute Frage! Ich hab's heute auch schon bei ihr versucht. Wieso, was gibt's denn?«

»Ach, nicht so wichtig. Ich melde mich wieder. Bis dann! Grüß Teresa von mir!« Langsam legte er den Hörer wieder auf die Gabel. Wie sollte er Rebecca warnen, wenn er nicht wußte, wo sie war? Und wovor eigentlich? So genau wußte er das selbst nicht, aber er spürte, daß sie der Schlüssel zu allem sein konnte. Rebecca und Fastrada.

»Verdammt!« Er stieß heftig die Luft aus den Lungen. »Und ich locke die gesamte Feuerwehr und Polizei zu Alpmerz, auf die falsche Fährte ... Wer weiß, wo es wirklich brennt!«

16:45 Uhr

Afrikanische Trommeln dröhnten durch das offene Fenster, und ein dezenter Grasgeruch schwebte durch den Raum. Neugierig flatterte ein Pfauenauge auf das Telefon, das in diesem Moment verstummte.

»Du mußt still halten!« ermahnte Barbara. »Sonst wird das nie was, und du siehst an deinem Geburtstag aus wie eine Weihnachtsgans!«

»Ich kann aber nicht mehr«, quengelte Rebecca, »laß mich doch wenigstens telefonieren.«

»Jammer nicht. Ich muß mich konzentrieren.« Unbarmherzig zerrte Barbara weiter an Rebeccas Haarsträhnen und flocht sie in kleine Zöpfe.

»Das fühlt sich an, als würdest du mir die Kopfhaut abziehen.«

»Ein wenig Lifting kann dir nicht schaden, alte Frau!« Barbara zog einmal kräftig, so daß Rebecca aufschrie. »Komm, Ebbe, die Hälfte ist doch schon geschafft.«

»Die Hälfte?« Rebecca riß entsetzt die Augen auf. »Da sitze ich ja um Mitternacht immer noch hier, und meine Party im Autonomen Zentrum geht ohne mich ab! Gib mir sofort einen Spiegel!«

»Kleiner Scherz, Becci«, Barbara drückte ihr einen Kuß auf die Wange und schmatzte ihr laut ins Ohr. »Frau Faltenfrei ...«

»Apropos«, mit einem beherzten Ruck nahm Rebecca das Telefon.

»Willst du die Polizei anrufen? Bei der war ich gestern erst. Sie hat mich wieder laufen lassen.«

»Eigentlich eine gute Idee. Aber ich gebe dir noch eine Chance: Hast du die Nummer von Aakea?«

Barbara diktierte sie ihr aus dem Gedächtnis. Sie hatte oft genug mit Aakea per Draht die Schicht getauscht. Rebecca lauschte dem Freizeichen und wurde mit Aakeas elektronischem Sekretär verbunden.

»Hi Aakea, hier ist Rebecca. Ich bin bei Barbara, und sie erinnert mich gerade an etwas. Ich hab total vergessen, dich zu meinem Geburtstag einzuladen. Und zu allem Überfluß feiern wir heute schon. Zu meiner Entschuldigung möchte ich vorbringen, daß ich DREISSIG werde! Und du weißt, was das bedeutet ... Also komm doch einfach ins –«

Ein unfreundliches Piepsen unterbrach ihren Redefluß. »Romane lasse ich mir lieber im Bett erzählen! Nichts für ungut ...«, flötete Aakeas konservierte Stimme. Barbara nahm der verdutzten Rebecca den Hörer aus der Hand und zog sie an den Haaren zurück in den Stuhl.

»Und weiter geht's, alte Frau ...«

Etwas klimperte an Barbaras Ohr. Als Rebecca vorsichtig zur Seite schielte, baumelte dort eine Kreole. »Ist die neu?«

»Nein, mit Perwoll gewaschen. Darum ist sie auch eingelaufen.«

»Ich habe da nämlich ...«, Rebecca kramte in ihrer Tasche, bis sie den Ohrring zum Vorschein brachte.

»Wow! Wo hast du den denn her?« staunte Barbara. »Schenkst du mir den jetzt zum zweiten Mal?«

»Stoppek hat ihn gefunden.«

»Aha.«

»Angeblich in Florians Auto ...«

Barbara ließ die blonde Strähne aus ihren Händen gleiten und angelte nach ihren Zigaretten. Wortlos reichte sie Rebecca eine. »Was heißt ›angeblich‹? Glaubst du ihm nicht?«

»Natürlich nicht! Und du ja wohl erst recht nicht, oder willst du etwa behaupten –?«

»Nein, nein«, sagte Barbara und nahm einen tiefen Zug. »Und jetzt?«

»Nichts und jetzt. Der will doch nur Flo was ans Zeug flicken.« Rebecca zerquetschte die Zigarette im Ascher.

Barbara tätschelte Rebeccas Schulter. Dann murmelte sie: »Liebe macht ja angeblich blind ... Fragt sich nur, wen?«

»Und wer flüstert, lügt ...«

»Ja sicher.«

18:30 Uhr

Wohl war ihm nicht bei der Sache. Aber es mußte sein, und der Zweck heiligte ja bekanntlich die Mittel. Eine der schamlosesten Ausreden seit Urzeiten.

Ohne zu wissen, was er zu finden hoffte, begann Stoppek zu suchen. Er warf einen Blick auf den Schreibtisch in Florians Zimmer und wühlte sich dann durch Berge von Zeitungsschnipseln, Quittungen diversester Herkunft, Werbebroschüren für elektronischen Schnickschnack, Kopien von Songtexten, Ansichtskarten, Briefumschlägen, leeren Zetteln. Offensichtlich war Florian ein notorischer Sammler, der sich von nichts, keinem einzigen Fetzen, trennen konnte.

Stoppek wischte sich mit staubigen Fingern über die Stirn. Es konnte Jahre dauern, diesen Unmengen auch nur eine brauchbare Information zu entlocken.

Er öffnete eine Schublade. Das gleiche Bild: randvoll mit Papier. Es mußte doch ein System geben. Irgendeine Möglichkeit, wie Florian selbst etwas wiederfand.

»Elender Mist!« Wütend über seine Ohnmacht donnerte Stoppek eine Faust auf die Schreibtischplatte, die durch die Erschütterung einen kleinen Satz in die Luft machte. Plötzlich, wieder in ruhender Position, wirkte der Schreibtisch merkwürdig schief, so als habe sich Stoppeks Perspektive verschoben.

»Auch das noch«, murmelte er, »hoffentlich ist das Ding jetzt nicht kaputt.«

Vorsichtig versuchte er, die Platte in der Waagrechten auszurichten. Aber sie weigerte sich standhaft, auch nur einen Millimeter nachzugeben. Offensichtlich hatte sie sich in ihrer schiefen Position verklemmt. Stoppek sah keine andere Möglichkeit, als sie erneut abzuheben. Diesmal aber klopfte er von unten mit der Faust dagegen und zog sie mit der anderen Hand nach oben. Urplötzlich und spielend leicht löste sie sich und kippte überraschend nach hinten, so daß Stoppek sie nur mit Mühe halten konnte. Mitten in seiner Vorwärtsbewegung allerdings hielt er inne und starrte auf eine Mappe, die unter der Platte, oben auf dem Schubladenbock, ans Licht kam. Er ließ die Platte langsam zu Boden gleiten und griff nach der Mappe, die völlig unscheinbar wirkte mit ihrem abgewetzten, unbeschrifteten Pappeinband.

Vorsichtig öffnete er das versteckt gehaltene Dossier.

LETZTE IRDISCHE WORTE VON FLORIAN SISTENICH
Gefühl ist alles; der Rest ist schillernde, schnatternde Lüge. — Wer das nicht fühlt, wird nie dahinterkommen. — Ich habe mit dieser Mission begonnen, und ich führe sie zu Ende. Denn das Genie handelt nicht nach Prinzipien, sondern nach Gefühlen. Gefühl ist Schicksal, und wer das verleugnet, wird darin umkommen. — Ich glaube an die Macht der Liebe, die wahre und einzige und heilige!

Stoppek mußte unwillkürlich grinsen. Ein wahrer Romantiker, dieser Sistenich. Er las weiter.

Rebecca hat darüber gelacht und sagt, ich bin ein fehlgeleiteter Romantiker. Fehlgeleitet aber sind einzig und allein die Frauen. Ihnen darfst du nicht trauen – niemals! Sie lügen, sobald sie dich anlächeln. Sie sind nur noch rational und materiell gepolt. Und wenn du Emotionen zeigst, die ihnen selbst völlig abgehen, nutzen sie diese schamlos für sich und ihre eigenen, niederen Interessen aus. — You can fuck them / But you can't get them. — Das sind nur Unterleibsprobleme! – Und Männer werden immer entbehrlicher …

»Und daran sind natürlich die Frauen schuld, hm?« Stoppek schüttelte ungläubig den Kopf und überschlug ein paar Zeilen der Litanei.

Ich sehe, daß mit Gefühlen mittlerweile nur noch Geschäfte gemacht werden. Hätte es einen letzten Beweises bedurft, die Printen-Bäcker haben ihn geliefert: Ein profanes Gebäck nennen sie nach dem Symbol einer durch die Jahrhunderte geadelten Liebe – Fastrada! — Von früh auf wird dir eingetrichtert, du bist nur ein kleiner Wurm auf Erden und nicht in der Lage, etwas gegen ›die da oben‹ auszurichten. Das stimmt – solange alle Feiglinge bleiben und sich nicht trauen, es nachzuprüfen! Aber Feiglinge sind es nicht wert, die Erde mit ihrem Atem zu verpesten. Wozu sind sie geboren worden, wenn sie doch nicht wirklich leben? Sie sind die Aliens – ich dagegen bin ein Außerirdischer und habe meine Mission. — Nur so erlangen wir die Unsterblichkeit: Jeder muß einmal in seinem jetzigen Leben etwas Großes vollbringen und dabei nicht auf sein irdisches und damit lächerlich endliches Leben schielen! Sonst werden wir zu Staub, an den sich niemand erinnern wird. — Und das ist das Schlimmste: Aus dem Leben zu gehen, ohne daß es jemand merkt.

»Ist es interessant?« zischte es Stoppek ins Genick, und ehe er sich umdrehen konnte, krachte etwas gegen seinen Hals. Es traf ihn mit solcher Wucht, daß er vom Stuhl kippte. Er landete auf dem Boden, ohne die Hände auch nur einmal zur Abwehr bewegt zu haben. Er spürte, wie Blut langsam an seinem Hals hinab sickerte. Seine Augen starrten unter halbgeschlossenen Lidern in den Teppich.

In der Wohnung regte sich kein Laut.

Bevor Florian die Wohnung verließ, warf er einen Blick in Rebeccas Zimmer. Auf dem Bett lag immer noch der Stern aus Tarot-Karten, alle umgedreht, so daß er nur die einheitlich bunten Rückseiten sah. Eine einzige Karte lag aufgedeckt, und für einen Moment zuckte er zusammen. Alleine in der Weite des Weltalls …

22:30 Uhr
Aakea hörte zum dritten Mal ihren Anrufbeantworter ab. Geantwortet hatte er leider nicht, als Rebecca angerufen hatte. Unterbrochen hatte er sie, anstatt zu fragen, wo denn nun die legendäre Party stattfinden sollte.

Und bei Rebecca in der WG antwortete auch niemand.

Wahrscheinlich feiern sie zu laut, und das Geburtstagskind tanzt Pogo auf dem Balkon, resümierte Aakea und legte den Hörer auf. Sie wickelte eine Flasche der Malteser-Keller-Hausmarke in buntes Papier. Mehr konnte auf die Schnelle wohl niemand erwarten.

Mit dem Champagner im Rucksack schwang sie sich auf ihr Mountain-Bike via Frankenberger Viertel.

23:00 Uhr
Was wäre, lebten die Menschen? — Ohne Zeit. — Die Zeit war ist wird nie gewesen sein. — Keine Vergangenheit. Keine Gegenart. Keine Zukunft. — Was ist, ist. Sie waren da. Sie werden da sein. Sie sind! Hier! — Und sie werden lachen darüber, daß die Menschen so viel Angst haben vor ihr: der Zeit. Daß sie ganze Bibliotheken vollgeschrieben haben, um ihr auf die Spur zu kommen. Auf den Leim gegangen sind sie ihr. Haben an sie geglaubt und an ihr unaufhaltsames Verrinnen und dennoch ihr erbärmliches Leben damit verplempert, sich den Kopf darüber zu zermartern. Über etwas nachzudenken, zu schreiben, zu debattieren, was nicht existiert. Nie existiert hat. Nie existieren wird. — Denn wenn sich alle anderen Galaxien mit stetig wachsender Geschwindigkeit von der Erde fortbewegen, wird sich die Zeit immer mehr verlangsamen. Bis zu dem Punkt im All, an dem die Galaxien die Lichtgeschwindigkeit erreicht haben. Jenseits dieser Grenze bleibt die Zeit stehen. Und zu dieser Grenze werden sie reisen … mit ihm … Ohne Zeit. Ohne Geschlecht. Ohne Unterschied. Alles wird eins sein. Kein Werden mehr. Nur noch Sein. Das Sein. Und das Nichts.

23:07 Uhr
Die Wohnungstür war nur angelehnt. Aakea lauschte vergeblich. Kein Mucks. Sonderbare Party, dachte sie. Aber so gut kannte sie Rebecca nun auch nicht. Vielleicht meditierte sie ja zum Dreißigsten inmitten einer erlesenen Schar.

»Hallo?« Sie betrat den dunklen Flur. Die Tür zu ihrer Linken stand sperrangelweit auf, und sie setzte vorsichtig einen Fuß über die Schwelle. Vor dem Schreibtisch lag etwas. Dunkel. Gekrümmt. Als sei es mitten in einer Bewegung erstarrt. Aakea kniff die Augen zusammen und suchte nach dem Lichtschalter, ohne das Etwas aus den Augen zu lassen.

Kein Zweifel: Da lag ein Mensch. Und er sah aus wie Florian. Aakea stürzte auf ihn zu, und jetzt sah sie den Ring aus bereits verkrustetem Blut um seinen Hals. Ohne nachzudenken legte sie zwei Finger an seinen Kehlkopf. In ihrer Theken-Karriere hatte sie schon die dubiosesten Leichen erlebt. Und wiederbelebt. Sollte das der letzte Überlebende einer exzessiven Orgie sein?

Sie drehte ihn auf den Rücken und hob seine Beine an. Die Leiche begann zu husten. Es war nicht Florian. Zäher Speichel lief aus dem Mundwinkel des Unbekannten. Dann öffneten sich seine Augen. Unendlich langsam. Grüne Iris starrte sie eine Weile ungläubig an.

»Rebecca?« Ein Hustenanfall würgte ihn ab.

»Einen schönen guten Morgen! Ich bin leider nur Aakea.«

»Verdammt! Wieviel Uhr ist es?«

»Was habt ihr Männer nur immer mit der Zeit? Du lebst! Schönen Dank auch! Ist das nichts? Jetzt!«

»Jetzt ...« Stoppek rieb sich den Schädel und richtete sich mühsam auf. »Das hab ich schon mal irgendwann gehört. Aber dafür ist jetzt keine Zeit! Sonst gibt es für Rebecca kein Jetzt mehr ... ihre Lieblingszeit, verstehst du? Jetzt zählt jede Sekunde!«

Aakea verstand nichts. Aber als er jetzt beschwichtigend die Hände hob, senkte auch sie ihre Stimme und schaute auf ihre Uhr. »Es ist ungefähr Viertel nach elf ... Was zum Teufel ist hier eigentlich los?«

»Zuerst mal: Ich bin Felix, Felix Stoppek, und ich wohne zur Zeit hier. Ich kann dir das im Moment nicht näher erläutern. Aber du mußt mir jetzt genau zuhören, okay? Es geht um Leben und Tod … Das hört sich theatralisch an, ich weiß, ist aber leider Fakt.«

Und Aakea hörte ihm zu und traute ihren Ohren nicht. Rebecca in Todesgefahr? Ausgerechnet durch ihren Lover? Durch Florian Sistenich?

»Du spinnst doch total!« Was aber, wenn dieser Typ da auf dem Fußboden von Florians Zimmer nicht phantasierte? Das Blut zumindest war echt.

»Lock sie irgendwie aus dem Autonomen Zentrum … irgendwohin, wo nicht viel los ist, wo es womöglich ein paar Bullen gibt. Am besten in den Bahnhof.« Stoppek rappelte sich hoch und schwankte ein wenig. Aakea fing ihn gerade noch auf. Aber er schien sich im Griff zu haben. »Ich versuche in der Zwischenzeit, die Cops davon zu überzeugen, daß sie das Zentrum evakuieren müssen.« Und schon hastete er zum Telefon, und Aakea stürmte die Treppen runter.

23:47 Uhr

Ohne Zeit. Ohne Geschlecht. Ohne Unterschied. Alles wird eins sein. Kein Werden mehr. Nur noch Sein. Das Sein. Und das Nichts. — Er sieht unauffällig auf die leuchtende Uhr an seinem Handgelenk. Alles läuft genau nach Plan. Der letzte Punkt kann in wenigen Minuten auf der Liste gestrichen werden. Auf das ›A‹ folgt das ›Z‹. Auf Fastrada folgt Rebecca. Ihre Augen leuchten hinauf bis zur Bühne. Sie feiert ihren dreißigsten Geburtstag zu früh. Sie feiert ihre letzte Nacht. Sie wird mit neunundzwanzig sterben. Wie Fastrada. — Noch einmal umklammerte er das Mikrofon und schloß die Augen. Das letzte Stück. Dann würde er verschwinden. Gerade rechtzeitig, bevor der große Showdown begann. Sie würden alle an ein Feuerwerk zu Rebeccas Ehren glauben. Und so war es ja auch. Nur daß sie es nicht überleben würde. ALLE. ALLES. ALLES IST EINS. STAUB UND ASCHE …

23:48 Uhr
Vom Viadukt rollte mit kreischenden Bremsen ein Zug vor einem festlichen flammendroten Abendhimmel in den Bahnhof ein.

Aakea schleuderte ihr Rad in die Büsche und schoß auf das Autonome Zentrum zu.

Schon auf der Treppe hinab ins Reich der Höllenanbeter waberten ihr Rauchschwaden entgegen. Und mit jeder weiteren Stufe schwoll der Phonpegel weiter an.

Auf der untersten schloß Aakea die Augen und atmete mehrmals tief durch. Sie zählte nicht mit.

Jetzt mußte sie nur noch Rebecca finden. Rechtzeitig. Ohne zu wissen, wann dieses ›rechtzeitig‹ war.

23:50 Uhr
Florian öffnete die Augen einen Spalt breit, um zum letzten Mal seine Fans zu sehen, den aufbrausenden Applaus zu trinken.

Er erstarrte. Wo war Rebecca? Hektisch ließ er seinen Blick über die Menge vor ihm gleiten. Soeben konnte er noch erkennen, wie Rebecca von einer ebenfalls blondbezopften Frau aus dem unterirdischen Saal, ihrem Scheiterhaufen, gelotst wurde.

Und er saß ohnmächtig in der Falle. Schließlich konnte er nicht mitten im Stück die Bühne verlassen, ohne daß es jedem noch so tumben Alien auffiel.

Dieses unberechenbare Miststück!

23:52 Uhr
»Um Mitternacht an seinem Geburtstag soll man immer da sein, wo sich etwas bewegt!« Typisch Aakea, die Globetrotterin. Wären sie nicht in Aachen, sie hätte Rebecca sicher zu einem Picknick auf die Startbahn eines Airports gezerrt.

Ihr Geschenk jedenfalls, um das sie ein irrsinniges Geheimnis machte, hatte Aakea am Bahnhof deponiert und eine Bombenüberraschung versprochen.

Rebecca konnte nicht widerstehen. Bisher hatte es sich stets gelohnt, Aakea bedingungslos zu folgen. Sagte jedenfalls Barbara. Egal, wie verrückt sich ihre Pläne immer anhörten.

23:59 Uhr
Der Morgen des 26. Juni stand bereits in den Startlöchern, da krachte es ohrenbetäubend im Autonomen Zentrum. Und natürlich jubelten alle und glaubten an einen kolossalen pyrotechnischen Trick mit Theaterrauch und Donner. Bis die ersten brannten und schreiend feststellten, daß die Flammen sehr real waren und Schmerzen verursachten. Panik ergriff jeden einzelnen. Jedes einzelne Grüppchen. Und jeder versuchte zu flüchten. Für sich. Eingekeilt. In der Masse aus schwitzendem Fleisch. Der Solidaritätsgedanke erhielt den Todesstoß.

Nur weg. Zur rettenden Treppe. Zur Gangway in die Freiheit. Ins Licht des Mondes.

Und gerade von dort schlugen ihnen die größten Flammen entgegen. Undurchdringlich. Wie in einem unterirdischen Backofen.

Stairway to heaven.

24:00 Uhr
»Also ... was ist jetzt?« Rebecca wurde langsam sauer. Die Atmosphäre im Bahnhof war alles andere als prickelnd.

»Rebecca, du mußt mir jetzt erst mal versprechen, daß du mich ausreden läßt, okay?« sagte Aakea eindringlich.

»Hey, so vorlaut bin ich nun auch wieder nicht, daß ich –« Ein Blick in Aakeas Gesicht ließ Rebecca einen Moment verstummen. Aber Aakea schien erst noch nach ihrer Sprache suchen zu müssen.

»Ich lausche dir noch immer ... und wenn es so weitergeht, in alle Ewigkeit.«

In Aakea kam endlich Leben.

»Kindchen, jut, daß ich dir treffe!« Aakeas Lippen bewegten sich tatsächlich, aber die Worte trafen nur Rebeccas rechtes Ohr. Sie fuhr herum. Eine winzig kleine Frau stand da, deren graue Haare aufgeregt wippten.

»Frau Savelsberg …«

Magda packte nach Rebeccas Hand. »Es tut mir so leid, aber mein Gedächtnis … manchmal weiß ich wirklich nicht … aber etwas ist heute, genau um diese Zeit, hilf mir, Kindchen, ich weiß nicht, ich muß doch den Schlüssel finden … oder das Fach … ich weiß jar nicht …«

»Ich habe Geburtstag«, strahlte Rebecca. »Also das finde ich ja …«

Magda Savelsberg runzelte die Stirn. »Aber wieso denn am Bahnhof? Ihr jungen Leute … Und wieso, Kindchen, wußtest du von der Überraschung? Hat Ellie wieder ihr Plappermaul nicht halten können? Und mich schickt sie –«

Keine Silbe war mehr zu verstehen in dem infernalischen Getöse, das urplötzlich durch die Bahnhofshalle rollte. Aus Richtung der Schließfächer schoß schwarzer Rauch auf die wenigen nächtlichen Besucher zu, und dann tanzten Flammen grell durch das Chaos.

Rebecca und Aakea sahen sich erschrocken an.

»War das die Überraschung?« Rebecca lächelte bereits wieder. Aakea traute sie alles zu.

Die aber zitterte immer noch, und ihre braungebrannte Nasenspitze wirkte seltsam gekalkt. Nur Magda Savelsberg kicherte inmitten des Donners und hielt jetzt einen Schlüssel in der Hand.

00:03 Uhr

»Wohin so eilig?«

Florian ließ den Autoschlüssel im Türschloß stecken und fuhr herum.

»Mit mir hast du nicht mehr gerechnet, oder?« Stoppek genoß die Verblüffung seines Gegenübers. Er fühlte sich sicher. Vielleicht lag es daran, daß er dem Tod bereits einmal von der Schippe gesprungen war. Da verfiel man leicht dem Irrglauben, das Rezept für die Unsterblichkeit entdeckt zu haben.

Mit einem plötzlichen Ruck knallte Florian ihm die Tür vor die Knochen und sprang in den alten Citroen, der am Viadukt parkte.

Mühsam rappelte Stoppek sich hoch, als Florian bereits mit durchdrehenden Reifen startete.

»Schietkram!« fluchte Stoppek. Was hatte er sich auch dabei gedacht? Er hatte ernstlich geglaubt, Florian lasse sich durch seine bloße Anwesenheit einschüchtern und erstarre ehrfürchtig zur Salzsäule.

Humpelnd, denn die Tür hatte seine linke Kniescheibe erwischt, erreichte Stoppek die Norton, die er sich vorsorglich geliehen hatte. Er startete sie und nahm die Verfolgung des dunkelroten Kombis auf.

Florian schlug den Weg nach Belgien ein. Er hatte diesen trotteligen Journalisten unterschätzt. Aber er hatte doch seinen Puls nicht mehr gefühlt. Wieso lebte der überhaupt noch? War Stoppek am Ende auch ein Außerirdischer? Seine Freunde aus dem All würden diese Frage beizeiten beantworten.

Zuerst aber mußte er das Vierte Land und seinen Unterschlupf erreichen. Das schallisolierte, fensterlose Studio im Keller des kleinen Bruchsteinhauses. Dorthin, wo ein mumifiziertes, ägyptisches Mädchen darauf wartete, zum Leben erweckt zu werden. Später … dort, wo die Zeit keine Macht mehr hatte.

Stoppek litt Höllenqualen auf der Norton. Immer deutlicher stiegen die Bilder seines Unfalls mit Mara in ihm hoch. Sein Magen machte einen Sprung nach dem anderen. Gleich kam er ihm aus dem Hals. Stoppek schluckte und versuchte, an Rebecca zu denken. Er mußte da jetzt durch! Er mußte endlich die Vergangenheit besiegen zugunsten der Gegenwart. Und später vielleicht sogar zugunsten der Zukunft. Entschlossen drehte er am Gasgriff und kam den roten Rückleuchten bedenklich nahe.

Florian suchte den Himmel ab. Es war eine sternenklare Nacht, kein Wölkchen trübte die Aussicht. Aber er sah kein Objekt am Himmel. Weder in Rosa noch in Silber.

Wieso zeigten sie sich nicht?

Die Beleuchtung am Armaturenbrett begann plötzlich zu flackern, und er schaute irritiert auf den Tacho, dann wieder in den Himmel. Das

Geflacker nahm zu, und mit einem Mal sah er zwei Lichter direkt vor sich. Er riß das Lenkrad nach links, aber die Lichter blieben konstant an der gleichen Stelle kleben. Grüngelbe Ringe mit einem schwarzen Zentrum. Fluoreszierende Augen. Katzenaugen. Und mit einem Mal sah er Jaydee. Die Panik in ihren Augen.

Er lachte hysterisch auf und suchte nach Zigaretten. Bis eben war alles so perfekt gelaufen. Und jetzt hatte er diesen balzenden Schmierfinken im Nacken. Bestimmt steckte Rebecca mit ihm unter einer Decke. Florian spürte Tränen aufsteigen.

»Scheiß Kippen!« schrie er und wühlte mit der rechten Hand in dem Chaos in der Ablage. Seine Finger bekamen etwas Eckiges zu fassen, und er drehte den Kopf nach rechts.

»Was ist das denn«, murmelte er, als es plötzlich taghell im Wagen wurde. Hupend schoß etwas auf ihn zu, und er riß in letzter Sekunde das Lenkrad nach rechts. Hechelnd atmete er ein und aus.

Mit einem Mal sah er einen Mann vor sich. Mit dem Kopf nach unten. Seine Füße hingen seltsam starr in der Luft. Ein Seil hielt sie fest umschlungen ... Der Gehängte ... Der Prüfling ist alleine in der Weite des Weltalls. Der Ausweg aus dieser Lage ist das geistige Absterben oder der körperliche Tod, die Veränderung, die Überführung in eine andere Daseinsform ...

Mit einem Aufschrei riß er das Steuer herum.

Pottasche

Freitag, 26. Juni, 10:03 Uhr
Im Lokalradio hatten sie das nächtliche Horror-Szenario im Autonomen Zentrum als das Werk eines offenbar geistesgestörten 32jährigen Mannes bezeichnet.

Sie machen es sich verdammt leicht, dachte Stoppek und rieb sich die Augen.

Auf seine Art war Florian Sistenich ein Idealist. Allerdings ein gefährlicher. Nur von sich überzeugt. Einer von der Sorte, die andere Sünder für seine eigenen Schandflecke bestraften.

Bisher waren dem Anschlag im Autonomen Zentrum zwei Menschen zum Opfer gefallen, weitere kämpften noch um ihr Leben. Zum Glück war die Feuerwehr gleich vor Ort gewesen. Alarmiert durch die Detonation im Bahnhof. Und die Explosion dort hatten sie dem Feuerteufel gleich mit in die Schuhe geschoben.

Florian konnte es im Moment egal sein. Es war überhaupt die Frage, ob ihn je wieder irgend etwas interessierte; die Ärzte verweigerten jegliche Prognose.

Die Polizei gab Entwarnung, auch die Bahn versicherte ihren Kunden, alles im Griff zu haben. Die Cousinen Walpert und Savelsberg hörten das gerne und frohlockten, daß der für den Atomtransport geplante, jetzt aber irrtümlich abgefeuerte Theaterdonner nun doch sein Gutes hatte und sie zudem unerkannt davongekommen waren.

Ansonsten waren alle in Aachen wieder zufrieden, nicht gerade glücklich, aber es ging eben irgendwie weiter. Bei fast allen …

Sieben nach Sieben
zeigte die große Bahnhofsuhr in der Küche. Seit Stunden schon. Die

Zeiger weigerten sich, auch nur einen Millimeter weiter auf ihrer Umlaufbahn zu kreisen. Eine kleine, bläulich schimmernde Fliege saß auf dem kleinen Zeiger und putzte gelassen ihre zarten Beine.

Obwohl Brasilien gerade Anstoß hatte, streiften Stoppeks Augen den Fernseher nicht einmal. Nicht einmal die Standby-Leuchte war eingeschaltet. Stoppek war nicht einmal im gleichen Raum.

Er stand in der Küche und sah auf die Fensterbank. Auf die blonde Frau, die in einem wallenden, sonnengelben Trikot zusammengekauert vor sich hinstarrte. Über der großen, blauen Rückennummer stand ein Name. RONALDO.

Der Himmel zauberte wieder Farben, die jeden Normalsterblichen überwältigten. Nur nicht Rebecca, für die er doch einzig und allein ihre, genau ihre Farben ins Firmament pinselte.

Stoppek mußte irgend etwas machen. Sie zurückholen aus diesem Verlies. Er hatte wenig Hoffnung, daß es klappen könnte. Immerhin, eine winzige Reaktion hatte sie gezeigt. Dafür, daß sie fast alles verloren hatte, benahm sie sich sehr tapfer. Eine echte Samurai.

»Ich … ich hab dein Geschenk leider noch gar nicht fertig.«

»Das ist egal.«

Rebecca drehte unendlich langsam den Kopf, sah auf Stoppeks Füße und zwirbelte an einem ihrer Zöpfe.

»Hauptsache, du bist hier.«

Stoppek atmete schwer ein.

»Warte mal«, er verschwand in sein Zimmer.

Rebecca sah aus dem Fenster und schaute doch nur weiter nach innen. Mittlerweile kaute sie auf ihren Haarspitzen.

»Ich hab hier«, Stoppek räusperte sich, und sie drehte sich langsam, »ich weiß nicht recht, ob …«, sie lächelte ein ganz winziges bißchen von einem Bißchen und sah ihm geradewegs in die grünen Augen. »Aber du mußt mir versprechen, es sofort aufzumachen.«

Rebecca sah auf das Paket in Stoppeks Händen und machte einen zögernden Schritt auf ihn zu.

»Und vor allem darfst du es nicht mit einem Messer oder so aufschlitzen.« Er hielt ihr das große, mit rotem Papier umhüllte Paket hin. »Eigentlich ist es gar nicht verschlossen …«

Einen Wimpernschlag lang schaute sie hinab auf ihre Farbe, dann hob sie erneut den Kopf, und sie lächelte Stoppek lange an. Nichts hätte er jetzt lieber getan, als sie an sich zu drücken. Aber manchmal zahlte es sich aus, daß er eins gelernt hatte: zu warten, alle Zeit dieser Welt zu haben.

Sie sah ihn noch immer an, und noch immer lächelte sie. Ihre Finger streiften kurz die seinen, und Stoppek durchfuhr es wie der Kuß eines verliebten Zitteraales.

Rebeccas Mundwinkel glitten langsam höher, und ihr Lächeln hatte beinahe die alte Kraft zurückerobert. Er wollte seine Hände zurückziehen, aber sie hielt sie sanft fest.

Eine Ewigkeit später senkte sie endlich ihre Augen, und ihre Finger schlugen sachte das rotschillernde Papier zurück. Sofort klappte der Deckel der Kiste ein Stück weit auf, und Rebecca beugte sich vorsichtig darüber. Ihre Nase verschwand fast, da schoß ihr Gesicht wieder hoch, direkt vor Stoppeks, und ihre Blicke trafen sich. Stoppek taumelte leicht gegen den Fensterflügel.

Rebeccas Hände tauchten sachte in die Tiefen der Kiste.

»Oh ...«

Sie biß sich auf die Lippen, und trotzdem kullerten bedächtig salzige Kugeln über ihre Wangen, als sie die kleine, gescheckte Katze hochhob.

»Jaydee ...«, murmelte Rebecca.

Und jetzt bemerkte sie auch Stoppek wieder, der langsam das leere Geschenkpaket sinken ließ und mit schiefer Nase schniefte.

»Auf ein unendlich langes Leben!« sagte sie zu dem winzigem Wesen, das nun ebenfalls seine Sprache entdeckte und jeden Rasenmäher verbal in den Schatten stellte.

»Sie ist gegen alles geimpft, was es gibt«, versprach Stoppek, »Leukose, Katzenschnupfen, Tollwut ...«

»Sollen wir sie Felix nennen?«

Stoppek sah Rebecca an, als habe er soeben einen Schlag aufs Sprachzentrum bekommen.

»Wir?«

»Nein! Lieber nennen wir sie Feliza ... Feliza Brasilia.« Rebecca nickte aufgeregt und schenkte der frisch getauften Katze einen Kußmund, bei dessen Anblick Stoppek die Wüste Gobi im Mund rieseln spürte.

Um nicht zu verglühen, löste er seinen Blick und sah aus dem Fenster.

Ein paar Wolken schimmerten in einem unnatürlichen Rosa. Langsam lösten sie sich voneinander und strebten in verschiedene Himmelsrichtungen. Mittendrin zeigte sich eine silbrige Scheibe.

Ende

Credits:

Das erste Fax (Seite 33) ist ein Gedicht von Cesare Pavese: LAST BLUES TO BE READ SOME DAY (aus dem Jahre 1950)

Das zweite Fax (Seite 122) ist ein Text von Eric Burdon & War: OUT OF NOWHERE (auf der LP »The black man's Burdon« aus dem Jahre 1970)

Vorlesezitat (Seite 62) aus: Sten Nadolny: Die Entdeckung der Langsamkeit. München (Piper) 1989, S. 324.

Tiefer als der Tag

von Hermann-Josef Schüren

Zunächst scheint es sich um Bagatellfälle zu handeln. Verstümmelte Kleintiere werden im Stadtgebiet aufgefunden. Als aber am Eröffnungstag des CHIO ein erstochenes Fohlen vor dem Reitstadion liegt, läßt sich die Sache nicht länger abtun. Wieder hat der Täter seine seltsamen Insignien hinterlassen. Der Wahnsinn ist offensichtlich Methode, und noch ist kein Ende abzusehen. Bevor Gorski, lebenshungrig, bissig und seit knapp zwei Wochen von Alkohol und Freundin getrennt, die Zeichen zu verstehen beginnt, hat sich der Fall längst zu einer persönlichen Herausforderung zugespitzt.

»Eine süffige Lektüre, mit der ein langes Wochenende zu verbringen sich lohnt.« «*Aachener Nachrichten*

Aachen Krimi 1, Paperback, 245 Seiten, ISBN 3-924491-89-5, DM 16,80.